HIATO E AMOR
porque a desigualdade
social nos separa e como
nos re/encontramos

JOSEPHINE APRAKU

HIATO E AMOR
porque a desigualdade social nos separa e como nos re/encontramos

TRADUÇÃO
JESS OLIVEIRA e RAQUEL ALVES DOS SANTOS

A tradução deste livro foi financiada por uma bolsa do Goethe-Institut.

Todos os direitos desta edição reservados à Malê Editora e Produtora Cultural Ltda.
Direção: Francisco Jorge & Vagner Amaro

Título original: Kluft und Liebe: Warum soziale Ungleichheit uns in Liebesbeziehungen trennt und wie wir zueinanderfinden
ISBN: 978-65-85893-24-4
Capa: Dandarra Santana
Diagramação: Maristela Meneghetti
Tradução/Revisão: Jess Oliveira e Raquel Alves dos Santos

Texto revisado segundo o novo Acordo Ortográfico da Língua Portuguesa.
Proibida a reprodução, no todo, ou em parte, através de quaisquer meios.

Dados internacionais de catalogação na publicação (CIP)
Vagner Amaro – Bibliotecário - CRB-7/5224

A654h	Apraku, Josephine
	Hiato e amor: porque as relações sociais nos separam e como nos re/encontramos / Josephine Apraku; tradução de Jess Oliveira e Raquel Alves dos Santos. Rio de Janeiro: Malê, 2024.
	266 p.
	ISBN: 978-65-85893-24-4
	1. Sociologia 2. Relações amorosas 3. Discriminação I. Título
	CDD 306.7

Índices para catálogo sistemático: 1. Sociologia : Relações amorosas 306.7

Editora Malê
Rua Acre, 83, sala 202, Centro. Rio de Janeiro (RJ)
www.editoramale.com.br
contato@editoramale.com.br

Para Ì. – eu te amo tanto

Para minhas irmãs/irmãos/irmanes

"É por isso que o amor é tão desesperadamente buscado e tão astutamente evitado. O amor remove as máscaras que tememos não poder viver sem e que sabemos não poder viver dentro delas. Uso a palavra 'amor' aqui não apenas no sentido pessoal, mas como um estado de ser, ou um estado de graça – não no sentido infantil dos Estados Unidos de simplesmente ser feliz, mas no sentido duro e universal de busca, ousadia e crescimento."

James Baldwin[1]

---

1   James Baldwin. *Da próxima vez, o fogo*. Trad. nina rizzi. Cia das Letras, São Paulo. 2024.

Sumário

Prólogo 11

Introdução 15

Amor 27

Poder 49

Desejo 75

Emoções 101

Corpo 141

Conflito 169

Ecossistema 201

Trabalho 221

Futuro 247

Epílogo 253

Prólogo

bell hooks - uma concepção sobre o amor que fica

É noite do dia 15 de dezembro de 2021, pouco antes das seis. A criança, ainda um tanto eufórica, saltitava ao meu redor, enquanto eu, na cozinha, preparava uma massa de biscoito de chocolate com nozes, para comer mais tarde, no silêncio de inverno enquanto continuaria a escrita deste livro. A pessoinha precisava escovar os dentes, mas não queria, escondendo-se entre minhas pernas e me olhando com um risinho travesso.

Quando lavava o resto de massa das minhas mãos, a tela do meu celular acendeu. Era uma mensagem de uma amiga dos EUA, que me enviava o link de um artigo de um jornal estadunidense com o título "'The world is a lesser place today without her.' Acclaimed author bell hooks dies at 69" [O mundo está menor hoje sem ela: aclamada autora bell hooks morre aos 69 anos].

Como sempre acontece quando recebo a notícia da morte de alguma pessoa que, embora eu não tenha conhecido pessoalmente, havia influenciado profundamente meu pensar e agir, um sentimento peculiar toma conta de mim. Talvez por não saber muito bem o que exatamente estou sentindo. O que eu sei é que a obra e o legado de bell hooks permanecerão.

Sua produção intelectual — composta por inúmeros livros,

artigos, poemas, literatura infantojuvenil, conferências, discussões e ensinamentos — não tocou, inspirou e incentivou somente a mim, mas a muitas outras pessoas. Fundamental em sua obra foi a conduta feminista e solidária que, ao criticar e refletir sobre as divisões criadas pela opressão em nossa sociedade, nos convidou a traçar em conjunto caminhos de liberdade e alianças.

A leitura de alguns de seus livros, como *Breaking Bread: Insurgent Black Intellectual Life* [Partilhando o pão: vida intelectual Negra insurgente] e *The Will to Change: Men, Masculinity, and Love* [A vontade de mudança: homens, masculinidade e amor] mexeu comigo de maneira permanente. Sinto como se bell hooks fosse minha mentora magnânima — da mesma forma que pude vivenciar com as professoras Maisha Maureen Auma, Nivedita Prasad e Natasha A. Kelly —, que me fortaleceram e, também, criticaram de maneira sincera e carinhosa. Uma figura que diante das minhas inseguranças parecia me dizer: "vai lá, você consegue!" Alguém que, com as palavras de seus livros, me incentivou a ocupar mais espaço do que me era permitido, o tanto quanto eu precisasse.

A visão de bell hooks sobre o amor como uma prática revolucionária influenciou profundamente minha obra. Neste livro, o que transparece é a ternura revolucionária que ela proclama que, de forma alguma, enfrenta tudo da mesma forma, mas se posiciona com muita firmeza e assertividade. A importância do pensamento de hooks e de suas obras é inegável e continuará deixando sua marca no mundo.

Introdução

Sim, precisamos de mais livros que falem sobre amor

Você já parou para refletir sobre o que a palavra "amor" significa para você? Eu diria que muitas pessoas não fazem isso, e acho que isso é normal. Há muitas coisas no nosso cotidiano que não questionamos ou nem paramos para refletir. Raramente sabemos de quem são os nomes das ruas pelas quais andamos para chegar até o próximo supermercado ou a que época pertencem os estilos dos edifícios pelos quais passamos no caminho. O que quero dizer é que há muita coisa em nossas vidas que não sabemos ou não conhecemos. Para nos apropriarmos de conhecimentos e entendermos algo, precisamos de motivação e curiosidade – um montante de energia que nem sempre conseguimos reunir no dia a dia.

Com este livro, desejo exatamente isso: reunir energia para investigar o que é o amor. Mas não apenas isso; quero analisar a questão sob uma perspectiva específica – uma que considere como os mecanismos de opressão afetam e continuam afetando nossas relações amorosas. Para mim, o amor está em tudo o que eu faço e é fundamental, especialmente para minha visão de mundo – e ainda mais importante para minha perspectiva de justiça social. Ao mesmo tempo, sei como é a falta de amor, resultante da opressão, se manifesta – afinal, vivo isso na pele –, e acima de tudo, como essa falta é sentida nos relacionamentos que, na verdade, desejamos como um refúgio. Amor – uma experiência individual – não é acessível a todas as pessoas. Por esse motivo, dediquei um livro inteiro a esse tema. Nas próximas páginas, quero pensar a intersecção entre justiça social e amor. Como a discriminação nos separa quando se trata de amor e como, apesar disso, podemos nos encontrar e crescer de forma conjunta, tanto como amantes em um relacionamento* íntimo, quanto como sociedade por inteiro. Esse livro desenvolverá essas questões.

Antes de me aprofundar, preciso confessar algo: acredito que livros sobre amor, especialmente quando abordam a opressão, são um desafio. Já começa, pelo termo "amor". Pois, embora eu considere o amor uma decisão consciente e, em última instância, como uma ação constante, as páginas seguintes tratam de um fenômeno específico. Não me refiro a todas as conexões interpessoais da mesma forma. Este livro é dedicado a um fenômeno que, na filosofia grega, já foi definido como "eros", isto é, o amor sensual e erótico, em contraste com "agape", o amor altruísta e "philia", o amor fraterno e/ou amistoso. Um tipo de amor, portanto, que não se fundamente somente em um sentimento de amizade, nem é altruísta ou incondicional.

O desafio começa basicamente aqui: é bem comum associar romantismo e sexo como partes integrantes de uma relacionamento amoroso, ainda que existam relacionamentos em que nenhum dos dois seja importante. Resumindo, quando se trata de amor, muitas pessoas não encontram referência nas narrativas atuais, de formas como configura seus relacionamentos amorosos.

---

* Em muitos trechos do livro, escrevo sobre "relacionamento" no singular. Não faço isso por não estar ciente de que as pessoas podem estar se relacionando simultaneamente com outras pessoas, mas porque me parece importante considerar cada um desses relacionamentos individualmente, levando em conta as posições sociais de cada uma das pessoas envolvidas.

O amor é um sentimento? Uma decisão? É, em sua essência, um simples processo bioquímico? É a soma de vários momentos? Ele está simplesmente presente? Vai embora? Precisamos lutar por ele? Ou somos apenas marionetes de nossos hormônios, com pouco ou nenhuma influência? Por que amamos e desejamos quem amamos e desejamos? Por que não amamos e desejamos outras pessoas? Amamos pessoas diferentes de maneiras diferentes? Podemos amar várias pessoas ao mesmo tempo? Há diferentes formas de amor? O amor nos liberta? O amor nos restringe? Ou ambos são uma coisa só?

Em tudo que nos rodeia, seja em letras de música, em filmes, séries, livros, programas de tv ou rádio, o amor é muitas vezes idealizado como algo intangível, aleatório e predestinado. O amor está presente ou não está. Ao que me parece, ele está além de nossa influência. E no Dia dos Namorados são vendidas pizzas congeladas em nome dele. Amor é o maior – ultrapassa fronteiras – *love conquers all* [o amor vence tudo]. Há tempos, os Beatles cantaram de forma promissora *All you need is love*. [Tudo o que você precisa é de amor]. Será que é assim mesmo? A resposta mais curta é: não. A overdose de amor romântico, amplamente difundida, não faz jus a esse amor e, ao mesmo tempo, retira dele seu potencial visionário. Pois os reais desafios que acompanham o amor em uma sociedade permanecem encobertos. Neste processo, eu, você e todo mundo que entra em um relacionamento enfrentamos esses problemas, mesmo que nem sempre tenhamos consciência deles. Embora se discuta, nesse contexto, acima de tudo, a distribuição do trabalho de cuidado em relações heterossexuais, a desigualdade social no amor não começa nem termina aí. Nossos relacionamentos são profundamente mais afetados por todas as formas de discriminação estrutural.

Nosso relacionamento mais íntimo é, em princípio, um microcosmo de nossa sociedade: o que acontece *lá fora*, em grande escala, também reflete em pequena escala entre nós e em nossos relacionamentos. As relações de poder da sociedade, ou melhor, as diferentes formas de discriminação estão integradas de nossos relacionamentos, independentemente de sabermos ou querermos. É exatamente aí que o problema, ou melhor, o amor está escondido: as discriminações estruturais são como um veneno insidioso. Com uma pequena e aparentemente insignificante dose diária, ela vai nos separando de maneira constante e gradual. É exatamente isso que a opressão causa: separação. Essa separação se manifesta de várias formas diferentes, como, por exemplo, nos conflitos em que a raiva de parceiras Negras[2] é considerada, conforme o estereótipo, "inadequada" e "agressiva", embora seja uma reação bem contextualizada durante uma briga. Ela também aparece quando pessoas de famílias da classe trabalhadora tentam esconder parte de sua origem. A separação, que a discriminação traz ao nosso amor, também se reflete em quem escolhemos nos relacionar – ou, mais precisamente – em quem nós, de início, nem consideramos como pessoas com quem possivelmente nos relacionaríamos. Isso se deve, provavelmente, à nossa internalização de noções discriminatórias direcionadas a grupos marginalizados, ou ao fato de que nossa sociedade é tão segregada que, muitas vezes, nem cruzamos com pessoas estruturalmente desfavorecidas. A desigualdade social se expressa quando o trabalho emocional nos

---

2   Optamos por manter a letra maiúscula no termo "Negr*" para refletir a argumentação de uma tradição intelectual Negra na Alemanha, que utiliza a grafia em maiúscula da palavra *Schwarz* para evidenciar que o termo representa um padrão de categorização construído socialmente, e não uma "característica" intrínseca relacionada à cor da pele. Essa escolha tradutória visa preservar a intenção de destacar que a designação "Negr*" não se refere a uma característica natural, mas a uma construção social e cultural. [N.T.]

relacionamentos é uma tarefa atribuída a quem, aparentemente, se adequa mais para cuidar do relacionamento. Esse hiato criado pela marginalização e exclusão sistemática, prejudica nossa conexão em relacionamentos e, consequentemente, nos prejudica.

Precisamos de mais livros sobre amor. Estou convencida de que precisamos de obras sobre amor que nos possibilitem reconhecer e enfrentar as estruturas sociais complexas que atuam em nossas vidas e em nosso relacionamentos, com diligência e reflexão autocrítica. Me refiro, com isso, à desigualdade social. No entanto, não escrevi este livro para evidenciar, uma vez mais, que nossas vidas e amores são, inevitavelmente, o vale de lágrimas da miséria humana. De jeito nenhum. Tenho convicção de que podemos fazer diferente – podemos viver o amor com mais reciprocidade. Acredito que, principalmente em nossos relacionamentos mais íntimos, é de nosso próprio interesse não nos deixar separar pelo sistema de repressão social. Por isso, é crucial nos posicionarmos *a favor* da igualdade e *contra* a repressão – também em nossa vida privada porque esse é um dos poucos âmbitos onde podemos mudar as coisas de maneira permanente por meio de nossas ações. Uma esfera que, como nenhuma outra, está sob nossa total responsabilidade.

Esse ponto é importante quando a desigualdade social, uma vez que ela faz parte de nossa socialização e, portanto, faz parte de nós. Embora estruturas discriminatórias não sejam, nossa 'culpa', muitas vezes, nós a reproduzimos em nossos relacionamentos por ignorância ou falta de reflexão. Por essa razão, é de nossa responsabilidade reconhecer mecanismos de repressão em nossas atitudes e interrompê-los. Enquanto não tivermos consciência da discriminação atuante em nossos relacionamentos, enquanto não entenderemos o *porquê, onde e como* ela atua, pouco poderemos fazer para combatê-la.

Por isso, também, considero a crítica aos processos discriminatórios como um tipo de terapia de casal para a sociedade. Com essa crítica levantamos questões de importância não somente para nossos relacionamentos íntimos, mas também para toda nossa convivência em comunidade: como queremos viver em comunidade e de que forma podemos promover a igualdade? O que você precisa, o que eu preciso, o que nós precisamos?

Para quem escrevi este livro? Escrevi para as pessoas que amam. Mais concretamente, ele é direcionado àquelas pessoas que, em seus relacionamentos, têm sempre a sensação de que há pontos de ruptura pré-determinados, que não são de suas escolhas. É para todas as pessoas que reconhecem o impacto da desigualdade social, que nos assola todos os dias, inclusive em nossos relacionamentos mais íntimos. Além disso, este texto é voltado para quem já sabe que o sistema de repressão não é propício ao amor. Muito pelo contrário, ele nos afasta, nos separa. Nesse cenário, não importa a constelação amorosa em que alguém se encontra – se não monogâmica ou monogâmica – ou mesmo se a pessoa está solteira no momento, pois a maneira como a discriminação afeta, por exemplo, nossas escolhas de pares amorosos ou a forma como lidamos com conflitos, se manifesta, em parte, de maneiras independentes dessas dinâmicas.

Eu não escrevi este livro sob uma perspectiva supostamente "neutra" ou "objetiva" – o oposto é verdadeiro. Como profissional que se dedica à escrita e à educação, a sede de conhecimento me acompanha e também me inspira constantemente a de maneiras pensar nosso convívio e nossas relações de maneiras mais igualitárias, tanto no âmbito social quanto no âmbito mais íntimo, ou seja, em nossos âmbitos mais íntimo, ou seja, em nossos relacionamentos. Além disso, o meu trabalho está indissociavelmente ligado a minha realidade de vida: afinal, no meu cotidiano sou filha de um homem Negro ganense e de uma mulher *branca* alemã, que além de enfrentar o racismo, também vivencio outras formas de discriminação. No entanto, também tenho privilégios em diversos aspectos, como mãe e como ser humano nos relacionamentos com outras pessoas, e incorporo um material que convida à reflexão. Toda essa experiência se manifesta através da minha perspectiva e não poderia ser de outra forma.

Essa perspectiva, assim como a possibilidade de me autodeclarar uma pessoa Negra – nasce de uma luta coletiva. Pois, a defesa da igualdade de direitos e da liberdade é um esforço conjunto e coletivo. Tais esforços coletivos, como os que moldaram este livro, significam deparar-se com pessoas que refletiram sobre o tema antes de mim e que influenciaram minhas próprias reflexões. Dessa forma, muitos dos pensamentos que compartilho aqui são pensamentos coletivos: ideias forjadas especialmente por pessoas à margem das normas da sociedade e que têm plena consciência disso. Para mim, é fundamental expressar isso dessa forma, pois as lutas contra a opressão são lutas conjuntas. São a contrapartida à separação causada pela desigualdade social – mesmo quando se trata de amor.

Neste livro, entrelaço diferentes aspectos da minha vida e interesses. Por exemplo: minha paixão pela psicologia social crítica e estudos sociais voltados à discriminação. Para aprofundar esses temas, conversei com muitas pessoas que são pesquisadoras dessas áreas, atuam como consultoras no campo ou trabalham como psicólogas na área de terapia de casais. Especialistas com longa experiência teórica e prática no tratamento de temas relacionados à discriminação no contexto dos relacionamentos. Em alguns momentos, também incorporo neste livro pensamentos de terapeutas de casais que, embora não abordem diretamente a opressão como desafio nos relacionamentos amorosos, oferecem perspectivas valiosas. Tais perspectivas têm o potencial de nos encorajar a adotar uma postura própria e, mais importante ainda, explorar novas possibilidades de comportamento em nossos relacionamentos. Além disso, incluí relatos pessoais que, por um lado, refletem pensamentos significativos para o meu trabalho e, por outro lado, experiências pessoais com o amor e reflexões que delas surgiram. Ou seja, minhas experiências com racismo e sexismo servem como base para este livro e, portanto, o foco é direcionado. Não porque outras formas de discriminação sejam menos importantes, mas porque tenho conhecimento pessoal e técnico sobre esses temas específicos.

Este livro não é um guia prático. Não o pode ser por diversos motivos. Um dos principais é que, quando se trata de abordar criticamente a discriminação de uma forma geral, não existe um plano de dez passos que possamos seguir para que tudo, eventualmente, melhore. Acredite, se esse plano existisse, eu não o manteria em segredo. Criticar e resistir à discriminação é um processo cansativo que exige trabalho constante – inclusive trabalho interno. Nesse sentido, tudo o que levanto aqui se refere ao nível individual da opressão, ou seja, ao nosso próprio comportamento. Isso não significa que eu não acredite na necessidade de mudanças nas legislações e nas ideias sociais em torno dos relacionamentos amorosos – mudanças nesse âmbito são urgentes, se quisermos experimentar transformações estruturais. No entanto, estou ciente de que todos esses diferentes níveis estão interconectados e que a mudança em um deles pode provocar mudança nos outros.

Focar no nível pessoal também significa, para mim, que não

precisamos de um plano detalhado de dez passos. Muito pelo contrário, acredito que pessoas como você e eu somos capazes de explorar, por meio de um processo contínuo de aprendizagem e reflexão, quais são as opções de ação concretas e realistas que podemos adotar no nosso cotidiano para enfrentar os mecanismos de opressão – inclusive aqueles internalizados.

Outro aspecto importante pelo qual este livro não é um guia prático é a falta de discussões científicas aprofundadas sobre opressão e seus impactos nos relacionamentos. Essa lacuna foi confirmada pelas conversas que tive com especialistas como Ronald F. Levant, professor emérito de psicologia especializado em masculinidade, e Mona El-Omari, consultora sistêmica de casais. Isso não é algo surpreendente, afinal, a psicologia, em sua origem, contribuiu para medicalizar ideias discriminatórias. Portanto, é relativamente novo que a pesquisa e a prática psicológicas estejam sendo ampliadas e aprofundadas com perspectivas críticas.

É como em qualquer outra área da nossa sociedade: quem se dedica a entender a desigualdade social e busca maneiras de combatê-la, depende principalmente de si, de sua própria perseverança, de buscas na internet ou pesquisas em bibliotecas. É um processo individual, contínuo e único para cada pessoa. No entanto, acho que posso te dar algumas sugestões, nem que seja porque abordo questões sobre relacionamentos amorosos e discriminação, que talvez também te preocupem, de uma forma diferente da que você faria. Portanto, as páginas a seguir são um convite ao diálogo interno e à autorreflexão.

Acredito que este livro pode ser especialmente enriquecedor para você se você o ler na íntegra. Não pule a parte sobre conflitos só porque você atualmente está em um relacionamento com poucas discussões. Não ignore o capítulo sobre processos de negociação no amor porque atualmente você não está em um relacionamento amoroso. Também não importa com quem você está ou não está atualmente, com quem você já esteve, e se a sua vida ou a vida dessas pessoas é ou não influenciada por várias formas de opressão. Este livro trata de como os padrões criados pela discriminação se manifestam na nossa forma de ama – independentemente de estar ou não em um relacionamento amoroso e do tipo de relacionamento. Portanto, sugiro que comece a leitura pelo início e siga cronologicamente pelos capítulos, pois eles são interligados.

Se você até agora não se aprofundou muito nos sistemas de opressão, pode notar alguns termos nas páginas seguintes e se perguntar o que significam. Para mim, é importante explicar esses termos ao longo do texto, pois são centrais e nos acompanharão ao longo de todo o livro. Precisamos deles para abordar entendimentos mais profundos da discriminação, para tornar visível a desigualdade que ela gera. Como já existem muitas definições úteis, vou recorrer a algumas explicações de outros textos e compartilhá-las com você quando for apropriado.

Por fim, quero te pedir uma coisa: faça deste livro seu. Trate-o como um objeto de uso diário, como uma xícara da qual você bebe seu chá pela manhã. Use-o como um bloco de anotações, onde você escreve o que precisa comprar para o prato que vai cozinhar para uma amiga – você entende o que quero dizer. Use-o. Aplique-o. Cole post--its nas partes mais importantes para você, sublinhe o que te faz refletir e escreva suas ideias nas margens. Tenha também uma caneta e algumas folhas em branco para que você possa responder às perguntas que levanto e sobre as quais você talvez ainda não tenha pensado.

Amor

A tal da frase: Eu te amo.

Me lembro muito bem da noite em que nos vimos pela primeira vez. Ou melhor, quando eu te vi pela primeira vez. Será que você chegou a me notar? Não sei, mas acho que não. Toda sua concentração estava em seu livro, em seus pensamentos.

Era uma noite de verão após um dia de calor escaldante. Passei o dia à beira de um lago na floresta, conversei à sombra das árvores, comi morangos bem vermelhinhos e respirei o aroma tranquilizante dos pinheiros e demais coníferas. No caminho de volta para casa, quando eu estava no trem, vi você: sem companhia, com um livro nas mãos, em total imersão. Na minha cabeça, uma pergunta começou a pulsar gradativamente: Quem é você? Quem é você? E então, pensamentos mágicos: se você não descer nas próximas três estações, vou falar com você – preciso falar com você. Próxima parada. As portas se abrem, meu coração acelera. Você não se move, me acalmo. Mais uma estação. Você olha para cima por um breve instante, afastando o olhar do livro. As demais partes do seu corpo não se movem. Última estação. Seu olhar encontra a linha certa de novo, e você mergulha em um mundo distante. Sua concentração me impressionou.

O nervosismo toma conta de mim. E embora não saiba como te abordar da melhor maneira, levanto e vou em sua direção, sento do seu lado. "Qual é o seu nome?" Pergunto sem pressa. Você tira os olhos do livro e olha para cima com certa confusão no rosto, mas responde. Eu gosto do seu *nome, gosto dele desde quando eu era criança, e por isso, de alguma forma, também gosto de você. Damos início a uma conversa, e enquanto conversamos me alegro com as suas covinhas e com o entusiasmo quase infantil com o qual você fala sobre o livro que está lendo. Assim, ficamos ali no trem por um tempo. Em voz baixa, pergunto se você gostaria de passear comigo à noite, pra gente continuar nossa conversa, e talvez tomar um sorvete. Do seu sorriso, quando você respondeu "sim", eu também gostei.*

Adentrar a madrugada com você é tão bom e, ao mesmo tempo, um pouco estranho. Uma boa mistura. A melhor talvez. Paramos aqui e ali, bebemos algo refrescante em frente ao mercadinho da esquina, sentamos à beira do canal e pensamos onde poderíamos comer algo a essa hora. Parece que não temos pressa. Suponho que você, assim como eu, não queira que esta noite acabe. E assim, encontramos sempre novos assuntos e ideias para conversar, falamos sobre lugares que queremos conhecer só eu e você, e descobrimos novos caminhos pelos quais podemos vagar pela noite, lado a lado.

Quando nos sentamos em um banco em frente a uma lanchonete e esperamos nossa comida, você coloca, com hesitação e intenção, a mão na minha bochecha e me beija. Eu te beijo de volta. Eu já estava com muita vontade de te beijar desde que nos encontramos. Só percebemos que nossa comida já está pronta momentos depois. Só nos damos conta após nosso pedido ser anunciado várias vezes. Você ri, deixa sua testa descansar brevemente no meu ombro, beija meu pescoço e entra. Eu te observo pela porta aberta: como você responde de forma amigável em turco, e ri com malícia. Você deixa a gorjeta e continuamos nosso passeio.

Sentamos à beira do canal, sem um pingo de fome. Nossa conversa fica mais tranquila, mais íntima, como se viéssemos, até então, compartilhando segredos não ditos. De longe, ouvimos uma música suave e a luz fraca de um bar nos ilumina. Você faz uma pausa e pergunta: "Que música é essa?", enquanto escuta atentamente. No seu rosto, reconheço o olhar concentrado do trem. Sua expressão muda quando você diz com firmeza: "Maria, Maria!" Nós rimos, eu te puxo para perto de mim. Nos beijamos longamente, mais beijos e mais profundos. Estou completamente entregue ao momento. Atrás de nós, de repente, feixes de luz. Faróis de carros: um carro da polícia para. O policial olha primeiro para nós e depois para o céu. "Ah, que noite agradável, não é mesmo?", diz ele efusivamente, sabendo muito bem que está nos interrompendo. O policial avança com o carro e logo depois dá marcha à ré. Sorri para nós. "Não, de verdade, a noite está realmente linda!" Ele dá partida no carro e, pela janela aberta, faz um sinal de paz com os dedos. Enquanto isso, afundo meu rosto nos seus cabelos. Meus olhos estão fechados. Respiro fundo. Você coloca gentilmente uma mão na minha coxa e diz: "O que acha da gente ir pra minha casa? Tomar um chá?" Levanto a cabeça para te olhar, e respondo lentamente que sim.

Esse sentimento… Essa mistura de sentimentos! Desejo, te desejo tanto: quero ouvir sua voz, decorar a profundidade exata das suas covinhas quando você ri, quero beijar os pelinhos no seu antebraço que se destacam da sua pele como pequenos raios de sol brilhantes. Quero me deitar ao seu lado e sentir seu cheiro nas minhas narinas, as pontas dos seus dedos quentes na minha nuca. Quero conhecer seus pensamentos e fazer tantas perguntas.

Nossa primeira noite. Durmo com você e me surpreendo na manhã seguinte, pois sinto que descansei. Ficamos na cama por mais alguns momentos. Beijos matinais, antes de nos levantarmos e irmos comprar suco fresco de romã em uma quitanda de frutas e legumes. Nos despedimos e marcamos um encontro para aquela noite. Mais uma noite de você e eu. E depois outra. Depois de um dia e uma noite sem nos vermos. Penso muito em você e ainda assim curto esse tempo na minha companhia.

Estes primeiros dias são seguidos pelas primeiras semanas. Pra mim, o tempo contigo é marcado pela expectativa. As coisas simples e cotidianas da vida, de repente, brilham. Minhas emoções, que já haviam aflorado no nosso primeiro encontro, como anúncios luminosos multicoloridos e brilhantes tentando convencer as pessoas a consumir, agora estão mais serenas. Uma morosidade pacífica se instala. Em nossa vida conjugal, começamos a nos tornar um "Nós". No café onde sempre bebemos chá de menta fresca, há aquele banco – o nosso banco – onde sempre sentamos. Na nossa primeira noite, ouvimos nossa música, 93 'Til Infinity, no seu quarto. A janela está aberta e a melodia se espalha com ternura pela noite. Que imagem romântica, pensamos ao mesmo tempo.

Eu sei há muito tempo que te amo. Não tenho medo de te dizer isso, ou que você venha a me rejeitar. No entanto, ainda não vou te dizer, pelo menos não agora. Quero saborear este momento. O momento em que o amor já é sentido, mas ainda não foi enunciado.

E eis que o momento em que eu te digo, por fim, chega após essas primeiras semanas, de repente, e sem planejamento prévio: você me busca na estação de metrô e, enquanto subo as escadas até o degrau onde você se encontra em total concentração com um livro na mão, você olha pra cima. Como costuma acontecer quando lê e volta de um mundo para outro, seu olhar fica um tanto surpreso e você diz: "Olha quem chegou!" e ri. Eu me inclino e te beijo. "Senta aqui do meu lado um pouquinho. Os degraus estão quentinhos." Você me dá uma das duas garrafas de vidro que estão aos seus pés – um suco de groselha com gás. "Como foi seu dia?" Você pergunta, como é nosso costume agora. Não tenho muito a dizer, então replico a pergunta. Você responde brevemente, rugas de riso aparecem ao redor dos seus olhos e você diz alegre: "Não muito emocionante, mas todo mundo foi de boa comigo hoje!" - "Eu te amo", respondo sorrindo.

E você?

Como foi para você? Você se lembra de como foi a última vez que se apaixonou? Presumo que você esteja lendo este livro porque, assim como eu, também já encontrou pessoas – seja por meio de um aplicativo, no trabalho, em um clube ou em algum círculo de amizades – com quem você construiu uma conexão mais profunda. Uma conexão que deu um brilho a mais ao seu dia a dia. Tornar-se um "nós" – criar isso, embarcar numa jornada de autoconhecimento e, ao mesmo tempo, em uma conexão com outra pessoa – é mágico, na minha opinião. Portanto, quando falo da necessidade de uma definição de amor para os nossos propósitos de criar reflexões críticas sobre dinâmicas de poder em nossos relacionamentos amorosos, não se preocupe: mesmo que eu quisesse – não posso diminuir seu brilho. Porque, como Jeanette Winterson escreve de forma tão precisa em seu romance *The PowerBook* [O Livro do Poder]: "Nada nos é mais familiar do que o amor. Nada nos escapa tão completamente."[3] E, tanto quanto posso julgar com base em tudo o que li até agora sobre o assunto, realmente não existe uma definição de amor que seja *verdadeiramente* satisfatória. Nenhuma que consiga capturar o amor em todas as suas nuances. E está tudo bem. Para nós, não é necessário ter

---

3 Winterson, Jeanette. *The PowerBook*. New York: Vintage Books (Random House), 2000, p. 105. [Tradução nossa]

uma compreensão adequada do amor que esteja acima de qualquer dúvida. Precisamos apenas de uma base, algo em comum, algo sobre o qual possamos construir e ao qual possamos nos referir ao longo deste livro – isso é o suficiente.

Qual é a sua definição de amor? Você já definiu o amor para você? Se sim, o que ele significa para você e seus relacionamentos? Se não, por que você ainda não o fez? De verdade, você sabe o que exatamente quer dizer quando você diz: "Eu te amo"? Ou melhor: você sabe o que "Eu te amo" não significa para você? Entendo se você achar difícil encontrar uma resposta para ambas as perguntas. Pois, embora seja importante para mim ser capaz de responder a essas perguntas, ainda acho difícil. Posso nomear algumas partes, outras não.

Talvez devêssemos começar pelo ponto em que minha formação social começou: na minha infância. Lembro da primeira carta de amor que minha mãe teve que escrever para mim e borrifar bastante perfume no papel – porque, no início da primeira série, eu não sabia escrever nem tinha um Eau de Toilette. Naquela época, amor, para mim, significava gostar de alguém e querer passar tempo com essa pessoa. Além disso, no meu quarto viviam a Barbie e o Ken. Um casal heterossexual inseparável – o que mais poderia ser –, que, no meu caso, só não era *branco* porque minha mãe me trazia Barbies e Kens negros dos Estados Unidos. Amor, para mim, também era representado pela determinada e obstinada Pocahontas, cujo verdadeiro nome era Matoaka e que, como sei hoje, era uma pessoa que resistiu à colonização.[4] No filme da Disney, ela salva John Smith de uma morte iminente causada por sua própria ignorância, e os dois

---

4 Camilla Townsend. *Pocahontas and the Powhatan dilemma*. New York: Hill and Wang, 2004.

se apaixonam. A colonização de sua terra, motivo pelo qual ele veio para as Américas, o suposto "Novo Mundo", tornou-se secundária. Minha vida naquela época era embalada musicalmente pelas Spice Girls, que cantavam "If you wanna be my lover, you gotta get with my friends" [Se você quiser ser meu namorado, tem que se dar bem com minhas amizades]. Isso fazia sentido para mim, pois quem me ama, precisa se dar bem com minhas amizades – tudo ainda parecia bem simples. E assim, planejava me casar com Nick ou Brian dos Backstreet Boys – na verdade, preferia o Brian, porque achava que ele cantava melhor, e isso me parecia uma qualidade humana importante.

Fui crescendo. Britney Spears marcou minha juventude com "Baby One More Time" [Mais uma vez, bebê]. Quando penso na minha adolescência, lembro de Carrie Bradshaw de "Sex and the City", cujo relacionamento com Mr. Big me parecia um pouco complicado e, talvez por isso, desejável: o amor verdadeiro não é fácil, é preciso lutar por ele. Os relacionamentos que vi na TV naquela época e que moldaram minha visão do amor eram todos, por diferentes razões, de alguma forma complicados. Com meus primeiros relacionamentos, ficou nítido para mim o quão desafiador pode ser crescer individualmente e ao lado de outra pessoa ao mesmo tempo.

No início dos meus vinte anos, as conversas com amizades se tornaram o palco onde eu me comparava com elas. Algumas amizades viviam constantemente apaixonadas, outras estavam há anos com a mesma pessoa. Falamos pouco sobre o que o amor significa para nós. Talvez porque houvesse um acordo silencioso sobre o que o amor deveria ser.

Se eu digitasse a palavra "amor" em um site de busca, ele me apresentaria termos como "dedicação", "desejo", "paixão", "casamento", "luxúria" ou "final feliz". Uma busca por imagens revelaria uma profusão de corações vermelhos e casais posando sob um pôr-do-sol ou caminhando na praia – sempre felizes. A imagem irrealista que nossa sociedade projeta do amor está fortemente ligada a uma felicidade infinita. Mas quem, como eu, já teve relacionamentos amorosos longos, sabe o quão pouco o cotidiano de um relacionamento tem a ver com caminhadas idílicas na praia. É notável que, nessa caricatura das relações interpessoais, os grupos sociais dominantes sejam especialmente representados – mais sobre isso será discutido em outras partes do livro.

No entanto, o amor em nossa sociedade não está associado exclusivamente a coisas positivas: se eu digitasse as palavras "morte por" no site de busca, a primeira sugestão de conclusão seria "paixão" e a segunda "amor". Também encontraria manchetes sobre perseguição "por amor". Lembro também da expressão "chave do meu coração", cujo ponto de partida é o coração trancado, ou seja, a separação.

Desde cedo, crianças são bombardeadas por representações do que o amor – supostamente – é. Quero demorar um momento com esse pensamento: não podemos nos proteger dessas imagens. Isso é o que as torna tão poderosas. Quer estejamos conscientes disso ou não, quer queiramos ou não, como o amor é representado em nossa sociedade não nos passa despercebido. A sociedade, com suas ideias normativas, se infiltra em nossa mente e, consequentemente, afeta nossos relacionamentos. Além disso – quero abordar esse aspecto brevemente aqui, pois voltarei a ele mais detalhadamente em outro momento –, as ideias que nos moldam são muito uniformes. Por exemplo, a ideia de que relacionamentos amorosos são essencialmente relacionamentos de casal. Conforme essa perspectiva, baseada em uma concepção binária de gênero, esses relacionamentos consistem em duas pessoas, um homem (cis)* e uma mulher (cis), que só "se completam" quando encontram seu "par".

O capitalismo utiliza essas mensagens para moldar nossas percepções e valores. Vivemos em uma sociedade onde a publicidade nos inunda continuamente com a ideia de que nosso valor e dignidade estão direta e proporcionalmente ligados ao consumo. Penso aqui naquelas figuras das redes sociais que compartilham seus "momentos privados" conosco e cujos recortes de vida frequentemente lembram comerciais bem produzidos com papéis de gênero rigidamente definidos. As melodias suaves de fundo que acompanham esses conteúdos reforçam a promessa bem conhecida de ascensão social e autoaperfeiçoamento por meio do consumo. A promessa eterna da publicidade sugere que nosso comportamento de consumo pode contribuir para que nos tornemos amáveis e desejáveis – desde que escolhamos o perfume *certo* ou o alimento *certo*. A mensagem implícita é que não somos amáveis *simplesmente* como somos; temos que conquistar isso com trabalho remunerado, de preferência com um emprego bem pago – já que o trabalho de cuidado não conta como trabalho. Assim, quem consome muito é atraente, pois quem pode consumir tem dinheiro. E a pessoa que é atraente é digna de amor. Nesse contexto, o amor se transforma em uma meta inatingível que só pode ser superada se trabalharmos duro o suficiente em nós para nos tornarmos seres dignos dele.

Com todas essas mensagens que silenciosamente delimitam

---

* Cis é um prefixo em latim que significa 'deste lado'. Usamos cis como adjetivo. Isso se refere ao fato de que uma pessoa vive em conformidade com o gênero que lhe foi atribuído ao nascer. Ser cisgênero é considerado a norma. Ou seja, em nossa [...] sociedade, presume-se que todas as pessoas sejam cisgênero. Referência (NOTA 4): Glossário do Kompetenzstelle Intersektionale Pädagogik [Centro de Competência para pedagogia interseccional]. Cisgeschlecht [Cisgênero].

nossas percepções de amor e das quais não podemos escapar, pode parecer quase supérfluo trabalhar numa definição própria de amor, pois já existem definições sociais prontas que nos aprisionam. No entanto, o contrário é verdadeiro: esse quadro estreito deve ser rompido e criar nossa própria definição de amor pode nos devolver a liberdade de vivê-lo de forma autêntica e verdadeira.

Amor: uma Definição Pragmática

Com este livro, defendo que devemos nos apropriar da palavra "amor" para definir os limites de nossos relacionamentos amorosos. Afinal, nosso entendimento sobre o que o amor inclui também determina o que o ele não pode ser para nós. Isso influencia como nos comportamos em relacionamentos e que comportamentos alheios toleramos. Nossa definição de amor se torna, assim, nossa bússola pessoal, guiando nossas escolhas e atitudes. Acredito que é valioso ter uma definição clara e pessoal de amor. Para este livro, escolhi uma definição de amor que contrasta com as concepções sociais mais comuns. Refiro-me, principalmente, a M. Scott Peck e Erich Fromm. Suas abordagens, que por vezes se complementam, me inspiraram a pensar no amor como uma ferramenta contra a injustiça social. Tais definições, as quais abordarei e expandirei neste livro, destacam-se principalmente por serem pragmáticas. E é justamente aí que reside sua beleza: elas não estão distantes da realidade cotidiana dos relacionamentos interpessoais.

Comecemos com minha definição favorita, elaborada por M. Scott Peck, um psiquiatra e psicoterapeuta estadunidense. Em seu clássico livro *O caminho menos percorrido: uma nova psicologia do amor, dos valores tradicionais e do desenvolvimento espiritual*[5], ele relata que, em seu trabalho, encontrou muitas pessoas que interpretavam ações alheias como amor, embora tais ações as restringissem, controlassem, e as privassem de liberdade ou independência. Considerando que vivemos em uma sociedade onde frases como "crime passional" são comuns, não é surpreendente que as pessoas confundam amor com outros motivos, incluindo comportamentos que eu consideraria o oposto do amor. Para Peck, isso resultou na necessidade – algo que também sinto – de definir o amor. Sua definição é a seguinte:

> Amor é a vontade de se expandir com o objetivo de nutrir o próprio crescimento espiritual ou o de outra pessoa. [...] O ato de amar é um ato de autoevolução, mesmo quando o propósito subjacente é o crescimento de outra pessoa. Quando amamos alguém, nosso amor só é demonstrável ou verdadeiro por meio de nosso esforço – pelo fato de termos disposição de dar um passo além por outra pessoa (ou por nós mesmos). Amar não é fácil. Pelo contrário, é árduo. Amar é um ato de vontade, uma intenção e uma ação. Vontade implica que temos escolha. Não precisamos amar. Escolhemos amar.[6]

As palavras de Peck ressoam profundamente em mim; há tanto nelas:

Apenas com essas poucas frases, já nos distanciamos muito das concepções comuns de amor. As palavras de Peck nos tiram do papel de seres passivos e nos colocam como pessoas ativamente engaja-

---

5 M. Scott Peck. *O caminho menos percorrido: uma nova psicologia do amor, dos valores tradicionais e do desenvolvimento espiritual.* Tradução: Maria João Freire de Andrade. Editorial Presença, 2018.

6 *The Road Less Traveled: A New Psychology of Love, Traditional Values and Spiritual Growth.* Londres: Rider, 2008 p. 69. [Tradução nossa]

das, que tomam decisões autônomas *a favor* ou *contra* algo. O amor, segundo essa concepção, baseia-se na escolha livre de amar. Temos a *escolha* de amar, mas não temos obrigação de fazê-lo. Amor não é completamente irracional; ele é um processo comprometido com o próprio crescimento ou o de outra pessoa. E, por ser um processo de aprendizado, está intrinsecamente ligado ao esforço. Por fim, o amor é uma prática, algo que fazemos, não apenas um sentimento que experimentamos.

Talvez você esteja se perguntando se amor e paixão, como mencionei anteriormente, significam o mesmo. Peck diria que não. Sua posição é direta: "Nos apaixonamos apenas quando temos consciente ou inconscientemente motivações sexuais."[7] Eu vejo isso de forma um pouco diferente. Na perspectiva dele, apaixonar-se seria algo reservado apenas para pessoas que sentem atração sexual por outra pessoa. Penso, entretanto, especificamente nas pessoas do espectro assexual[*], para as quais o que ele descreve como motivação sexual pode não ter significado, mas que ainda assim podem se apaixonar – muitas vezes sem qualquer interesse sexual. Ainda assim, compartilho da opinião de Peck de que ambos os estados são, em parte, diferentes: para mim, apaixonar-se é uma atração imediata, talvez um evento mais passageiro, um estado agudo. Um estado que pode se repetir, mas que não é permanente. O amor, por outro lado, é, para mim, a decisão que orienta nossas ações em relacionamentos. Isso também significa que posso amar sem me apaixonar, antes

---

7 Idem, p. 72.
* Assexual; espectro assexual: uma pessoa assexual não sente ou sente pouca atração sexual por outras pessoas. Pessoas assexuais não são necessariamente arromânticas. A assexualidade é uma orientação sexual e não uma decisão de abdicar do sexo (como no celibato). Além disso, não se exclui que pessoas assexuais tenham relações sexuais por diversos motivos.
Referência (Nota 7): Léxico Queer (2017).

de me apaixonar ou após deixar de estar apaixonado. Ambos não são dependentes um do outro, embora se apaixonar *possa* ser um momento no amor. Ambos *podem*, mas não precisam se sobrepor.

O amor é um conceito inclusivo. Amor como prática – quero expandir essa definição aqui – é muito mais inclusivo do que as representações sociais de amor nos fazem acreditar. Isso também significa que praticamente todos os relacionamentos, se quisermos, podem ser relacionamentos amorosos. Isso vale para amizades, relações de parentesco, bem como para parcerias românticas. Amor como prática tem pouco a ver com romance, sexualidade ou algo semelhante. Na verdade, o amor como prática não tem sequer a ver com a presença de emoções "positivas". Talvez você já tenha vivenciado isso: se você tem um vínculo próximo com alguém que é muito importante para você, um desentendimento não coloca fundamentalmente em questão essa conexão. Esther Perel, uma terapeuta de casais cujo trabalho admiro muito e que certamente citarei mais vezes, aborda isso de maneira perspicaz. Ela escreve de forma bastante precisa: "Amor é um verbo. É uma decisão ativa que envolve todos os tipos de sentimentos – positivos, primitivos e repulsivos."[8] O Amor, como o interpreto aqui, é uma forma de se relacionar centrada no desenvolvimento pessoal e conjunto. Relações que escolhemos voluntariamente e que nos ajudam a crescer não implicam que sempre nos sentimos bem. Pode acontecer de nosso comportamento ser criticado por outra pessoa ou termos necessidades diferentes e não conseguirmos chegar a um acordo. Isso pode fazer com que, em certos momentos, não nos sintamos

---

8   Esther Perel. Postagem de 7. dez. 2021. Disponível em: www.instagram.com/p/CXMqBl0PqY2/ Acesso em 15.mai.2022 [tradução nossa]

sempre totalmente amáveis como gostaríamos em relação à outra pessoa. No entanto, isso não significa que deixamos de agir com amor, por exemplo, na maneira como lidamos com conflitos.

O amor não é...

Porque considero tão importante destacar que não precisamos e nem sempre podemos sentir amor em nossos relacionamentos amorosos, gostaria de aprofundar essa questão: É essencial entender que, com base na definição de amor utilizo aqui, nem todas as ações podem ser justificadas pelo amor. Embora não precisemos sempre nos sentir bem em nossos relacionamentos, ainda existem limites definidos que o amor não deve ultrapassar. Amor é a ausência de violência. Não podemos exercer violência e, ao mesmo tempo, reivindicar que agimos de forma amorosa. A violência não contribui para o crescimento espiritual próprio nem para o crescimento alheios. Erich Fromm, que influenciou profundamente minha reflexão sobre amor, descreve de maneira incisiva em seu livro *Ter ou ser: uma introdução ao pensamento humanista* que a maneira como o termo é usado, comumente oculta a falta de amor verdadeiro:

> Quando o amor [...] é vivenciado no modo do ter, implica confinar, aprisionar ou controlar o objeto que se 'ama'. É algo estrangulador, anulador, sufocante, matador, não vivificante. O que as pessoas chamam de amor é principalmente um abuso da palavra para esconder a realidade do seu não amor.[9]

---

9   Erich Fromm. *Haben oder Sein: Die seelischen Grundlagen einer neuen Gesellschaft*. München: Deutscher Taschenbuch Verlag, 1982. p. 52. [Edição brasileira: *Ter ou Ser: introdução do pensamento humanista*. Tradução de Diego Franco Gonçales. São Paulo: Planeta do Brasil, 2024.]

A violência nunca é amor, e o amor nunca é violência. Isso se aplica a várias formas de violência, incluindo a violência física, psicológica e estrutural – como a discriminação. Com as várias formas que a violência pode assumir, muitas vezes se sobrepondo à discriminação – penso especificamente na masculinidade, sobre a qual falarei mais adiante. Mais precisamente aqui, penso na violência contra mulheres, femmes* e pessoas lidas como mulheres –, nem sempre é fácil identificar quando a violência está presente em nossos relacionamentos. Pois, em uma sociedade que normaliza a violência em relacionamentos amorosos, é difícil confiar na própria percepção, reconhecer a violência física, sexual e emocional como tal, e, mais ainda, nomeá-la.

A série *Maid* [Criada] me vem à mente. A série retrata a história de uma jovem mulher sem acesso a recursos financeiros que sofre violência psicológica por parte de seu parceiro e tenta se libertar dessa situação com sua filha. A narrativa, baseada no livro homônimo de Stephanie Land,[10] é bem impactante, porque revela como muitos dos momentos em que a violência se manifesta são extremamente comuns, ordinariamente cotidianos.

Conheço tais momentos da minha própria vida, e é exatamente isso o que me sufocava enquanto assistia. Eles ocorrem em relacionamentos que nem as pessoas envolvidas, tampouco as de fora

---

10 Stephanie Land. *Maid: Hard Work, Low Pay, and a Mother's Will to Survive*. New York: Hachette Books, 2019.

* Femme: "Identidade de gênero que expressa que uma pessoa (feminina, masculina ou outra) está ciente das normas culturais de feminilidade e ativamente incorpora uma aparência, papel ou arquétipo feminino. É comumente – mas nem sempre – associada a uma identidade/sexualidade homossexual ou queer. É geralmente mais acentuada e consciente do que uma identidade ou expressão de gênero feminina heterossexual e frequentemente desafia as normas de feminilidade através do exagero, paródia ou transgressão das normas de gênero."
Referência (Nota 10): Urban Dictionary (2007).

descreveriam como violentos. Pode ser a precisão cirúrgica com que, por exemplo, se exerce controle sobre a vida de uma pessoa, fazendo com que ela se torne cada vez menor e menos livre do que deveria ser. Pode ser o ciúme que a sociedade nos vende como amor, e que leva a alguém a abandonar gradualmente seus contatos e espaços de apoio. Perceber tudo o que é representado em *Maid* em si e em seus relacionamentos é complicado pelo fato de que quase não há discurso público sobre violência em relacionamentos.

Outro exemplo impressionante e atual disso é a discussão pública sobre Ines Anioli, que acusou seu ex-parceiro, Luke Mockridge, de agressão física, abuso sexual e estupro.

Para elucidação: ofereço minha solidariedade a pessoas que sofreram violência sexual e outras formas de violência. E, a princípio, não presumo que as pessoas divulguem suas experiências por motivos de "fama", "vingança" ou qualquer outro motivo questionável. Não acredito que alguém faça isso porque, geralmente, não se acredita em vítimas de violência sexual. Isso significa que, para quem sofreu violência sexual, a decisão de se manifestar publicamente muitas vezes resulta em mais violência, como difamação e ódio.

O que é notável no debate sobre Ines Anioli – que se alinha a muitas outras "controvérsias" semelhantes fabricadas pela mídia, que, na verdade, não são controversas – é que o tom sexista é sempre o mesmo: mulheres e, na verdade, todas as pessoas com identidade de gênero marginalizada – abordarei isso mais para frente e explicarei alguns termos – não são confiáveis. Elas mentem. Querem vingança. São emocionais demais, e essa emocionalidade impede que vejam a realidade, o que sugere neste caso, que, na verdade, não sofreram violência. No entanto, a pesquisa mostra que a taxa de falsas acusações de estupro na Alemanha é de apenas três por cento.[11] Além disso, vivemos sob um sistema jurídico que, até meados da década de 1990, não reconhecia a violência sexual em casamentos como crime passível de perseguição – não esquecendo que apenas homens (cis) e mulheres (cis) podiam se casar –, e que ainda hoje oferece poucas ferramentas eficazes para a perseguição da violência sexual.

Os números dos estudos sobre violência sexual contra mulheres evidenciam que a combinação de falta de suporte adequado e uma abordagem social profundamente problemática sobre a violência sexual resulta em sua subnotificação, portanto, a violência sexual raramente é e punida legalmente. Por exemplo, no site do Ministério Federal da Família, Pessoas Idosas, Mulheres e Juventude, afirma-se que "cerca de uma em cada quatro mulheres será vítima de violência física ou sexual por seu parceiro atual, ou anterior pelo menos uma vez"[12]. O relatório sobre "violência entre casais" de 2020 conclui que, em 16.216 casos de coerção sexual, agressões sexuais e estupro, aproximadamente 93% das vítimas eram mulheres.[13] No entanto, deve-se notar que os relatórios do Departamento Federal de Polícia Criminal referem-se a casos denunciados. Segundo o estudo

---

11 Corinna Seith, Joanna Lovett e Liz Kelly. *Unterschiedliche Systeme, ähnliche Resultate? Strafverfolgung von Vergewaltigung in elf europäischen Ländern: Länderbericht Deutschland.2009* [Sistemas Diferentes, Resultados Semelhantes? Acompanhamento Penal de Estupro em Onze Países Europeus: Relatório Nacional da Alemanha] Disponível em: www.frauenrechte.de/images/downloads/hgewalt/EU-DAPHNE_Straf-verfolgung_von_Vergewaltigung_Laenderbe-richt_Deutschland.pdf. Acesso em 15 mai 2022.

12 Bundesministerium für Familie, Senioren, Frauen und Jugend. *Frauen vor Gewalt schützen: Formen der Gewalt erkennen.* [Ministério para a Família, Idosos, Mulheres e Juventude: *Proteger as Mulheres contra a Violência: Reconhecer as Formas de Violência.*], 2021. Disponível em: www.bmfsfj.de/bmfsfj/themen/gleichstellung/frauen-vor-gewalt-schuetzen/haeusliche-gewalt/formen-der-gewalt-erkennen-80642. Acesso: 15. mai. 2022.

13 Bundeskriminalamt 2021: *Partnerschaftsgewalt – Kriminal-statistische Auswertung – Berichtsjahr 2020* [Departamento Federal de Investigação Criminal 2021: *Violência no Relacionamento – Análise Estatística Criminal – Ano de Referência 2020*]. Disponível em: www.bka.de/SharedDocs/Downloads/DE/Publikationen/JahresberichteUndLagebilder/Partnerschaftsgewalt/Partnerschaftsgewalt_2020. html;jsessionid=-79777FE2B1C3EC72C5AF5A77D0ED2800. live291?nn=63476. Acesso em 15 mai 2022

"Situações de vida, segurança e saúde das mulheres na Alemanha", apenas 8% das mulheres que sofreram violência sexual relataram o incidente à polícia.[14] O estudo também revela que menos de 5% de todos os crimes relacionados à violência sexual são denunciados, e que, para cada cem crimes denunciados, apenas treze resultam em condenações.

Por que faço esse desvio aqui? Porque o que descrevo, isto é, a violência refletida nesses números, é apenas o estágio final de um ciclo de violência. E mesmo essa é quase invisível. Isso significa – e é aqui que quero chegar – que todos os pequenos momentos em que mecanismos de opressão se manifestam em relacionamentos são também muito pouco visíveis. Além disso, a violência sexual é apenas um dos muitos exemplos de violência discriminatória em relacionamentos e, portanto, também de como essa violência é tratada socialmente. Afinal, em relacionamentos heterossexuais, ela é perpetrada por homens em 80% dos casos.* Ronald F. Levant,

---

14 Bundesministerium für Familie, Senioren, Frauen und Jugend 2004: *Lebenssituation, Sicherheit und Gesundheit von Frauen in Deutschland.* [Ministério para a Família, Pessoas Idosas, Mulheres e Juventúde (2021): *Condições de Vida, Segurança e Saúde das Mulheres na Alemanha.*] Disponível em: www.bmfsfj.de/resource/blob/94200/ d0576c5a115baf675b5f75e7ab2d56b0/lelebenssituati- sicherheit-und-gesundheit-von-frauen-in-deutschland-data. pdf. Acesso em 15 mai 2022. Ver também: https://repositorium.ixtheo. de/xmlui/bitstream/handle/10900/63018/langfassung-studie-frauen-teil-eins.pdf?sequence=1&isAllowed=y. Acesso em 15 mai 2022.

* Os termos "mulher" e "homem" são entendidos neste livro não como realidades biológicas, mas como categorias socialmente construídas que, por exemplo, afetam as formas de socialização que recebemos ou como nos identificamos nesse contexto. No entanto, o espectro de autoidentificação é significativamente maior e inclui, além das categorias sociais "mulher" e "homem", por exemplo, pessoas não binárias, que não se identificam nem como homem, nem como mulher ou com ambos simultaneamente. No entanto, mesmo as pessoas não binárias são frequentemente vistas como "mulheres" ou "homens" e erroneamente categorizadas como uma dessas duas categorias. Portanto, muitos dos estudos que cito usam os termos "homens" e "mulheres". Isso geralmente não é preciso o suficiente ou está errado, porque não podemos saber como as pessoas se posicionam fora das estatísticas, que geralmente são binárias. No exemplo acima, trata-se especificamente de homens heterossexuais e, principalmente, cis. Para a consideração das relações de poder, tal diferenciação pode ser significativa, pois mostra em quais contextos o poder é exercido e por quem. Onde for possível e importante para a consideração do respectivo conteúdo, farei a diferenciação adequada.
Referência (Nota 16): Idem

que pesquisa homens e masculinidade no campo da psicologia há mais de quarenta anos e a quem entrevistei durante a pesquisa para este livro, explica:

> A masculinidade está associada a uma longa lista de consequências negativas, incluindo violência física, agressões sexuais e a violência que os homens infligem a si mesmos por meio de seus maus hábitos de saúde.

Em seu livro *The Tough Standard: The Hard Truths About Masculinity and Violence* [Padrão rígido: duras verdades sobre masculinidade e violência], que aborda a relação entre masculinidade e violência, há um capítulo inteiro dedicado à relação entre masculinidade e violência sexual.[15]

É importante para mim formular isso de forma bem articulada porque isso mostra que as palavras de Erich Fromm sobre a ocultação da falta de amor na esfera privada também estão relacionadas às nossas estruturas sociais – como ilustra, por exemplo, como a violência sexual em relacionamentos é tratada legalmente. Fromm descreve um problema social generalizado: a normalização da falta de amor. Dado que as noções comuns de amor, muitas vezes, se expressam em violência – como na expressão frequente "crime passional" –, não é nada surpreendente que a falta de amor sob o disfarce do amor, tenha um impacto profundo em nós. Como poderia ser diferente? Crescemos com essa falta de amor, tão enraizada que raramente é questionada e que, portanto, se torna parte de nossa socialização. Por isso, acredito que é urgente reaprender o amor, e por isso é importante repetir: a violência não tem absolutamente nada a ver com amor. Também

---

15 Ronald F. Levant e Shana Pryor. *The Though Standard: The Hard Truths about Masculinity and Violence*. New York: Oxford University Press, 2020.

bell hooks resume de forma impressionante em seu livro *Tudo sobre o amor: novas perspectivas* por que amor e violência são opostos:

> Quando entendemos o amor como a vontade de nutrir nosso crescimento espiritual e o de outra pessoa, fica claro que não podemos dizer que amamos se somos nocivos ou abusivos. Amor e abuso não podem coexistir. Abuso e negligência são, por definição, opostos a cuidado.[16]

Para nós, esse pensamento, além dos aspectos já mencionados, é central por dois motivos principais. Primeiro, ele deixa claro que o amor não *pode* ser incondicional. Pelo contrário, o amor como ação está condicionado: uma premissa que decorre dessa definição de amor é que a violência ultrapassa os limites do amor e não tem lugar nele. Isso é significativo, porque o amor é frequentemente retratado como livre de condições. No entanto, quando o amor não tem limites, ele nada é, pois, é tudo. Logo, também é violência, já que esta não ultrapassa os limites inexistentes desse amor.

Em segundo lugar, esse pensamento é central porque a discriminação, que se encontra em toda parte na nossa sociedade, também influencia nossos relacionamentos. Ou seja, a violência é parte de nossas conexões interpessoais mais importantes. O problema é que muitas vezes não estamos cientes disso e, portanto, repetimos inconscientemente a violência estrutural em relacionamentos amorosos. A discriminação com suas várias facetas é uma parte normal de nosso cotidiano – e exatamente isso dificulta seu reconhecimento.

Para nós, pelo menos para mim, isso implica a tarefa de olhar metaforicamente no espelho e observar de perto a violência

---

16 bell hooks. *Tudo sobre o amor: novas perspectivas.* Trad. Stephanie Borges. São Paulo: Elefante. 2020.

estrutural – ou mais especificamente: a maneira como a exercemos individualmente. Não apenas para reconhecer sua presença, mas para combatê-la e superar a separação que ela causa nos relacionamentos. Para isso, gostaria de aprofundar a compreensão acerca dos fundamentos da discriminação: onde ela começa? Que formas ela assume? Como ela se manifesta? E o que ela tem a ver com nossos relacionamentos?

Poder

Poder em Nossas Relações

Em nossa sociedade desigual, amor e discriminação estão inextricavelmente ligados. Sei que isso pode soar pessimista, mas não é essa a intenção. A razão pela qual faço essa afirmação de forma tão direta é que o amor é frequentemente romantizado como um "remédio universal" contra todos os males do mundo. Nesta concepção, não existe poder maior do que o amor. Ele seria então maior até mesmo que as relações de poder social que, supostamente, podem ser superadas pelo *verdadeiro amor*. Contudo, essa perspectiva está bem distante da realidade. Os sistemas de opressão que permeiam nossa sociedade, e que são tão onipresentes que atuam tanto ao nosso redor quanto dentro de nós também se manifestam em nossos relacionamentos amorosos.

Enquanto não reconhecermos que a desigualdade social também afeta nossas vidas e nossos entes queridos, pouco podemos fazer a respeito. Afinal, e eu sei como essa frase pode soar simplista, só conseguimos lidar com os desafios que realmente reconhecemos. "Viver de amor e ar", como muitas vezes é retratado em nossa sociedade, não é uma forma adequada de enfrentar esses desafios. A discriminação estrutural representa uma falta, que acaba gerando violência em nossos relacionamentos amorosos.

Como os próximos capítulos se baseiam em uma compreensão estrutural da discriminação, quero aproveitar este momento para abordar a discriminação em suas diversas formas. Portanto, apresento-lhes e outra definição. Basicamente, assim como no capítulo sobre o amor, precisamos de uma definição contundente para delimitar o que se quer dizer e o que não se quer dizer. Isso é especialmente importante no que diz respeito à opressão, pois a discriminação, em todas as suas formas, muitas vezes, é associada, socialmente a intenções "malévolas". No entanto, de uma perspectiva científica – e a definição que apresento aqui não reflete minha opinião pessoal – isso não é necessariamente o caso. Na verdade, a discriminação ocorre, com frequência, em situações que não estão associadas a intenções específicas e não podem ser adequadamente descritas como "casos isolados". Essa compreensão da discriminação, isto é, quando se considera seu funcionamento cotidiano, é chamada de discriminação estrutural. Falo, portanto, de discriminação estrutural, pois esse conceito implica que a discriminação é parte da estrutura das nossas interações: um fio que atravessa o tecido de nossa sociedade, em todos os níveis. A discriminação nos rodeia em todos os aspectos do cotidiano, tornando-se "normal" e, por isso, muitas vezes não é reconhecida como tal. Pode parecer paradoxal, mas não é: quem, por exemplo, não tem uma (d)eficiência[17]*, talvez nunca tenha se irritado com o fato de que, nos aplicativos de namoro,

---

17 Com o intuito de espelhar o uso dos termos "be_hindert" [(d)eficiente] e "Be_hinderung" [(d)eficiência] na Alemanha, adotamos nesta tradução os parênteses na letra "d" na grafia da palavra (d)eficiência. Os termos utilizados em alemão acrescentam um hífen, separando o prefixo "be-" da raiz "hindert". Esta manobra ortográfica serve para questionar a ideia de que a (d)eficiência é uma característica intrinsecamente limitante ou que impede o indivíduo de maneira absoluta. Nesse sentido, em português, o destaque do prefixo de negação de-, desvenda a interrelação entre as palavras 'deficiência' e 'eficiência'. [N.T.]

* (Be_hindert): a pessoa com deficiência não é incapaz, ela é incapacitada. Delas é tirada a eficiência da autonomia. Para incorporar esse slogan, proclamado por ativistas dos direitos de pessoas com deficiência, na linguagem cotidiana e tornar visíveis as barreiras impostas por circunstâncias externas, como edifícios ou outras estruturas, na Alemanha se usa o sublinhado no termo correspondente a deficiente (Be_hindert).

todas as preferências possíveis podem ser especificadas, mas pessoas com (d)eficiência não podem procurar outras pessoas com (d)eficiência.[18] E quem não enfrenta discriminação racial ou sexual pode ainda não ter parado para pensar sobre a relevância e impacto – em sua própria vida – dos resultados do estudo do OkCupid de 2014, que demonstrou o quanto nossa percepção subjetiva de atratividade é moldada pelo racismo[19].

Mas vamos dar um passo atrás e começar com alguns conceitos fundamentais. Em meu trabalho, por exemplo, em oficinas e curso sobre racismo, observei que as palavras "preconceito" e "discriminação" são frequentemente usadas como sinônimos. No entanto, para o que queremos tratar neste livro, essa equivalência é imprecisa. Os termos significam coisas diferentes: embora todas as pessoas possam ter preconceitos pessoais contra qualquer coisa, nem todas as pessoas são igualmente sujeitas à discriminação. Isso ocorre porque, ao contrário do preconceito, a discriminação está sempre associada ao poder social.

Muitas maneiras, mesmo princípio

Discriminação é um termo bem abrangente. No entanto, para entender melhor e combater a opressão de maneira eficaz, precisamos distinguir entre as diferentes formas de discriminação. Embora

---

18 Katharina Payk (2019): Hä? Was bedeutet be_hindert?. [hein? O que significa (d)eficiência?] Missy Magazine. Disponível em: https://missy-magazine.de/blog/2019/03/12/hae-was-bedeutet-be_hindert/ Acesso em: 15. mai 2022

19 OkCupid (2014): "Race and Attraction [Raça e atração], 2009–2014". Disponível em: www.gwern.net/docs/psychology/okcupid/raceandattraction20092014. html Acesso em 15 mai 2022

a desigualdade social faça com que apenas algumas poucas pessoas tenham melhores oportunidades na sociedade às custas daquelas que são desfavorecidas, as diferentes formas de opressão não funcionam da mesma maneira – nem mesmo em nossos relacionamentos.

Entre as muitas formas de discriminação que existem em nossa sociedade, está o capacitismo, a discriminação contra pessoas com deficiência. Esta forma de discriminação se manifesta, por exemplo, no uso cotidiano da linguagem, quando termos associados à deficiência são utilizados como insultos ou depreciações. O capacitismo também se revela na concepção do que um corpo deve ser capaz de fazer, o que se traduz, por exemplo, na pouca representação de pessoas com (d)eficiência em contextos sexuais.

Outra forma de discriminação é o sexismo. Ele se refere à discriminação contra mulheres. Isso inclui a atribuição a mulheres de trabalho de cuidado em torno da casa e das crianças, assim como o cuidado emocional, especialmente de homens cis. No contexto do trabalho, o sexismo se manifesta, por exemplo, na disparidade salarial entre homens e mulheres. Em 2020, a diferença salarial de gênero na Alemanha era de 18%.

O heterossexismo é a discriminação com base na orientação sexual*. Essa discriminação afeta pessoas homo-, pan- ou bissexuais, por exemplo. Essa forma de discriminação decorre do fato de viver-

---

* Refleti bastante sobre como lidar com o termo "orientação sexual". Para mim, o foco linguístico na sexualidade é muito forte. Em termos de conteúdo, o termo abrange muito mais, como, por exemplo, por quem nos sentimos atraídos – considerando identidade(s) de gênero – ou com quem queremos estar. O termo exclui a possibilidade de desejarmos de forma fluida e ignora que as dinâmicas não podem ser mantidas de maneira estática. Todos esses são aspectos que também são verdadeiros para pessoas que, por exemplo, não têm interesse em sexualidade como ato. O termo "orientação sexual" é, na minha opinião, linguisticamente reduzido, pois abrange, na verdade, uma variedade de práticas diferentes. No entanto, não consegui resolver isso linguisticamente e, por essa razão, continuei a utilizá-lo neste texto.

mos em uma sociedade heteronormativa, na qual a heterossexualidade é considerada "normal" e todas as outras orientações sexuais são vistas como desvios dessa norma. Isso resulta na invisibilização e desvalorização de relacionamentos lésbicos e gays, por exemplo, nos meios de comunicação.

O cissexismo refere-se à discriminação contra pessoas trans ou não-binárias, ou seja, pessoas que não se identificam com o gênero que lhes foi atribuído ao nascer. Um exemplo disso é a exclusão frequente de mulheres trans de lutas supostamente feministas, devido a posturas transfóbicas que negam a identidade de mulher às mulheres trans. A revista *Emma* frequentemente exemplifica essa postura transfóbica; em um texto publicado em janeiro de 2022, a política do Partido Verde, Tessa Ganserer, foi acusada de ocupar injustamente uma vaga reservada para mulheres, em desacordo com a política de cotas de seu partido.

Outra forma de discriminação é o classismo, a discriminação contra pessoas cujo acesso a uma "educação formal superior" ou a recursos financeiros é limitado. Essa forma de desigualdade social impacta, por exemplo, as oportunidades educacionais de uma pessoa – algo especialmente relevante na Alemanha, onde a probabilidade de uma pessoa, cujos pais não são da academia, concluir o ensino médio e ingressar na universidade é relativamente baixa.

Racismo é a discriminação contra pessoas Negras[*], pessoas

---

[*] Negro: A autodesignação 'Negro' refere-se a uma posição social que, devido ao racismo estrutural, tem acesso restrito a recursos sociais como o mercado de trabalho e de moradia, educação e cuidados de saúde. Assim, o termo não se refere à 'cor da pele', isto é à uma característica biológica. O termo é escrito com letra maiúscula para enfatizar seu caráter de resistência. [*]
Referência (nota 22): Josephine Apraku (2021): Schwarz. Mosaik – Postkoloniale Stimmen [Preto. Mosaico - Vozes pós-coloniais.] Staatliche Museen zu Berlin [Museu Federal de Berlin].

racializadas (PoC)** e Indígenas***. Uma forma específica de manifestação do racismo na Alemanha é a ideia de que ser *branco* e ser alemão são conceitos inseparáveis. Nessa perspectiva, apenas pessoas brancas**** são consideradas alemãs. Por isso, o termo "pessoas com antecedentes migratórios" é pouco útil, pois mantém essa ideia e geralmente é usado como sinônimo de BIPoC*, mas não para pessoas *brancas* que têm experiência de migração.

Na verdade, a desigualdade social não começa apenas com a desvantagem, mas com a divisão em grupos aparentemente distintos e que, muitas vezes, são considerados naturais. A construção desses grupos ocorre com base em características escolhidas arbitrariamente, como a orientação sexual. As pessoas agrupadas dessa maneira recebem atributos que, independentemente da

---

** Pessoas racializadas [People of Color] é uma autodesignação solidária que surgiu com o movimento pelos direitos civis nos EUA na década de 1960. A designação abrange diferentes grupos que experimentam exclusão na sociedade devido ao racismo estrutural. No entanto, as exclusões racistas que as pessoas que adotam essa autodesignação enfrentam variam muito. Por isso, muitas pessoas com experiências de racismo usam outras ou adicionais autodesignações para si mesmas.* Referência (nota 23).

*** Indígena é uma autodesignação usada por pessoas em todo o mundo e em diferentes contextos. O termo é usado por grupos que foram deslocados de suas terras durante o colonialismo. Muitos desses grupos usam nomes mais específicos para si, como os 'Torres Strait Islanders' na Austrália atual. As relações de poder coloniais anteriores ainda prevalecem em países como os EUA, Austrália, Canadá e Nova Zelândia. Mesmo hoje, os 'Indigenous American', 'Aboriginal Australians' e 'First Nations' no Canadá continuam a lutar por igualdade.* Referência (nota 24).

**** Branco: A designação 'branco' não é uma autodesignação. Como o ser branco é estabelecido como norma na sociedade, essa posição parece neutra e não é nomeada. Como categoria analítica no contexto da crítica ao racismo, o termo é escrito em itálico. A categoria 'branco' não se refere a cores de pele: como termo político, descreve um acesso relativamente mais fácil aos recursos sociais como trabalho ou educação no contexto do racismo. Assim, 'branco' descreve uma posição de poder que não precede o racismo, mas é um resultado dele.* Referência (nota 25)

* BIPoC é uma sigla para Black (Pessoas Negra), Indigenous (Indígena), People of Color (Pessoas Racializadas). A abreviação, que está se tornando mais comum na Alemanha, engloba diferentes autoidentificações de grupos que são alvo do racismo. A combinação dessas diversas autoidentificações aponta para as diferentes experiências como o racismo e sua história de escravidão, colonização e resistência. Assim, o termo representa uma diferenciação em relação à autoidentificação PoC [People of Color]. Referência (nota 26).

realidade, as desvalorizam ou valorizam. Esse processo, no qual um grupo – "nós" – se diferencia de outro, é chamado de Outrização, ou *Othering*, em inglês, ou *Fremdmachung*, em alemão. Esses grupos, portanto, não são naturais, eles são construídos através da opressão sistemática e servem, ao mesmo tempo, para justificar essa opressão. Além disso, a discriminação hierarquiza os grupos que ela própria cria. Nada disso é neutro, nem mesmo a atribuição a um dos grupos. É notável como a valorização do grupo "nós" acontece sem que suas supostas qualidades positivas precisem ser mencionadas. Ela resulta implicitamente da desvalorização "dos outros". Podemos observar a Outrização como uma estratégia de opressão em todos os lugares: nos meios de comunicação, como noticiários ou filmes, em conversas pessoais e até na escola, por exemplo, por meio do material didático.

A divisão em grupos e a consequente valorização ou desvalorização de uns em relação a outros resulta outro ponto essencial para a compreensão da desigualdade social: todas as formas de discriminação implicam que um grupo é desfavorecido por ela enquanto outro grupo beneficia-se dela. Portanto, a exclusão de um grupo é sempre o privilégio de outro. Discriminação e privilegiamento são os dois lados da mesma moeda. Tomemos como exemplo o heterossexismo: nesse caso as pessoas heterossexuais são vistas como "normais" e, até recentemente, eram as únicas que podiam legalizar suas relações por meio do casamento. Isso lhes conferia benefícios fiscais dos quais casais de lésbicas e de gays estavam completamente excluídos até 2017. Privilégio, neste exemplo, não significa nada mais do que ser parte da norma e não sofrer desvantagens legais que poderiam afetar negativamente a estabilidade financeira. Outro exemplo dessa situação é a dificuldade que casais homossexuais enfrentam ao tentar formar uma família. Por exemplo, a criança de um casal lésbico só tem uma pessoa com direitos de guarda, a menos que a outra pessoa o casal a adote.

Para mim, é importante enfatizar que não existe "discriminação reversa". A discriminação tem raízes históricas e sempre esteve ligada ao objetivo de garantir que determinados grupos tenham acesso facilitado a tudo o que, em cada época, é considerado importante na sociedade. Um exemplo comum que encontro frequentemente em meu trabalho é a ideia de que existe racismo contra pessoas *brancas*. Mas isso não é verdade. É verdade que pessoas *brancas* podem ser insultadas por serem *brancas*. Com frequência, escuto de profissionais da educação que, no ambiente escolar, crianças *brancas* sofrem "agressões racistas" e são chamadas de termos pejorativos como "batata alemã". No entanto, essa afirmação não reconhece que o racismo não se limita às atitudes individuais de algumas poucas pessoas e não se restringe apenas a insultos – se é que queremos considerar "batata" um insulto. Crianças e adolescentes *brancos*, para continuar com o exemplo, experimentam vantagens em muitos aspectos apenas por serem *brancos*: os conteúdos educacionais são direcionados a eles como público-alvo, e esse grupo é representado de forma positiva no material didático. Além disso, ao contrário de estudantes BIPoC (Negros, Indígenas e Pessoas Racializadas), o grupo *branco* não é percebido como distante da educação devido à cor de pele e, com desempenho escolar semelhante, não recebe notas baixas nem cartas de recomendações que restringirão seu acesso ao ensino superior[20] –

---

20 Em linhas gerais, no sistema escolar alemão, crianças recebem, no final do quarto ano, uma recomendação que lhes dá acesso ao Ensino Fundamental II, que, por sua vez, basicamente definirá se terão acesso ao Ensino Superior ou não. O sistema básico separa as crianças em três tipos de escolas do Fundamental II: a *Hauptschule*, para "as de menor desempenho acadêmico", *Realschule*, para as "de desempenho médio", e *Gymnasium*, para "as mais preparadas". Para mais informações, acessar: Sistema escolar - Sistema escolar - Mein Weg nach Deutschland - Goethe-Institut [N.T]

há inúmeros estudos que comprovam essa forma de discriminação racial.[21] A discriminação, portanto, atua em várias esferas da sociedade, não se limitando ao nível individual, e tem efeitos que vão além de meros insultos. Basicamente, não há proteção contra a discriminação.

Se, portanto, vamos nos aprofundar nas diferentes formas de discriminação, é fundamental que não nos concentremos apenas nas desvantagens que ela impõe a determinados grupos. Devemos sempre considerar também quem se beneficia dessas desvantagens. Afinal, é precisamente por causa dessas vantagens – como o acesso facilitado à educação, ao trabalho ou ao atendimento à saúde para alguns poucos – que a discriminação existe e persiste. Em termos simples, a distribuição desigual de poder em nossa sociedade determina quem recebe o quê, quanto de cada coisa e de que forma. Privilegiamento e marginalização estão interligados. Se quisermos lutar contra a opressão de maneira eficaz, inclusive em nossos relacionamentos, não podemos isolar uma coisa isoladamente da outra.

Lacunas textuais

A discriminação, como costumo explicar, é como um texto repleto de lacunas que preenchemos sem dificuldade, permitindo que o compreendamos. Aparentemente, temos todas as informações necessárias para entender o que está sendo dito. Da mesma forma, uma caricatura racista não existe isoladamente. Só

---

21 Comparar, por exemplo, Meike Bonefeld e Oliver Dickhäuser. *Max vs. Murat: Effekte des Migrationshintergrundes bei der Diktatbeurteilung*, 2017. [*Max versus Murat: Efeitos de antecedentes migratórios em avaliações de ditados*]

conseguimos entender quem ou o que está sendo representado porque conhecemos todas as informações necessárias de outros contextos. O problema é que imagens racistas – que têm pouco a ver com a aparência real das pessoas – não são usadas apenas uma vez. Reconhecemos a pessoa ou os grupos que estão sendo representados porque essas imagens e suas mensagens racistas nos são apresentadas diariamente. As diferentes formas de discriminação funcionam por repetição: no cotidiano, aspectos de concepções discriminatórias – como peças de um quebra-cabeça muito complexo – estão espalhados por todos os lados. Embora as mensagens dessas peças sejam semelhantes ou se complementem, cada peça é única. Uma dessas peças pode ser microagressões cotidianas: pequenas ofensas que desferimos ou experimentamos, como "Você não é tão mandona-irritada-encrenqueira-nervosinha-barraqueira como as outras mulheres que eu conheço." Outra peça desse quebra-cabeça pode ser uma conversa em um programa de entrevistas, em que o uso de termos racistas por pessoas *brancas* é discutido e considerado inofensivo. Por fim, ataques físicos, que são legitimados por atribuições discriminatórias, também são parte do quebra-cabeça e, portanto, da discriminação estrutural. Aprendemos essas mensagens desde cedo, dependendo de nossas posições de privilégios ou desvantagens, através da forma como nos tratam, por representações em publicidade ou em livros escolares. Será que temos, aparentemente, mais valor ou temos que trabalhar duas ou três vezes mais por qualquer coisa porque a sociedade nos afirma desde crianças que não merecemos nada? Ou somos parte da norma e, portanto, não precisamos notar nem reconhecer a cotidianidade das relações de poder discriminatórias? Interiorizamos tanto nossos privilégios quanto as opressões das quais somos alvos, o que pode resultar em momentos em que nos identificamos com a inferioridade que nos é atribuída ou interiorizamos a dominância que consideramos natural devido aos nossos privilégios.

A discriminação não é o insulto sexista isolado que pessoas "más" nos lançam. Ela é a barreira constante que se impõe arbitrariamente em nossas vidas, dificultando-as a qualquer momento. Essas barreiras podem se manifestar de várias maneiras. Podem surgir em interações interpessoais, na forma de microagressões. Isso pode ser, por exemplo, um suposto elogio como "Você tem sorte de estar com uma pessoa que não tem uma deficiência também". Ou um comentário problemático como "Se eu estivesse com você, estaria sempre com ciúmes, porque você é bi!". Essas barreiras são frequentemente mantidas pelas regras, rotinas e medidas das instituições ou pelas leis. Um exemplo histórico é a legislação racista da era colonial alemã, que proibia soldados coloniais alemães, homens *brancos*, de se casarem com mulheres Negras ou terem crianças com elas. Isso visava evitar que pessoas Negras adquirissem cidadania alemã nas colônias no continente africano. Pois, conforme a lei alemã da época, a cidadania de uma criança era vinculada à do pai biológico.[22] Ainda hoje, pessoas de dois países, entre os quais não há direito de livre circulação, que desejam se casar, precisam provar que têm uma relação amorosa – apesar de não haver menção ao amor nos textos legais sobre casamento. Essas barreiras também são reforçadas por conhecimentos compartilhados na nossa sociedade, como a ideia

---

22 Fatima El-Tayeb. *Schwarze Deutsche: Der Diskurs um Rasse und nationale Identität 1890–1933* [Pessoas Negras alemãs: o discurso acerca de raça e identidade nacional 1890-1993]. Frankfurt am Main: Campus, 2001.

de que pessoas Gordas_obesas* são supostamente não atraentes ou a crença de que homens Negros e demais homens racializados são mais propensos a oprimir mulheres.

A interação dessas três dimensões entrelaçadas — individual, institucional e estrutural — é o que diferencia, de maneira significativa, preconceito e discriminação. Preconceitos pessoais podem afetar as interações interpessoais, mas, por não estarem associados ao poder social, podem não ter relevância além do nível individual. A discriminação, por outro lado, opera não apenas no nível individual, mas também no nível institucional e estrutural. Esses níveis estão interligados e dependem uns dos outros. E, embora estejam inseparavelmente conectados, é importante distinguirmos em qual nível estamos atuando em cada caso. Afinal, disso depende a maneira como podemos intervir: há uma diferença entre me defender contra um suposto elogio em um encontro, que, na verdade, é uma atribuição racista, e lutar por uma mudança na lei que permita a todas as pessoas, independentemente de sua orientação sexual, formar famílias em igualdade de condições.

Quero trazer um exemplo do meu trabalho que ilustra como muitas pessoas, no fundo, sabem que nem todo mundo tem as mesmas oportunidades na nossa sociedade. Trata-se de um exercício, um jogo de papéis que possui diferentes nomes. O princípio é simples:

---

* "Gorda_obesa?" É, a pessoa é gorda ou obesa? Não, o termo é gord*_obes* mesmo. Essa é uma grafia escolhida e estabelecida por ativistas do movimento de aceitação de corpos gordos na Alemanha, para enfatizar que se trata de um corpo que está 'fora do ideal normativamente magro', sem fazer distinções inúteis e vagas entre gordo e obeso. Isso inclui todos os corpos nesse espectro.
(nota 29): Melodie Michelberger: Body Politics. [Políticas do corpo] Hamburg: Rowohlt Taschenbuch Verlag, 2021. p. 17.

cada pessoa recebe uma carta que descreve uma posição social. Em uma carta pode estar escrito, por exemplo, "17 anos, estudante do ensino médio, cadeirante", e em outra, "homem Negro, homossexual, três crianças"[23]. A pessoa que conduz o exercício faz uma série de perguntas relacionadas à inclusão ou à exclusão na sociedade, ou à participação social. Algumas dessas perguntas podem ser: "Você pode beijar a pessoa com quem você se relaciona na rua sem reservas?" ou "Você pode adotar uma criança?". Todas as pessoas participantes começam no mesmo ponto do campo de jogo. A cada pergunta que respondem "sim" de acordo com suas cartas, elas avançam, e ao responder "não", permanecem onde estão. Após todas as perguntas, elas estarão distribuídas em diferentes posições no campo, tendo percorrido distâncias variadas, dependendo de suas respostas. Na avaliação conjunta, o grupo todo é questionado sobre por que estão onde estão. Quais perguntas facilitaram ou dificultaram seu progresso? Lembro-me de um participante que permaneceu na linha de partida e, ao final, explicou que seu papel incluía "surdo". Ele observou que, por isso, não conseguiu ouvir as perguntas e, consequentemente, não pôde participar do exercício. É notável que, mesmo participantes que negam que a discriminação seja relevante para o progresso pessoal na vida, geralmente respondem às perguntas de maneira que nem sempre avançam. Ainda que inconscientemente, essas pessoas parecem perceber que o princípio da sociedade meritocrática, na qual supostamente só precisamos nos esforçar para conseguir tudo,

---

23   Initiative intersektionale Pädagogik.: Intersektionale Pädagogik – Eine Handreichung für Sozialarbeiter_innen, Erzieher_innen, Lehrkräfte und die, die es noch werden wollen. Ein Beitrag zu inklusiver pädagogischer Praxis, Vorurteilsbe-wusser Bildung und Erziehung. 2013 [Iniciativa de Pedagogia Interseccional: Pedagogia Interseccional – Um Guia para Assistentes Sociais, Educadores, Professores e aspirantes. Uma Contribuição para Práticas Pedagógicas Inclusivas, Educação e Formação Conscientes de Preconceitos].

não reflete a realidade. Especialmente nas perguntas que envolvem situações cotidianas, que fazem parte da própria realidade de vida, fica evidente que a discriminação não é um fenômeno marginal na nossa sociedade. Ela faz parte do nosso dia a dia.

A Soma de Nossas Partes

"Não existe luta por uma questão única, porque não vivemos vidas com questões únicas."[24] Essa citação de Audre Lorde, que sempre se descrevia como "lésbica, feminista, Negra, poeta, mãe, guerreira" descreve um aspecto que ainda não abordei explicitamente, mas que é importante para nós: a interseccionalidade. Este termo, cunhado no final dos anos 1980 pela jurista e professora de direito estadunidense Kimberlé Williams Crenshaw, descreve como diferentes formas de discriminação se entrelaçam. A escolha da palavra *intersection*, que em inglês significa cruzamento de ruas, visa ilustrar o seguinte:

> Vamos tomar como exemplo um cruzamento, onde o tráfego vem de todas as direções. Assim como esse tráfego, a discriminação também pode ocorrer em várias direções. Se ocorre um acidente em um cruzamento, ele pode ter sido causado pelo tráfego vindo de qualquer direção – às vezes, até pelo tráfego de todas as direções simultaneamente. O mesmo vale para uma mulher negra que é ferida em um 'cruzamento'; a causa pode ser tanto discriminação sexista quanto racista.[25]

---

24 Audre Lorde. *Irmã Outsider: Ensaios e Conferências.* Trad. Stephanie Borges. 1. ed. 1 reimp. Belo Horizonte: Autêntica, 2020.

25 Kimberlé Williams Crenshaw. *"Demarginalizing the Intersection of Race and Sex – A Black Feminist Critique of Anti-discrimination Doctrine, Feminist Theory, and Antiracist Politics".* The University of Chicago Legal Forum, 1/1989, p. 139. [tradução nossa].

Para nós – especialmente porque mais adiante trarei exemplos para os quais uma perspectiva interseccional é relevante – essa perspectiva é central. Na verdade, essa abordagem da discriminação revela alguns pontos cruciais. Por um lado, ela permite identificar que várias formas de opressão não apenas coexistem, mas se sobrepõem, estão interligadas e atuam simultaneamente. Não podemos separá-las completamente. Por outro lado, uma perspectiva interseccional nos permite perceber que a vulnerabilidade aumenta quando experimentamos múltiplas formas de discriminação ao mesmo tempo. Além disso, ela nos permite perceber que a interseção de diferentes formas de discriminação gera experiências específicas de exclusão.

A interseccionalidade também evidencia que os privilégios atuam de forma interseccional: quanto mais privilegiada a pessoa é, ou seja, quanto menos formas de discriminação enfrenta, menos vulnerável ela se torna. Usando a metáfora de Crenshaw, o tráfego flui suavemente e, talvez, venha de uma única direção. A experiência de uma mulher *branca*, sem (d)eficiência, com formação universitária é moldada pelas exclusões que ela não vivencia. Uma crítica comum às lutas feministas de mulheres *brancas* e de classe média, como aquelas que se concentram na disparidade salarial de gênero, é que elas frequentemente não reconhecem que também existem diferenças salariais entre mulheres cis e trans, entre pessoas intersexo, e entre mulheres *brancas*, Negras e demais mulheres racializadas.[26]

A expressão "angry black woman" [mulher negra barraqueira] é um exemplo de atribuição que é tanto racista quanto sexista. Dife-

---

26 Cf. por exemplo.: Antidiskriminierungsstelle des Bundes: 19. Migration Pay Gap. [Departamento federal antidiscriminação: diferença salarial e migração]. Disponível em: www.antidiskriminierungsstelle.de/SharedDocs/Glossar_Entgeltgleichheit/DE/19_Migration_ Pay_Gap.html. Acesso: 15.mai.2022

rente das mulheres *brancas*, às mulheres Negras é atribuída uma agressividade e força desproporcionais. Esse estereótipo está relacionado, entre outros fatores, à escravização de pessoas Negras, cuja "aptidão" para o trabalho forçado nas *plantations* das Américas foi justificada por sua suposta resistência física excepcional. Sojourner Truth, uma mulher Negra que foi escravizada e depois lutou pela libertação das pessoas Negras como abolicionista, adotou uma perspectiva interseccional em seu famoso discurso "Ain't I a Woman?" [E eu não sou uma mulher?] em 1851[27]. Nesse discurso ela descreve de forma concreta como as mulheres *brancas* eram tratadas como seres frágeis e dignos de proteção, enquanto para ela, uma mulher Negra forçada a trabalhar, essa ideia de "fragilidade feminina" não se aplicava. Sua análise direta demonstra que as atribuições e, consequentemente, as experiências de opressão que delas decorrem, dependem e se modificam conforme as diferentes partes da nossa identidade são alvo discriminação. O termo "interseccionalidade" – para o qual o discurso de Truth é um exemplo precursor – surgiu bem depois, mas a luta contra a opressão interseccional já existia muito antes de sua formulação como tal.

Assim como não podemos separar privilégio e desvantagem no contexto da discriminação, também não podemos nos posicionar como indivíduos apenas em relação a uma única forma de opressão. Nossa posição social resulta sempre da interação entre os lugares onde desfrutamos de vantagens sociais e onde sofremos prejuízos. E, como as diferentes formas de desigualdade social estão intrinsecamente entrelaçadas, precisamos combater todas elas. É isso que Audre

---

27 Sojourner Truth *Ain't I a Woman?* The Sojourner Truth Memorial Committee, 1851 Disponível em: https://sojournertruthmemorial.org/sojourner-truth/her-words/. Acesso: 15.mai 2022

Lorde enfatiza em sua citação: "não pode haver luta contra uma única forma de opressão quando nossa realidade – especialmente se somos afetadas por discriminação múltipla – é moldada por muitas formas de opressão". Para nós, essa perspectiva é fundamental, pois ela nos permite lutar contra a opressão com todas as nossas características de identidade – tanto as marginalizadas quanto as privilegiadas.

Deixemos de lado as intenções

A partir desse entendimento estrutural e interseccional de discriminação surge um ponto essencial: a discriminação é completamente independente das nossas intenções pessoais. Podemos ter "boas" intenções e ainda assim discriminar. Afinal, a socialização que recebemos é discriminatória em uma sociedade onde a discriminação é normalizada – quer queiramos ou não. Podemos descartar a questão das intenções possíveis. É fundamental que tenhamos consciência de que podemos ser *contra* a discriminação e, mesmo assim, reproduzi-la. Recentemente, isso aconteceu comigo: compartilhei uma imagem no Instagram e, no texto que a acompanhava, reproduzi gordofobia. Descrevi meus brincos – especialmente chamativos por serem grandes – como "gordos". Com isso, reforcei um conceito socialmente difundido e prejudicial, associando "gordo" a algo "exagerado", "inadequado" e "desmedido", que se manifesta de forma estrutural na gordofobia. Isso fica evidente, por exemplo, quando uma pessoa gorda_obesa que vai ao consultório médico e recebe uma prescrição de medicamentos para dieta, independentemente dos sintomas que apresenta. Uma pessoa me alertou que eu estava reproduzindo conceitos gordofóbicos na minha publicação e me explicou isso no seu tempo livre. Compartilho essa experiência para destacar que, se uma forma de discriminação não nos afeta negativamente, é provável que não tenhamos uma compreensão vivida dela. Nossa experiência privilegiada nos parece normal e universal. Portanto, dependemos da experiência de pessoas que vivenciam as diferentes formas de discriminação para aprimorar nossa percepção. Paulo Freire, que se dedicou à pedagogia e à opressão, afirma de maneira apropriada: "E aí está a grande tarefa humanista e histórica dos oprimidos – libertar-se a si e aos opressores."[28]

É fundamental reconhecer que todo mundo –, uma vez que raramente *apenas* sofremos opressões –, podemos contribuir para tornar esse processo de libertação o mais simples possível para todas as pessoas envolvidas. Isso pode ser feito por meio da autoeducação e evitando colocar outras pessoas na posição de ter que explicar constantemente suas próprias experiências de discriminação. Um aspecto importante para o futuro, é podemos nos avaliar pela maneira como reagimos ao receber a informação de que nosso comportamento foi discriminatório.

Além disso, é também muito importante evitar uma postura moralizante, que nos divide em pessoas supostamente boas e más, pois isso não nos ajudará a interromper e superar esse sistema. Ter mais informações e identificar em outras pessoas que elas reproduzem ideias cissexistas, por exemplo, não acabará com o cissexismo. Nosso foco deve estar nos efeitos que nosso comportamento pode ter. Se queremos combater a discriminação, precisamos assumir uma responsabilidade radical e contínua por nossas ações e refletir sobre

---

28   Paulo Freire. *Pedagogia do oprimido*. 42° ed. Rio de Janeiro: Paz e Terra, 2005.

quais possibilidades de ação temos. Afinal, a crítica à discriminação está sempre ligada a uma ação contra ela. Não podemos simplesmente não fazer nada e esperar que o descontentamento que não expressamos seja suficiente. A crítica à discriminação é uma ação transformadora. É interrupção.

...e viveram felizes para sempre

Na verdade – e infelizmente – minhas observações sobre como a discriminação funciona em nossa sociedade têm muito a ver com o amor. O próprio termo *estrutural* é uma boa indicação de que a discriminação está presente em todas as áreas de nossa vida, sendo, portanto, uma parte essencial de nossas relações interpessoais. As estruturas que discriminam e perpetuam a discriminação se manifestam em quem encontramos, quem achamos atraente e desejamos, quem amamos, como amamos, que contribuição damos em nossos relacionamentos e, não menos importante, como moldamos nossos relacionamentos. Nada disso escapa à influência da discriminação. Não é por acaso que contos de fadas, nos quais a 'simples criada' consegue conquistar o 'nobre príncipe' – uma fórmula seguida por comédias românticas até os dias de hoje – não são muito realistas. Eles já não eram realistas no final do século XVI na Itália, quando os contos de fadas, como os conhecemos hoje, deixaram de ser transmitidos exclusivamente de forma oral e começaram a ser registrados por escrito. Em 1520, por exemplo, foi promulgada uma lei em Veneza que proibia nobres de se casarem fora de sua classe social. [29]

---

29 Katherine Woodward Thomas *Conscious Uncoupling: 5 Steps to Living Happily Even After* [Separação Consciente: 5 Passos para Viver feliz depois]. New York: Harmony, 2015. p. 53.

Mesmo em nossos relacionamentos amorosos na atualidade, há pouca mobilidade social: pessoas com formação acadêmica, por exemplo, tendem a se relacionar com outras pessoas que também possuem formação acadêmica. Além disso, pessoas *brancas* costumam ser percebidas como mais atraentes em plataformas de namoro, algo que desenvolverei mais adiante neste livro. Então, de onde vêm – além dos contos de fadas – as imagens coletivas que influenciam nosso modo de amar de maneiras variadas e diferentes e às quais nos adaptamos de maneiras igualmente diversas? Şeyda Kurt observa em seu livro *Radikale Zärtlichkeit: warum Liebe politisch ist* [Ternura Radical: Por que o amor é político]:

> Elas (as imagens) existem porque nos últimos séculos, homens brancos cis burgueses, tiveram violência e poder e, consequentemente, tempo e lazer – pelo menos mais tempo e lazer do que suas esposas e empregados, cuja força de trabalho exploraram em casa e em outros lugares – para imaginar o amor romântico dessa forma. Nessas narrativas, podem ser rastreadas, ao longo dos séculos, relações de dominação e distribuição de papéis baseadas em gênero, raça e outras hierarquias.[30]

Şeyda Kurt toca em um ponto importante: as narrativas sobre o amor, que ainda moldam significativamente as concepções sociais, não são neutras. As representações de amor nas mídias ainda são predominantemente filtradas por uma perspectiva privilegiada de diversas maneiras. Trata-se, em geral, de uma perspectiva *branca*, burguesa, cisgênero, masculina, heterossexual e sem (d)eficiência, que, no entanto, não é explicitamente reconhecida como tal. Ela se

---

30 **Şeyda Kurt.** *Radikale Zärtlichkeit: Warum Liebe politisch ist.* [Ternura Radical: Por que o amor é político] Hamburg: HarperCollins, 2021. p. 16.

apresenta como neutra e óbvia, tornando-se, portanto, a norma. Isso acontece porque nesse processo, a posição criada por estruturas de poder não é nomeada, a opressão sempre faz parte dessa perspectiva sobre o amor. Isso afeta não apenas a sociedade de modo mais amplo, mas também nossas vidas privadas. Afinal, são essas representações que nos acompanham desde o início de nossas vidas, nos influenciam, nos orientam e pelas quais se criam parâmetros. Com essas representações do amor é formada, ao mesmo tempo, uma norma e o desvio dessa norma, estabelecendo assim o quadro de *quem deveríamos* amar e *como*.

Talvez você tenha notado, ou talvez não: na cena anterior, em que descrevo o primeiro encontro entre duas pessoas, dei pouquíssimas pistas sobre a posição social delas, exceto por um aspecto. Pressuponho que talvez você tenha assumido que eu era uma das duas pessoas. Sobre a outra pessoa que descrevo, você só sabe que ela fala turco.

Como você imaginou essas pessoas? Elas são consideradas bonitas conforme o padrão de beleza? Uma ou ambas são *brancas* em sua imaginação? Uma delas é masculina? Uma ou ambas são gordas? Quais são as identidades de gênero dessas duas pessoas? Você imaginou uma delas Negra e a outra, uma pessoa também racializada? Uma das duas pessoas tem alguma (d)eficiência?

Com essas perguntas, quero chamar a atenção para as lacunas que a desigualdade social cria. Considerando a descrição daquele primeiro encontro, como você preenche essas lacunas? Para mim, as respostas a essas perguntas não dizem respeito meramente à aparência física das duas personagens – com demasiada frequência, experiências de discriminação são relacionadas a características visíveis. Este fato, no entanto, desconsidera que muitos atributos, que levam à exclusão, como uma doença crônica, por exemplo, não são visíveis. No entanto, a maneira como nos percebem, está ligada a características, hierarquias e, finalmente, ao poder e à exclusão – e é apenas por isso que pergunto. Não sei como você respondeu a tais perguntas, mas o que posso afirmar é que, independentemente de suas respostas, as normas relacionadas ao amor, bem como a sua própria posição social moldada pela opressão, influenciam essas respostas. Seja porque você deseja se distanciar de perspectivas convencionais que consideram relacionamentos cis-hétero *brancos* atraentes e os colocam no centro, seja porque você reflete raramente de forma crítica acerca das representações de amor, e como elas te afetam.

Pontuo que a desigualdade social sempre tem relevância no âmbito do amor, e isso não se limita apenas ao momento que entramos em um relacionamento amoroso ou estamos com uma pessoa que pode ser, de alguma forma, desfavorecida ou privilegiada por uma ou mais formas de discriminação. A opressão estrutural influencia como preenchemos as lacunas e todo o desconhecido que nos cerca. Ela afeta nossa socialização e, portanto, as imagens que construímos de nós e do mundo. E como a discriminação – em todas as suas formas – está sempre presente no cotidiano de nossos relacionamentos, devemos *aspirar* a ter relacionamentos igualitários. Precisamos nos atentar a todas as formas insidiosas pelas quais a desigualdade se infiltra em nossas ações e, consequentemente, em nossas vidas amorosas. Podemos ter certeza de que o modo padrão, ao qual frequentemente retornamos devido à nossa socialização – especialmente se temos privilégios em relação a uma determinada forma de discriminação – não contribui para o *combate* à discriminação.

Pelo contrário, o modo padrão significa mais discriminação. Afeto, por exemplo, em uma situação de conflito, pode agravar a discriminação. E a discriminação – muitas vezes não reconhecida – é uma forma de violência nos relacionamentos. Discriminação é falta de amor disfarçada no amor. Em outras palavras, a forma como o amor é geralmente concebido na sociedade está, em grande parte, ligada ao exercício e à manutenção do poder social: com base nisso, o amor não é para *todas as pessoas*, ele se torna um recurso ao qual nem todo mundo tem acesso de maneira igualitária. O amor é uma questão de justiça social.

Se a crítica à discriminação é a interrupção intencional da opressão, então um amor em que a violência não tem espaço deve necessariamente ser crítico ao poder, tornando-se assim uma ação crítica à discriminação. E isso não é apenas uma responsabilidade para com quem amamos, mas *deve* ser um compromisso com a mudança social como um todo. Pois que sentido teria a luta contra a opressão se escolhêssemos de modo oportunista em quais poucas situações e com quais poucas pessoas nos posicionaríamos contra a discriminação? Esse compromisso com a mudança social inclui conhecer nossa própria posição social com todas as suas partes desfavorecidas e privilegiadas. Também implica examinar nossa socialização e a distribuição de poder social em nossos relacionamentos, percebendo onde e como usamos esse poder contra nosso próprio interesse de conexão com outras pessoas. E isso inclui desenvolver uma visão nítida de como queremos nos relacionar com outras pessoas, quais espaços queremos abrir para isso e quais devemos fechar. Em resumo: o antídoto contra a opressão é simples e, ao mesmo tempo, desafiador: devemos tornar a crítica à discriminação nossa norma – em todos os lugares. Inclusive em nossos relacionamentos amorosos.

Pensamentos de inverno, no bonde

Estou no bonde e só percebo que não tirei os olhos da tela do meu celular por pelo menos vinte minutos quando finalmente o faço. O dia está frio, um típico dia de dezembro – fim de ano. No caminho, passo por prédios de concreto, cuja altura não consigo estimar. Talvez tenham doze ou talvez vinte andares. Com os olhos semicerrados, tento em vão contar os andares. Quando noto como os prédios lineares estão brilhando sob a linda luz do sol de inverno, desisto rapidamente da tentativa.

No meu ouvido, soa a voz de Elna Baker.[31] Estou ouvindo um podcast que um amigo me recomendou. Após um instante de pausa, Elna Baker conta que, após ceder à pressão social para emagrecer, perdeu cerca de cinquenta quilos – com pílulas dietéticas que se parecem com chocolates m&ms. Ela também conta que tem dificuldade para dormir, não porque, como geralmente alega, sofre de insônia, mas porque a composição química das pílulas dietéticas que ainda toma não difere muito da composição de uma 'bala' de anfetamina.

No podcast, há também trechos de conversas com seu marido, que acredita que a Elna mais magra é a "verdadeira". Ela não concorda totalmente e descreve quase com saudade a liberdade corporal que não sabia que perderia com cada grama que perdeu. Ela não espera mais pela leveza que a cultura da dieta em nossa sociedade promete, porque sabe que tal leveza não virá. Elna Baker diz que seu marido não a achava atraente antes, e que ele só a deseja assim, com o corpo magro. Ele não nega e diz, brincando, que o amor que sente por ela se baseia em uma mentira. Elna Baker permanece em silêncio. E eu não posso deixar de compartilhar essa tristeza com ela.

Também penso em você e no que significa para mim. Penso no fato

---

31   Elna Baker. "Tell Me I'm Fat – It's a Small World After All". In: *This American Life*. 2016. Disponível em: www.thisamericanlife.org/589/tell-me-im-fat. Acesso: 15. mai 2022.

de tantas das nossas experiências serem semelhantes e outras tão diferentes. Sabemos o que é ter que resistir ao constante olhar branco que recai sobre nossos corpos – querer resistir. E, ainda assim, existem linhas de separação entre nós, algumas das quais conheço melhor do que outras, após esses primeiros meses. E, por fim, há aquelas que ainda não consigo traçar, pois ainda estão completamente ocultas para mim.

Uma de nossas semelhanças é o quanto apreciamos argumentos bem elaborados. Para nós, isso é importante, e às vezes nos envolvemos em discussões intermináveis e prazerosas. Também refletimos sobre o fato de que essa preferência decorre da exigência de sermos sempre melhores, de falar alemão melhor, de sermos mais contundentes, nos guiar pela lógica e pelo pensamento crítico. Na verdade, é uma compulsão. Não sabemos se nos submeteríamos a ela se não estivéssemos constantemente sob a pressão da opressão. Não conseguimos responder a essa pergunta.

Olho pela janela com um olhar animado e uma sensação melancólica no estômago, pensando em você. Sorrio timidamente ao lembrar da nossa última discussão, na qual perdi o controle e você, rindo, me disse: 'Pegue minha mão, talvez possamos nos ajudar a encontrar o caminho de volta?'

Te mando uma citação de James Baldwin que me fez pensar em você: 'Para ser amado, querido, profundamente, logo de cara e para sempre, para o deixar forte em contraste a esse mundo sem amor.' (Baldwin)[32] Sua resposta é: 'Baby, eu te quero tanto; Você tem algo especial; O que eu posso fazer? Baby, você me faz girar; A terra está se movendo, mas eu não consigo sentir o chão.' (Britney Spears) Vejo que você continua escrevendo. Seguem um emoji de coração vermelho flamejante e as palavras: 'Tô querendo te ver hoje.'

Antes de me levantar devagar e pegar minha bolsa, olho para o horizonte e vejo os últimos raios metálicos do sol brilhando.

---

32   James Baldwin. *Da próxima vez, o fogo.* Trad. nina rizzi. Cia das Letras, São Paulo. 2024.

Desejo

Quem amamos

A segregação no cotidiano é uma consequência direta da discriminação. Quando escrevo assim, parece vago, e pode ser difícil entender o que quero dizer de forma concreta à primeira vista. No entanto, para ilustrar meu ponto, basta olhar diretamente para o nosso ambiente social: as pessoas com quem trabalhamos, mantemos amizades e, não menos importante, as pessoas que amamos. É então que notamos que esses grupos geralmente não são muito diversos em um ou mais aspectos. Ao nosso redor há pessoas que, se não trabalharmos ativamente contra isso, são relativamente semelhantes a nós.

No meu caso, isso significa que praticamente todas as pessoas com quem estive em algum tipo de relacionamento romântico ou sexual concluíram, em geral, o ensino médio, a maioria tem um diploma de graduação e, muitas vezes, um mestrado. Isso não reflete uma convicção consciente de minha parte de evitar relações próximas com pessoas sem educação 'superior'. No entanto, a ausência de pessoas sem formação acadêmica em meu círculo social e minhas concepções internalizadas de classe social afetam inconscientemente minhas escolhas amorosas. Minhas escolhas amorosas ilustram como o estrutural influencia nosso espaço pessoal.

Outro exemplo: Se eu não tivesse frequentado uma 'escola de integração', ou seja, uma escola onde em todas as turmas havia tanto crianças com (d)eficiência quanto sem, eu não teria tido contato próximo com pessoas que são ativamente excluídas e marginalizadas pela sociedade.

Nossa sociedade é tão profundamente marcada pela desigualdade social que, dependendo de nossa posição em relação às diferentes formas de discriminação, podemos passar a vida inteira sem ter, por exemplo, uma pessoa com (d)eficiência, uma pessoa Negra ou uma pessoa trans em nosso círculo próximo. Ou seja, podemos ir ao jardim de infância, à escola, ao ensino médio, conseguir um emprego ou organizar nosso lazer e estar em diversos espaços – e, mesmo assim, ao nosso redor predomina a presença de pessoas que são mais semelhantes a nós devido às relações de poder existentes.

Meu ponto é que a discriminação se manifesta em nossos relacionamentos de duas maneiras: primeiramente, muitas pessoas que são desfavorecidas por diferentes formas de discriminação simplesmente não estão presentes em nosso círculo social. Isso se acentua se somos pessoas privilegiadas em muitos aspectos. Em segundo lugar, desvantagens e privilégios também afetam *quem* percebemos como atraente e desejável. Afinal, a desigualdade social e a hierarquização e categorização resultantes em nossa sociedade – inclusive por meio de nossas próprias ações, muitas vezes inconscientes – determinam *quem* consideramos atraentes e desejáveis. Em resumo, aprendemos socialmente quem achamos interessante e por quem sentimos atração. Quem achamos atraentes suficientes para deslizar para a direita em um aplicativo de namoro na esperança de um *match*.

Você pode fazer esse teste: faça uma lista de todas as pessoas por quem você já sentiu atração e com quem teve um relacionamento – o tipo de relacionamento é irrelevante aqui. Numa tabela, identifique diferentes formas de discriminação (raça, gênero, orientação sexual, classe, etc.), depois e assinale quais marcadores sociais atingem cada pessoa e em quais elas são privilegiadas. Vamos revisar essa lista mais tarde.

Nossa socialização começa com o nosso nascimento e a atribuição de um gênero. A jornalista britânica Laurie Penny aborda isso de maneira elucidativa em seu livro *Unspeakable Things: Sex, Lies and Revolution*[33] [Coisas indizíveis: sexo, mentiras e revolução]. "A 'masculinidade tradicional' – assim como a 'feminilidade tradicional' – diz respeito ao controle. É uma forma de regular o comportamento." A atribuição de um gênero é um ato de controle, uma forma de regular nosso comportamento futuro e o ponto de partida de um roteiro social que teremos que seguir. Um componente essencial desse roteiro, ou seja, da nossa socialização, é a suposição de que *todas* as pessoas são heterossexuais. É por isso que o fenômeno social conhecido como sair do armário existe: o fato de as pessoas 'precisarem' revelar que não são heterossexuais está intrinsecamente ligado ao fato de vivermos em uma sociedade que torna a heterossexualidade a norma e a institucionaliza. Em suma, quem *devemos* ser e quem devemos desejar é determinado por uma das primeiras afirmações sobre nós – como: "É menina!"

A atribuição de um gênero com o qual não necessariamente nos identificamos mais tarde está ligada à inserção em um sistema heteronormativo. Isso nos impõe uma orientação sexual com a qual também, depois, não necessariamente nos identificaremos. Essas categorizações ocorrem com base na suposição de que tanto

---

33 Laurie Penny. *Unspeakable Things: Sex, Lies and Revolution*. London: Bloomsbury, 2014. p. 75.

as concepções normativas de, ou seja, binárias de gênero – homem cis e mulher cis – quanto a heterossexualidade são especialmente predominantes e naturais. Na realidade, há uma interação constante aqui, e isso é um exemplo claro de exercício do poder social: ambas as concepções são reforçadas pela repetição incessante e pela divisão cotidiana das pessoas em "menino" e "menina" e, mais tarde, em "homem" e "mulher".

No contexto da nossa reflexão sobre a atratividade e sua relevância para os relacionamentos amorosos, faz sentido considerar tanto as concepções cis-binárias de gênero quanto sobre a heteronormatividade e a monogamia sob uma perspectiva decolonial e crítica ao racismo. Todos esses aspectos estão interligados: ao examinar esses aspectos, algumas sociedades pré-coloniais se destacam, por exemplo, por terem mais de duas categorias de gênero, por viverem de maneira mais igualitária em relação aos papéis de gênero e por não considerarem o gênero como relevante para o status social de uma pessoa. Por exemplo, a professora de sociologia Oyèrónké Oyěwùmí escreve em seu livro *A invenção das mulheres: construindo um sentido africano para os discursos ocidentais de gênero*[34] explica que a categoria 'mulher' não existia entre os iorubás antes da colonização do continente africano pela Europa. Além disso, a hierarquia social era amplamente determinada pela idade da pessoa. Ainda hoje, existem sociedades em partes do mundo que permanecem alheias à invenção patriarcal e colonial de dividir toda a humanidade em dois gêneros binários. Por exemplo, David D. Gilmore descreve em seu livro *Ma-*

---

34 Oyèrónké Oyěwùmí. *A invenção das mulheres: construindo um sentido africano para os discursos ocidentais de gênero* Trad. Wanderson Flor do Nascimento. - 1. ed - Rio de Janeiro: Editora Bazar do Tempo, 2021.

nhood in the Making: Cultural Concepts of Masculinity[35] [Masculinidade em construção: conceitos culturais de masculinidade] que existem sociedades sem ccategorias de gênero e, consequentemente, sem papéis de gênero que definam, por exemplo, a divisão do trabalho. Ele também explica que há comunidades que, embora possuam normas sobre masculinidade, essas normas diferem dos conceitos ocidentais de masculinidade.

A autoidentificação de pessoas *brancas* como *brancas* e o privilégio associado foram e são moldados pelo sistema de gênero cis-binário. No âmbito de algumas teorias racistas que inventaram diferenças entre as supostamente existentes "raças" humanas, as categorias "homem" e "mulher" foram destacadas como uma característica especial das pessoas *brancas*.[36] Isso, inicialmente, resultou na desvalorização racista daquelas pessoas que foram colonizadas e exploradas, e cujo cotidiano não era organizado de acordo com um sistema binário de gênero, sendo assim, tidos como não suficientemente "masculinos" ou "femininos". Esse processo também levou à desvalorização de estilos de vida não-monogâmicos e igualitários, que dentro dessas concepções biológicas, eram usados como prova da suposta inferioridade dessas pessoas.

Esse breve olhar histórico sobre algumas das ordens de poder social evidencia como as diversas formas de opressão estão entrelaçadas, se condicionam mutuamente e, portanto, se reforçam. Consequentemente, não sofremos influencia social apenas pela heteronormatividade: *todos* os nossos desejos são influenciados por

---

35 David D. Gilmore *Manhood in the Making: Cultural Concepts of Masculinity.* New Haven &. London: Yale University Press. 1990.

36 Kyla Schuller *The Biopolitics of Feeling: Sex, Race, and Science in the Nineteenth Century.* London: Duke University Press, 2018.

todas as formas de discriminação simultaneamente. Pois quando se trata de atratividade, os diferentes eixos de exclusão se cruzam em favor daquelas pessoas que são privilegiadas em relação às várias formas de discriminação.

A interminável "história de amor" social que encontramos em todos os aspectos do cotidiano – para não dizer que nos persegue – opera segundo esta fórmula simples e constante: mulher *branca,* magra e sem (d)eficiência se apaixona por seu único par apropriado, o homem *branco,* magro e também sem (d)eficiência. Ela é o objeto de seu desejo, como ambos aprendem desde jovens.

A influência dessas normas começa já no útero, com perguntas como: "É menino ou menina?" Esse tipo de imposição é tão onipresente que, desde a infância – como exemplifica o teste da boneca que descreverei a seguir – temos poucas oportunidades de nos percebermos livres dessas concepções dominantes. Recentemente, circulou uma declaração de pessoas que trabalham na Disney afirmando que dentro da empresa foi exigido que momentos de afeto entre pessoas do mesmo gênero fossem cortados dos filmes.[37] E mesmo em outras áreas, desde doces até sabonete líquido com fragrâncias herbal "masculinas", tudo é delineado em tons de rosa ou azul, indicando claramente o caminho do socialmente aceitável.

Por exemplo, o fato de eu, em meados dos anos 1990, achar atraentes principalmente garotos *brancos,* loiros e de olhos azuis das boybands com corte de cabelo em forma de cuia, também conhecido como corte de tijelinha – acho que é assim que se chama – que em

---

37 Adam B. Vary e Angelique Jackson. "Disney Censors Same-Sex Affection in Pixar Films, According to Letter From Employees" In: *Variety. 2021.* Disponível em: https://variety.com/2022/film/news/disney-pixar-same-sex-affection-censorship-dont-say-gay-bill-1235200582/ Acesso: 15. mai 2022.

suas músicas expressavam seu amor por uma amada igualmente *branca*, que pouco tinha em comum comigo e com minha aparência, revela pouco sobre o meu gosto pessoal. Na verdade, isso mostra o quanto a cultura ao meu redor me influenciava e como é impossível escapar completamente dela – ainda mais considerando que, em uma idade tão jovem, não teríamos a consciência das forças que agem sobre nós e, principalmente, de como elas funcionam.

Atração Involuntária

Quando penso em atração, não consigo deixar de lembrar do *Teste da boneca* — sinta-se à vontade para procurar esse termo na internet se você não o conhece. O *Teste da boneca* ilustra como até mesmo crianças pequenas já internalizam o racismo. O teste é simples: são apresentadas duas bonecas a crianças de diferentes idades, uma das bonecas é *branca* e a outra Negra. O teste começa com a pergunta sobre qual das bonecas é *branca* e qual é Negra. Em seguida, a criança é questionada sobre características associadas às bonecas como: "Qual das bonecas é bonita?", "Qual das bonecas é boazinha?", "Qual das bonecas é preguiçosa?" ou "Qual das bonecas é má?".

As crianças são então solicitadas a atribuir essas características mencionadas nas perguntas a uma das bonecas. O que se observa é que tanto as crianças que são alvo do racismo quanto as crianças *brancas*, privilegiadas no contexto do racismo, tendem a associar os aspectos "positivos" à boneca *branca*, enquanto as características consideradas "negativas" são atribuídas à boneca Negra. Esse teste, cuja conclusão básica é confirmada por diversos estudos sobre a internalização de estereótipos racistas, demonstra que crianças muito jovens já absorvem noções racistas de seu ambiente. Além disso, revela que o ser *branco* é visto como algo desejável e positivo, independentemente de a criança ser *branca* ou alvo do racismo. O teste evidencia que a branquitude é percebida como uma norma social. Eu diria que um teste semelhante, com perguntas ligeiramente modificadas, poderia ser realizado para outras formas de discriminação, e o resultado seria o mesmo: a boneca que representasse um grupo marginalizado seria associada a atributos depreciativos.

No que diz respeito à atratividade, os resultados do teste da boneca são notáveis, pois ilustram como a nossa adaptação às normas sociais começa desde cedo e como aquilo que consideramos ser nossa "preferência individual" está profundamente influenciado por estruturas discriminatórias. Afinal, o teste aborda questões que, mais tarde – especificamente em relação à atratividade e ao desejo – se tornam significativas. E haveria como ser diferente? As engrenagens sociais que perpetuam a opressão continuam girando sem parar – e nós giramos junto com elas.

Cada vez mais estudos comprovam o quão forte é a influência das estruturas sociais de poder, como o racismo, na forma como escolhemos nossos pares românticos. O professor de ciência política Sonu Bedi chama essa forma específica de racismo, em seu ensaio *Sexual Racism: Intimacy as a Matter of Justice*[38] [Racismo sexual: a intimidade é uma questão de justiça], de "racismo genderizado". Acho o termo útil, pois, trata-se de momentos íntimos, considerados "privados", nos quais nos sentimos à parte da observação alheia e que ainda são pouco reconhecidos em sua relevância política.

---

38 Sonu Bedi "Sexual Racism: Intimacy as a Matter of Justice". In: *The Journal of Politics*, 77, 2015.

Uma das análises de dados mais conhecidas é a pesquisa mencionada anteriormente da plataforma de encontros online OkCupid, que analisou o comportamento de heterossexuais em sua plataforma. Essa pesquisa, realizada em 2014, revelou que, especialmente, mulheres Negras e homens asiáticos* foram considerados os menos atraentes pelas pessoas que usam a plataforma.

Além disso, o estudo do OkCupid mostrou que, assim como no *Teste da boneca*, todas as pessoas – independentemente de como o racismo as atinge – estavam mais propensas a interagir com pessoas *brancas* na plataforma.

Desde essa pesquisa em 2014, muita coisa aconteceu. Mas, para adiantar: não, atualmente as pessoas não estão escolhendo possíveis pares de forma mais crítica em relação às questões de poder. Antes de analisar as pesquisas e análises mais recentes em detalhe, é importante notar que o estudo dos critérios na escolha de pares românticos não é algo novo. Mesmo nas décadas de 1950 e 1960, o comportamento humano em encontros, juntamente a questões relacionadas à atração, já era objeto de estudo. É relevante a constatar que, no que diz respeito à atração e aos critérios que a definem, há poucas diferenças entre os espaços digitais e analógicos, pois nem

---

* O termo "homens asiáticos" é enganoso. No contexto dos encontros, o que está em jogo – como os dados mostram – é a atribuição colonial e racista de que homens percebidos como sendo do Sul, Leste ou Sudeste Asiático são considerados "não masculinos". Para homens associados à Ásia Central, essas percepções não se aplicam da mesma forma – o que não significa que as ideias sobre eles sejam totalmente desprovidas de problemas. Mulheres Negras, por outro lado – como já mencionei anteriormente –, são frequentemente vistas como "agressivas" e, em última análise, "masculinas". Essas percepções derivam da combinação de teorias racistas e da ideia de que apenas entre pessoas brancas existe uma distinção clara entre os gêneros binários. Essa desvalorização de mulheres Negras e homens asiáticos como supostamente menos atraentes nos cerca constantemente, por exemplo, pela ausência de personagens românticos do Sudeste Asiático em filmes e séries.*
Referência (nota 47): OkCupid (2014): Race and Attraction, 2009–2014.

todas as pessoas se conhecem por aplicativos de namoro – ou querem fazê-lo. Isso significa que os resultados de estudos que se concentram em plataformas online são amplamente aplicáveis a situações em que conhecemos pessoas "na vida real". Ou seja, a avaliação da atração está fundamentalmente entrelaçada com a desigualdade social, independentemente de conhecermos as pessoas online ou offline. Uma diferença significativa apontada pela professora de ciências sociais Sarah Adeyinka-Skold, que em 2020 publicou sua pesquisa qualitativa *Race, Place, and Relationship Formation in the Digital Age*[39] [Raça, lugar e formação de relacionamentos na era digital], é que os impactos da opressão são rapidamente perceptíveis nos aplicativos de namoro:

> Na era digital, vivenciamos a opressão de forma mais imediata. Quando você vai a uma festa e se interessa por alguém, talvez existam maneiras sutis de essa pessoa evitar falar com você. Mas isso não se compara à experiência de ver perfis de namoro online, onde as pessoas e a lista de razões pelas quais elas te excluíram ficam explícitas.

Há cada vez mais estudos que evidenciam e detalham os diferentes momentos de racismo na escolha de parcerias românticas, permitindo-nos reunir dados e fatos em um quadro geral. Penso, por exemplo, no estudo *"Black/White Dating Online: Interracial Courtship in the 21st Century"*[40], [Namoro Online em Preto e Branco: relações inter-raciais no século XXI] de 2016 e no estudo de 2021 *"Modeling*

---

39 Sarah Adeyinka-Skold *"Race, Place, and Relationship Formation in the Digital Age"*. In: *Du Bois Review: Social Science Research on Race*, 17, 2020.

40 Gerald A. Mendelsohn, Lindsay Taylor Shaw, Andrew T. Fiore e Cheshire Coye *"Black/White Dating Online: Inter-racial Courtship in the 21st Century"*. In: Psychology of Popular Media Culture. 2014.

Dating Decisions in a Mock Swiping Paradigm: An Examination of Participant and Target Characteristics"[41], [Padronizando decisões de namoro pelo paradigma foto-desliza: análise das características de participantes e de pessoas alvo]. O primeiro estudo, para dar alguns exemplos de fatores examinados, concluiu que, em plataformas de namoro online, pessoas Negras têm dez vezes mais probabilidade de entrar em contato com pessoas *brancas* do que o contrário. Além disso, a maioria das interações – quase oitenta por cento – ocorreu apenas entre pessoas *brancas*, mesmo entre aquelas que não indicaram "preferências" explícitas em relação à raça. Os resultados da pesquisa *OkCupid* são, portanto, também confirmados por esse estudo.

O segundo estudo que mencionei é interessante porque seus resultados revelam que as pessoas escolhem potenciais pares em questão de segundos, baseando-se exclusivamente na aparência, e o racismo é um fator central nesse processo. Mais uma vez, foi observado neste estudo que pessoas Negras, Indígenas e racializadas foram classificadas como menos atraentes. Além disso, segundo William J. Chopik, um dos dois pesquisadores que conduziram o estudo no campo da psicologia social da personalidade, observou em uma entrevista:

> De longe, a conclusão mais consistente do nosso estudo é que as pessoas se baseiam em características muito superficiais para escolher parcerias românticas. Essencialmente, trata-se de quão atraentes as pessoas são e, ainda mais surpreendente, da posição que a pessoa ocupa dentro dos parâmetros raciais. Pessoas racializadas enfrentam uma enorme desvantagem ao utilizar aplicativos de namoro. […] Também nos surpreendeu

---

41 William J. Chopik u. David J. Johnson *Modeling Dating Decisions in a Mock Swiping Paradigm: An Examination of Participant and Target Characteristics. In:* Journal of Research in Personality, 92. 2021.

> a quantidade de aspectos que não eram considerados importantes! Pelo menos nesta fase inicial, não importava muito quem era a pessoa escolhida – sua personalidade, o quanto desejava relacionamentos ou experiências sexuais de curto prazo – ou mesmo quem eram as pessoas escolhidas [...].[42]

O ponto ao qual gostaria de chamar sua atenção aqui é que, pelo menos no início, a atração padronizada é o critério de seleção mais decisivo. Nesta primeira fase, parece ser irrelevante para muitas pessoas verificar se a outra pessoa busca um tipo de relacionamento semelhante ou se compartilha dos mesmos valores. Basicamente, não procuramos pessoas com quem possamos realmente ter uma relação, mas sim aquelas que sejam o mais atraentes possível, segundo os padrões sociais, e que possam, assim, melhorar nosso estatuto social.

Gostaria de incluir mais duas pesquisas que também tratam desse ponto: em primeiro lugar, o estudo *"Is Sexual Racism Really Racism? Distinguishing Attitudes Toward Sexual Racism and Generic Racism Among Gay and Bisexual Men"*[43] [Racismo sexual é realmente racismo? Distinguindo atitudes em relação ao racismo sexual e ao racismo em geral entre homens gays e bissexuais], de 2015 e *"Effects of Race, Visual Anonymity, and Social Category Salience on Online Dating Outcomes"*[44] [Efeitos de raça, anonimato visual e predominância da categoria social em desfechos de namoro online], de 2014. O

---

42 Eric W. Dolan. "New study indicates that potential partners experience a large penalty for being Black on dating apps", 2021. In: *PsyPost*. Disponível em: https://www.psypost.org/2021/07/new-study-indicates-that-potential-partners-experience-a-large-penalty-for-being-black-on-dating-apps-61545. Acesso em 15 mai 2022.

43 Denton Callander, Christy E Newman e. Martin Holt *"Is Sexual Racism Really Racism? Distinguishing Attitudes Toward Sexual Racism and Generic Racism Among Gay and Bisexual Men"* In: *Archives of Sexual Behaviour*, 44, 2015.

44 Saleem Alhabash, Kayla Hales, Jong-hwan Baek e Hyun Jung Oh *Effects of Race, Visual Anonymity, and Social Category Salience on Online Dating Outcomes*. In: *Computers in Human Behavior*, 35, 2014.

primeiro examinou a relação entre atitudes racistas individuais de participantes e como elas afetavam suas escolhas de pares. Ficou evidente que esses dois fatores estão interligados e que atitudes racistas individuais – inclusive as inconscientes – influenciam diretamente as preferências de namoro. Em suma, qualquer pessoa com concepções racistas, conscientes ou inconscientes, as usarão como critério para avaliar a atratividade de outras pessoas e tenderá a excluir pessoas Negras e racializadas, no geral, quando o tema for relacionamento íntimo. O resultado do estudo é relevante para nós porque ilustra que nossa socialização, especificamente no que diz respeito ao racismo, se manifesta em nossas ações cotidianas, incluindo nossas supostas "preferências individuais". Na verdade, o oposto é verdadeiro: repetimos e reforçamos desigualdades sociais por meio de nosso comportamento em todos os contextos – e a escolha de pares românticos é um deles.

A segunda pesquisa que mencionei anteriormente conclui que a visibilidade é um dos pontos centrais na avaliação da atratividade. As pessoas que participaram da pesquisa tendem a se sentir atraídas por aquelas que mais se aproximavam da norma da branquitude, em sua percepção. Isso é interessante porque demonstra que, nesses primeiros momentos, não se trata necessariamente de saber se alguém é realmente *branco* ou não, mas sim de fazer-se perceber – pelo menos com base em seu perfil – como uma pessoa *branca*. Assim, o anonimato visual se torna um fator significativo na avaliação da atração: ele oferece potencialmente um espaço para as pessoas que sofrem discriminação, cujas características não são perceptíveis nos primeiros momentos fugazes, serem consideradas desejáveis.

Este ponto é extremamente importante, pois nem todas as características pelas quais a discriminação se manifesta são visíveis.

Por exemplo, uma pessoa pode ter uma (d)eficiência ou uma doença crônica que não é perceptível externamente, ou pode sofrer discriminação classista, que não necessariamente se torna evidente em uma foto ou em uma conversa casual em uma festa. Em uma primeira avaliação acerca da atratividade, a "anonimidade visual" desempenha um papel significativo ao se classificar e avaliar as pessoas em categorias como "mais valorizadas" ou "menos valorizadas", ou seja, "eu acho atrativo" ou "eu não acho atrativo". A visibilidade das características que levam à exclusão e à desvantagem está associada a uma vulnerabilidade específica, como no caso da jornalista britânica do *The Guardian,* Lucy Webster,[45] que relatou em fevereiro de 2021 em sua conta no Twitter, que uma agência de relacionamentos a contatou informando que seria difícil para pessoas que "usam cadeiras de rodas em tempo integral" obter "bons resultados".

A questão da "anonimidade visual" em relação a características alvo de discriminação não é algo que todas as pessoas afetadas por preconceitos possam reivindicar igualmente – e isso é essencial para entender os diferentes resultados das análises. No caso do estudo da OkCupid, por exemplo, é importante reconhecer que nem todas as mulheres Negras foram avaliadas da mesma forma por pessoas que utilizam a plataforma. Na verdade, há uma hierarquização baseada na tonalidade da pele, nos traços faciais e na textura do cabelo: mulheres Negras que, por exemplo, têm características que se aproximam mais da norma *branca,* como eu, com pele relativamente mais clara, são vistas de maneira diferente das mulheres Negras com pele mais escura. Esse tipo de discriminação é conhecido como "colorismo",

---

45 Lucy Webster no Twitter. 2021. Disponível em: https://twitter.com/lucy_webster_/status/1359489710616436736? lang=en. Acesso em 15. mai. 2022

que hierarquiza as pessoas Negras com base na tonalidade da pele. Pessoas Negras com pele mais clara – algo amplamente estudado – tendem a ser percebidas como "mais educadas" e "mais atraentes".[46] Já mulheres Negras com pele mais escura enfrentam opressões interseccionais nesses contextos.

A "anonimidade visual" não é apenas relevante quando a pensamos em relação ao racismo: com base nos estudos que apresentei aqui, eu afirmaria que *todas* as características externas, que são perceptíveis e associadas à discriminação ou privilégios, são avaliadas e podem influenciar na decisão de *escolher* ou *rejeitar* uma pessoa como potencial par. Esse efeito é intensificado quando uma pessoa sofre discriminação interseccional e as características que resultam em desvantagem são visíveis. Uma mulher *branca*, gorda_obesa, cadeirante, também enfrentará dificuldades em uma plataforma de namoro.

Por fim, gostaria de destacar que, embora todas as pesquisas mencionadas por mim se refiram ao contexto estadunidense, isso não as torna irrelevantes para nós. Pelo contrário, devemos considerar que os resultados, em seus aspectos fundamentais – especificamente o impacto significativo do racismo (e isso se aplica também a outras formas de discriminação) na escolha de possíveis pares românticos – também se aplicam à realidade na Alemanha.

Acho que vou deixar isso quieto por enquanto

Acordo, mas ainda me sinto um pouco fora da realidade. Meu celular está ao lado, na mesa de cabeceira. Pego-o para ver que horas são e se ainda

---

46   Cf.: Robert Reece. "The Gender of Colorism – Understanding the Intersection of Skin Tone and Gender Inequa-lity" In: *Journal of Economics, Race, and Policy*, 4 2021.

posso aproveitar um pouco mais o conforto da cama. Por uma pequena fresta entre a cortina e a parede, percebo a escuridão azulada lá fora. Ainda é cedo. 5h37, exatamente. Além do horário, vejo uma mensagem de Leni na tela do meu celular. Abro o aplicativo de mensagens e fico feliz ao ver que é uma mensagem de voz.

"Oi, imagino que você já esteja dormindo. Pensei em te mandar uma mensagem de voz porque você me perguntou como eu estava. Na real, estou mais ou menos. Está tudo meio caótico com o novo trabalho. Sem brincadeira, é um caos total, e estou pensando seriamente se quero mesmo continuar com lá. Claro, lá se faz um trabalho de campanhas bem importante, mas eu sei que as quarenta horas que estão no contrato não têm nada a ver com a realidade. E tô percebendo que preciso cuidar melhor de mim, para não acabar tendo aquelas crises de ansiedade como no ano passado.

Acho que vou deixar quieto essa coisa de encontros por enquanto. Eu tinha meio que esquecido o quão frustrante isso pode ser. As mulheres por quem eu me interesso demoram uma eternidade para responder, e os homens... nem sei mais o que dizer sobre eles. Sabe, eu conseguiria lidar com um gelo, mas as besteiras que certas pessoas escrevem são demais pra mim. Hoje mesmo, um cara me perguntou se eu fazia exercícios e se estava de dieta. Às vezes, me impressiona muito que existam pessoas que suas ofensas nojentas vão me motivar a perder peso. Só respondi 'sai fora' porque não queria ficar calada, mas também estou sem paciência para escrever um textão toda vez que isso acontece. Talvez, eu devesse preparar uma resposta padrão e responder a essa merda gordofóbica de maneira mais eficiente.

Acho que realmente preciso pensar muito bem sobre esse trabalho, e somando isso à questão de conhecer pessoas e constantemente ficar no vácuo, simplesmente está sendo demais para mim. Como você está? E como vai Yunus?"

Eu penso por um momento e percebo que continuo sem cabeça para enviar uma mensagem longa. Então, deslizo o pequeno microfone no aplicativo para cima e respondo rapidamente: "Oi, Leni, na verdade, eu já estava dormindo – você me conhece! Sobre a questão do seu trabalho e também do seu encontro: para mim, parece que você é uma pessoa que precisa comer bolo ou hambúrguer – bastante, até. Que tal hoje à noite, por exemplo, comigo?"

Como seria se ...

Embora o amor seja supostamente "livre" e a "liberdade" seja um valor fundamental em nossa sociedade, o laço que os mantém é, na verdade, fortemente limitado. Os parâmetros do nosso desejo são tão predeterminados socialmente que a escolha de nossos pares, pelo menos no início, se assemelha a um constante "Teste da boneca": a cada decisão, classificamos as pessoas com base em estereótipos, dividindo-as em grupos de "dignas" ou "indignas". Provavelmente, a maioria de nós concordaria com essa frase simples de Nedra Glover Tawwab, que ela compartilhou em seu perfil no Instagram: "Em vez de namorar alguém que você quer mudar, é melhor sair com alguém com quem você realmente gostaria de estar em um relacionamento."[47] O problema é que não conseguiremos fazer isso enquanto nosso comportamento continuar sendo influenciado pela desigualdade social.

---

47 Nedra Glover Tawwab. 2021 Disponível em: www.instagram.com/p/CWRld-DsZ_Y/?utm_medium=-copy_link Acesso em 03 abril.2022.

> Quando estereotipamos o outro, reduzimos a pessoa a um conjunto de características e pegamos uma ou duas delas para formar uma caricatura. [...] Ao mesmo tempo, ignoramos todos os outros aspectos que compõem a identidade completa dessa pessoa. [...] Optamos por uma abordagem estreita e binária de 'nós' e 'os outros' [...] e rejeitamos a importante natureza complexa e interseccional da identidade, temendo que essa outra pessoa [...] possa ter mais em comum conosco do que temos disposição a reconhecer.[48]

O ponto que o psicólogo Dwight Turner destaca aqui é muito importante para mim — tive uma conversa com ele enquanto escrevia este livro que abordarei novamente mais adiante. Trata-se de uma das questões centrais que nos acompanharão de diferentes formas ao longo desta obra: Como você pode me ver sob as muitas camadas de atribuições que não me definem? Como eu posso te ver?

Quando refletimos criticamente sobre as "preferências individuais" — como ilustram os resultados dos estudos mencionados anteriormente — fica claro que tendemos a considerar "desejáveis e amáveis" principalmente pessoas que são relativamente privilegiadas. E como não? Posições sociais estão associadas a narrativas fictícias sobre quem "merece" uma vida boa, com tudo o que isso implica. A compatibilidade, no que diz respeito aos nossos valores, interesses e objetivos, e até mesmo ao tipo de relacionamento que desejamos ter com outra pessoa, não é o foco. Em termos mais diretos: não estamos buscando pessoas, mas um símbolo de status.

Mas como podemos fazer isso de outra maneira? Como

---

48 Dwight Turner. *Intersections of Privilege and Otherness in Counselling and Psychotherapy.* Oxon: Routledge, p. 2. 2021.

podemos libertar nosso desejo da opressão? Faço essa pergunta de forma sincera a mim e a você. Faço essa pergunta especialmente porque me envolvo conscientemente com a opressão e essa reflexão não se limita apenas à minha experiência pessoal — é, no sentido mais literal, o meu trabalho. No entanto, ou talvez por isso mesmo, reconheço em mim as formas como a atração que sinto por outras pessoas segue caminhos predeterminados. Posso eliminar isso completamente? Não.

O aspecto intrigante do namoro online no contexto da opressão é que ele tem o potencial — que ativistas estão investigando — de conectar pessoas que, de outra forma, não cruzariam nossos caminhos cotidianos. Portanto, há uma oportunidade de reavaliar nossas ações e seguir outros caminhos. No entanto, como as pesquisas mencionadas anteriormente sobre racismo revelam, essa oportunidade não tem sido plenamente aproveitada. Na verdade — e este é um exemplo evidente dos excessos da opressão e de como eles se perpetuam pela repetição —, a segregação persiste mesmo nas situações e ambientes que nosso comportamento pessoal poderia evitá-la. Não quero, de forma alguma, transferir a responsabilidade pelo nosso desejo exclusivamente para o campo das ações individuais. Não me convenci, por exemplo, de que o racismo genderizado pode ser combatido apenas com a ideia de tomarmos "melhores" decisões individuais. Estou ciente de que, para superar a opressão nesse contexto, são necessárias mudanças estruturais. Isso pode se traduzir em representações mais diversas de todos os corpos como corpos dignos de amor e respeito em livros infantis. Pode incluir representações de relacionamentos amorosos entre pessoas afetadas por diferentes formas de discriminação, como gordofobia, racismo ou transfobia. Também pode envolver mudanças na legislação, para criar alternativas ao casamento ou garantir um acesso mais igualitário ao casamento para todas as pessoas.

Ainda assim, seria desonesto afirmar que mudanças no nível individual, ou seja, uma alteração em nosso comportamento pessoal e "privado", não geram mudanças. Afinal, nossas ações individuais, as formas institucionais de discriminação, acessos estruturais, como à representação política e à participação, e os conhecimentos compartilhados estão profundamente interligados. A professora Sarah L. Webb, que administra uma plataforma online dedicada à discussão sobre colorismo, observa, de forma pertinente:

> A concentração individual na cura é essencial, mas assim como não entramos nessa situação sós, também não saímos dela sós. A boa notícia é que a cura individual e a cura coletiva estão interligadas! Os esforços em uma área beneficiam diretamente a outra.[49]

Os diferentes níveis sociais estão sempre conectados. Isso é valido tanto para a atuação da discriminação quanto para as nossas ações contra ela. Se levarmos a sério a premissa de que o privado é político, devemos também considerar nosso desejo como algo político. Isso se torna mais complexo no contexto da atração, pois, ao contrário de situações em que estamos lidando com mudanças em práticas de contratação em uma organização, não podemos simplesmente desenvolver estratégias para enfrentar a desigualdade social nesse âmbito Não podemos derivar um princípio universal

---

49 Sarah L. Webb. Postagem de 25 abril 2021. Disponível em: www.instagram.com/p/COGgVbJgR-Gi/?utm_medium=copy_link. Acesso em 15 fev 2022

da sociedade apenas porque nossa "preferência individual" não é realmente individual, mas um sintoma das relações de poder sociais. Afinal, isso não é um processo de contratação onde podemos ajustar nossa estratégia conforme a divulgação de vagas ou incentivar pessoas que enfrentam discriminação a se candidatarem.

Ainda assim, eu não me sentiria confortável em afirmar que *basta apenas se conscientizar* dessa forma "privada" de opressão. Isso não é suficiente. O que é necessário para interromper estruturas existentes – e, na minha opinião, isso se aplica aqui, assim como em todas as outras áreas em que desejamos refletir criticamente sobre a discriminação – é uma mudança de comportamento. Uma mudança que tenha o potencial de enfraquecer o status quo. Como eu disse: a crítica à discriminação é uma ação transformadora. A crítica à discriminação é interrupção.

Amia Srinivasan escreve em um capítulo de seu livro *The Right to Sex* [O direito ao sexo. Feminismo no século vinte e um], no qual ela aborda as políticas do nosso desejo, sobre a disciplina das vozes em nossas cabeças:

> Quando escrevi, "O desejo pode ir contra o que a política escolheu para cada um e escolher por si mesmo", não estava imaginando um desejo regulado pelas exigências da justiça, mas libertado das amarras da injustiça. Estou perguntando o que aconteceria se olhássemos para os corpos, os nossos e os dos outros, e nos permitíssemos sentir admiração, apreço e desejo, onde a política nos diz que não devemos. Isso requer uma espécie de disciplina, que torne possível aquietarmos vozes que falam conosco desde que nascemos, que nos dizem quais corpos e modos de estar no mundo são dignos e quais

são indignos. O que é disciplinado aqui não é o desejo em si, mas as forças políticas se atrevem a instruí-lo.[50]

Eu gosto desse ponto, pois ele sugere que recebemos um condicionamento para desejar certos corpos e não desejar outros. Se o desejo é socialmente moldado e aprendido, e se consideramos nosso desejo como algo politicamente relevante, podemos e devemos submeter o que aprendemos a um processo crítico. E tal processo deve ser incorporado e refletido em nossas ações.

Não estou sugerindo que, a *partir de agora, devemos achar atraentes apenas* pessoas com determinados marcadores identitários que as torne alvo de discriminação. Isso também seria uma fixação rígida de um ser humano, semelhante ao que a discriminação faz – uma fetichização*. E é exatamente isso que queremos questionar e romper por meio de nosso comportamento.

Nosso objetivo é superar os padrões que impedem o acesso igualitário ao amor. Uso o termo "amor" aqui intencionalmente: em uma sociedade onde nossa posição, criada pela opressão, se torna uma moeda que determina quem tem acesso, o amor se torna um recurso. Nosso objetivo é que radicalmente todas as pessoas, em especial aquelas que enfrentam exclusão, possam amar e ser amadas, e possam rejeitar e ser rejeitadas. Queremos desvincular nosso desejo das atribuições sociais, permitindo que as pessoas encontrem amor

---

50 Amia Srinivasan. *O direito ao sexo. Feminismo no século vinte e um.* Trad. Maria Cecilia Brandi. São Paulo: Todavia, 2021.

* Fetichização é a redução de uma pessoa a uma parte de sua identidade ou a uma característica física. A pessoa que supostamente é desejada é percebida como atraente apenas por causa dessa característica é, portanto, é intercambiável com outra pessoa que também possua esse atributo. A fetichização é também uma forma de "outrização", que afeta pessoas marginalizadas com mais frequência, como mulheres trans, pessoas Negras ou mulheres percebidas como asiáticas. Com base em atribuições discriminatórias – por exemplo, mulheres percebidas como asiáticas são frequentemente vistas como particularmente "submissas" e "sexualmente disponíveis" – as pessoas são, muitas vezes, hipersexualizadas e transformadas em objetos.

e formem relacionamentos independentemente das dinâmicas de poder e das linhas de diferença. Além disso, que uma abordagem crítica à distribuição de poder dentro dos relacionamentos seja uma parte consciente desse processo e não apenas um fardo para pessoas que são alvo de discriminação.

Gostaria de levantar uma questão: o que poderia ser transformado se trabalhássemos ativamente na mudança de nossos hábitos de percepção? Precisamos da disciplina mencionada por Amia Srinivasan, do esforço para o crescimento pessoal, que Peck e Fromm consideram fundamental. Essa mudança em nossa percepção é extenuante porque exige que deixemos de aceitar de forma acrítica o olhar que nos foi imposto. Esse esforço reverbera em todos os aspectos de nossas vidas, mesmo nos mais sutis. São coisas simples, coisas cotidianas: os meios de comunicação que consumimos, as perspectivas que buscamos, as pessoas que acompanhamos nas redes sociais, as vozes que constantemente sussurram mensagens duras sobre nós. O que essas vozes nos contam sobre o mundo? E, o principal, o que elas deixam de contar?

Como nossa autopercepção mudaria se considerássemos tudo o que é privado, tudo o que é cotidiano e que influencia nosso desejo, como algo político e a partir daí o disciplinássemos? Vamos refletir sobre a lista de relacionamentos que você elaborou no início do capítulo: quais seriam os critérios para escolher pares amorosos se você visse essa escolha como política e baseada em valores? Você teria tomado decisões diferentes no passado? Quais aspectos se destacariam e quais se tornariam irrelevantes? E, acima de tudo, qual é o papel da sua própria posição social na escolha de seus pares?

Não quero, neste ponto, sugerir que podemos escolher de

forma totalmente independente – e os estudos confirmam isso com muita evidência. Dependendo da posição social – e é isso que estamos discutindo neste capítulo – essa autonomia pode ser limitada ou até mesmo inexistente. Sarah Adeyinka-Skold, com base nos resultados de sua pesquisa, destaca as diferentes maneiras como mulheres Negras que entrevistou lidam com a discriminação em contextos de relacionamento.

> A opressão que atinge mulheres Negras, conforme observado em meu estudo, se manifesta na exclusão sistemática por parte de potenciais pares, tanto por homens Negros quanto de demais homens.
>
> Em minha pesquisa, identifiquei duas formas de enfrentamento. A primeira consiste em mulheres que se menosprezam na tentativa de encontrar um par, diminuindo seu próprio valor, existência, carreira, suas conquistas.
>
> Por outro lado, também encontrei mulheres que se concentravam em si mesmas, o que frequentemente significava que elas não estavam disponíveis para homens que as tratavam de forma inadequada. Essa postura, no entanto, dificultava ainda mais a busca por um par, porque a estrutura social não favorece que mulheres cuidem de si mesmas, mas sim que elas cuidem dos homens.

A partir dessa observação, surge a pergunta fundamental: como lidamos com as realidades impostas pela nossa posição social? Essa questão é importante para mim porque aponta, entre tudo o que parece inevitável, para o espaço de nossa liberdade dentro do sistema de opressão – a liberdade de uma ação transformada, de uma abordagem alternativa.

As definições de M. Scott Peck, Erich Fromm, Esther Perel e bell hooks não foram escolhidas aleatoriamente para este livro. Elas foram selecionadas porque, além de se diferenciarem das narrativas convencionais sobre o amor, apontam para o que é o amor e como a ação no amor pode se manifestar. Elas têm em comum o fato de que associam o amor a uma prática que exige esforço, autodesenvolvimento e a ausência de violência. Reconheço que, nos primeiros momentos de encontro, e até mesmo antes disso, quando decidimos dedicar nossa atenção a alguém e passar tempo com essa pessoa, ainda não está claro se realmente desenvolveremos um relacionamento amoroso. No entanto, se considerarmos o amor – e esse é o ponto que quero enfatizar – como uma prática comprometida com a mudança social por meio do nosso próprio comportamento, então esses primeiros momentos, nos quais o véu das relações de poder sociais repousa tão naturalmente, são tão importantes quanto tudo o que pode vir depois. Se não questionarmos e transformarmos a *quem* concedemos amor e *como* o fazemos, permaneceremos no encarceramento de um sistema opressor e, ao mesmo tempo, seremos responsáveis por perpetuá-lo.

Emoções

Como sentimos

Lembro bem que, no ensino fundamental, a partir da terceira série, quando me perguntavam qual escola de ensino médio eu queria frequentar, eu respondia que queria ir para o ginásio. Se me perguntassem para explicar o que era exatamente o ginásio, quais são as formas de ensino médio e o que as diferenciavam, eu não saberia responder. Eu só sabia que queria estudar em um ginásio no futuro. A palavra "ginásio", para mim, representava "crianças inteligentes" que vinham de "boas" famílias e que "se tornaria alguém" no futuro. Eu queria ser uma dessas crianças.

Lembro também das experiências de racismo que vivi, especialmente durante minha época na escola primária. Recordo como, com regularidade inquietante, um grupo de crianças se reunia para me ofender ou me intimidar durante os intervalos. Lembro de como minha professora me expulsou da sala de aula – porque "o meu choro estava atrapalhando a aula – quando, pela primeira vez, entre lágrimas, relatei o que havia acontecido. Também me lembro de ter que frequentar aulas de reforço em alemão, porque eu tinha dificuldades para ler, e de como me davam pouco crédito, em geral. O ambiente ao meu redor era sufocante demais para que eu conseguisse respirar.

Lembro das noites de domingo, quando assistia ao programa de reportagens *Weltspiegel* com minha mãe, que me explicava, com base nas reportagens sobre as guerras pós-jugoslavas, por que algumas crianças novas entravam na minha turma da escola primária no meio do ano letivo. Algumas delas moravam em um abrigo para pessoas refugiadas, onde minha mãe me levou algumas vezes, porque eu havia feito amizade com uma menina que vivia lá com sua família.

Uma dessas novas meninas tornou-se uma das minhas melhores amigas. Passávamos as noites de verão em uma barraca no quintal de casa, brincando e rindo muito juntas. Eu sempre me sentia bem-vinda na casa dela. Acho que me lembro de que seus pais, como muitas pessoas refugiadas na Alemanha, não puderam exercer suas profissões anteriores. Entre minha amiga e eu havia uma conexão não dita, um sentimento de afinidade, mesmo com nossas diferenças biográficas.

Outra lembrança de alguns anos depois: no meu anuário de formatura, todos os tipos possíveis de atribuições sexistas estavam listadas ao lado do meu nome. Em uma votação cujos resultados também foram impressos naquele livro, fui eleita a "grande vaca" do ano, empatada com a categoria "nunca estava presente, nunca a vi". Hoje, essa combinação ilógica me diverte.

Atribuições questionáveis não vinham apenas de colegas de classe; o corpo docente também me atribuía constantemente papéis racializados e sexistas. Por exemplo, o professor de teatro respondeu à minha pergunta sobre por que eu sempre interpretava trabalhadoras sexuais nas peças que encenávamos, dizendo que era minha "natural aura erótica" que me qualificava mais do que qualquer outra pessoa para esse papel. Com meus 17 anos na época, fiquei tão enojada com essa resposta que não tive interesse em aprofundar a discussão, muito menos de em dar uma resposta crítica acerca de seu comportamento discriminatório.

Não escrevo essas memórias porque acredito que são necessárias mais histórias pessoais para provar o quão normal a opressão é em nosso cotidiano. Asseguro que não sou uma exceção. Ser uma criança Negra crescendo em Berlim não é um caso isolado. Minha trajetória educacional em escolas e jardins de infância majoritariamente *brancos*, que naquela época nem sequer usavam os termos "discriminação" ou "estrutural" para descrever minha experiência ou a de outras crianças e adolescentes, também não é um caso isolado. Afinal, é isso que significa estrutural: existem inúmeras histórias como essas. O que eu quero destacar com essas lembranças é como as concepções e atribuições relacionadas à discriminação nos acompanham e nos moldam desde a infância. O fato de eu ter considerado o ginásio como "melhor" tem pouco a ver comigo como indivíduo. É um sinal de que nos classificam desde cedo. E de que, desde muito jovens aprendemos a nos posicionar dentro dessas classificações e a nos comportar de acordo com elas – um sintoma da nossa socialização.

Isso é fundamental para este livro, pois nossa socialização tem um impacto significativo em nossos relacionamentos amorosos. Afinal, é com base em uma pertença a um grupo imaginado que se determina como podemos nos mover na sociedade e o que se espera de nós.

Socialização

Se almejamos relacionamentos igualitários, precisamos não apenas de uma conexão íntima com quem nos relacionamos, mas também de uma conexão igualmente profunda com o objeto de nossa crítica. É crucial ter uma compreensão complexa das diversas formas de discriminação e de como elas operam: quanto melhor entendermos seus mecanismos, mais oportunidades de intervenção surgirão, inclusive em nossos relacionamentos amorosos. Para isso, é inevitável que olhemos para dentro de nós e para nossa socialização em contextos de relações discriminatórias e violentas, pois, queiramos ou não, somos parte dessas dinâmicas. E essas relações, profundamente enraizadas em nós, interferem em nossas conexões interpessoais. A psicanalista e ativista feminista Jean Baker Miller, cujos trabalhos críticos se desenvolvem em torno da relação entre poder, mulheres e psicologia, foi pioneira nesse campo. A psicóloga e pesquisadora Irene Pierce Stiver explica em seu livro *The Healing Connection: How Women Form Relationships in Therapy and in Life* [Conexões de cura: como mulheres estabelecem relações na terapia e na vida]:

> Sabemos que vivemos em um mundo que não considera a reciprocidade algo dado ou essencial. Sempre que um grupo de pessoas detém poder sobre outro, surgem diversas divisões e danos nos relacionamentos entre integrantes dos dois grupos. Um grupo dominante, por definição, não pode manter relações que se fortaleçam mutuamente, caso contrário, deixaria de ser dominante. Uma sociedade patriarcal não pode desenvolver um sistema de relacionamentos que se baseie na reciprocidade. Em vez disso, tende a desenvolver um conceito de poder como um bem limitado e a definir o poder em si como "poder sobre". Este conceito permeia a estrutura do grupo dominante em todas as relações em todos os âmbitos da sociedade, desde as casuais até as mais íntimas."[51]

---

51 Jean Baker Miller e Irene Pierce Stiver: *The Healing Connection: How Women Form Relationships in Therapy and in Life*. Boston: Beacon Press, 1997, p. 85.

Grande parte dos nossos comportamentos é muito menos individualizado do que gostaríamos de acreditar. Isto fica evidente, por exemplo, nas pesquisas atuais sobre masculinidade e no campo de pesquisa em Desenvolvimento de Identidade Racial.[52] Assim, o nosso aprendizado acerca da opressão também inclui aprender como ela se manifesta em nós como indivíduos. Precisamos nos concentrar em como internalizamos a dominação e a marginalização, pois nossa socialização no que diz respeito à opressão influencia nossas experiências emocionais. Como nos sentimos em determinadas situações, e de quais maneiras expressamos isso em nossos relacionamentos amorosos, por exemplo, são questões diretamente relacionadas ao modo em que nossa socialização se deu em relação à categoria de gênero. Portanto, dinâmicas de relacionamentos não podem ser compreendidas de maneira isolada das dinâmicas sociais mais amplas.

Para ilustrar melhor as seguintes exposições sobre socialização e seus impactos nas nossas vivências emocionais, utilizo exemplos extraídos das áreas de pesquisa sobre homens e masculinidade, bem como de Desenvolvimento de Identidade Racial. Tais áreas demonstram o quanto nossa posição social molda nossa vida emocional e, consequentemente, nosso comportamento em relacionamentos.

Em essência, identificar nossa própria posição nos contextos das mais variadas formas de discriminação é fundamental, pois isso determina nosso posicionamento e revela um quadro de referência acerca de como percebemos o mundo, o interpretamos, agimos e nos

---

52 *Racial Identity Development.* [T.N]

movemos dentro dele. No âmbito dos relacionamentos amorosos, essa determinação de posição é relevante, pois nossa colocação social em relação às várias formas de discriminação informa nossa conduta nos relacionamentos, infiltrando-se, muitas vezes, de forma inconsciente, em nossas relações.

Antes de abordar como nossa socialização influencia nossas emoções, gostaria de ilustrar isso com base na minha própria posição socialmente construída. Talvez você se lembre de que, no início do livro, eu me posicionei como uma pessoa Negra. No entanto, minha experiência como pessoa Negra é profundamente condicionada pelas minhas posições em relação às diferentes formas de opressão. Beverly Daniel Tatum escreve sobre isso de maneira pertinente em seu livro *Why Are All the Black Kids Sitting Together in the Cafeteria?* [Por que todas *crianças* Negras estão sentadas juntas na cafeteria?].

> A maneira como a própria identidade moldada pelo racismo é vivida é influenciada por outras dimensões do eu: masculino, feminino ou transgênero; jovem ou idoso; rico, de classe média ou pobre; gay, lésbica, bissexual ou heterossexual; sem deficiência ou com deficiência; cristão, muçulmano, judeu, budista, hindu ou ateu. [53]

Isso significa, de forma concreta, que eu *nunca* atuo *apenas* como uma pessoa Negra, mas sempre a partir da interação entre as diferentes partes da minha identidade. Tal interação inclui meus privilégios, como minha cidadania alemã e minha formação acadê-

---

53 Beverly Daniel Tatum. *Why Are All the Black Kids Sitting Together in the Cafeteria? And Other Conversations About Race.* New York: Basic Books (Hachette Book Group), 2017 p. 85. [Tradução do alemão nossa]

mica, assim como a marginalização que enfrento devido à minha identidade de gênero e orientação sexual. Minha percepção do mundo, e consequentemente, minha experiência como pessoa Negra, é a soma de todos esses fatores. Além disso, elas são moldadas pelo meu contexto histórico e social, pelo lugar onde vivo e pelas pessoas que me rodeiam no meu cotidiano. Essa forma de localização, que estou fazendo aqui, poderia ser aplicada a todas as outras formas de discriminação – tudo está interligado, interdependente e faz parte da nossa experiência pessoal.

O Desenvolvimento da Identidade Racial é um campo de pesquisa dentro da psicologia social. Esse campo se dedica ao estudo de como o racismo influencia no desenvolvimento da identidade de uma pessoa. Uma das estudiosas mais conhecidas da área é Janet E. Helms Desde a década de 1980, foram desenvolvidos vários modelos de fases que traçam padrões comuns na maneira como pessoas racializadas (PoC), pessoas Negras e pessoas *brancas* lidam com as estruturas racistas da sociedade. Esses modelos evidenciam que nossas experiências com estruturas racistas são experiências coletivas. Em outras palavras, pessoas *brancas,* por não serem afetadas diretamente pelo racismo, compartilham experiências semelhantes a outras pessoas *brancas*. Por exemplo, ao discutirem conflitos de relacionamento com terceiros, elas recebam mais compreensão. Além disso – e este aspecto é particularmente interessante no que diz respeito a emoções e relacionamentos amorosos – as pesquisas mostram que nossas experiências emocionais estão correlacionadas com nossa posição social. Tanto nossos sentimentos quanto a maneira como os expressamos estão relacionados à posição que ocupamos na sociedade em relação ao racismo.

Antes de compartilhar nas páginas seguintes um modelo de fases para pessoas que vivenciam o racismo e outro para pessoas *brancas*, gostaria de destacar que esses modelos seguem a premissa de que o processo de passagem pelas fases não é linear: podemos nos mover de uma etapa descrita para a próxima, estar em várias fases ao mesmo tempo, e até mesmo retroceder para estágios iniciais. Além disso, podemos viver essas fases de maneiras diferentes, dependendo de quão conscientes estamos ao atravessá-las e reconhecê-las em nós, o que pode ocorrer em diferentes momentos e situações.

Os modelos que apresento foram extraídos do ensaio *"Talking About Race, Learning About Racism: The Application of Racial Identity Development Theory in the Classroom"*[54] [*Falando sobre raça, aprendendo sobre racismo: a aplicação da teoria do desenvolvimento da identidade racial em sala de aula*], de Beverly Daniel Tatum, em que ela investiga a utilidade dessas teorias no contexto de discussões sobre racismo em seminários universitários. Tatum descreve como os estágios que o corpo discente atravessa se manifestam também nas interações em sala de aula. Por exemplo, o silêncio inseguro do grupo de estudantes *brancos*, que não queria dizer algo "errado" sobre o tema, despertou a raiva do alunato Negro. Por outro lado, este grupo demonstrou preocupação que seus relatos pessoais sobre experiências racistas violentas com pessoas *brancas* pudessem "ferir" o alunato *branco*. Esses padrões podem ser aplicados, de forma semelhante, aos relacionamentos amorosos.

Com os modelos de fases, Tatum ofereceu às suas turmas

---

54 Beverly Daniel Tatum. Talking About Race, Learning About Racism – The Application of Racial Identity Development Theory in the Classroom. In: *Harvard Educational Review*, 1992. p. 1–25. [Tradução do alemão nossa]

uma ferramenta que lhes permitia entender seus próprios sentimentos, comportamentos, bem como os de terceiros, além da troca durante as aulas. Isso permitiu a inserção dessas interações em um contexto mais amplo, fomentando reflexões críticas sobre as questões envolvidas.

Para nós, também é importante compreender melhor esses momentos de interação e refletir criticamente sobre eles. Por um lado, isso nos ajuda a reconhecer e regular nossas próprias emoções marcadas e disparadas pela discriminação. Por outro lado, nos permite obter uma compreensão mais profunda do comportamento alheio. Somente assim uma aproximação, por exemplo, em um conflito, pode ser possível. Também vivencio, tanto em contextos pessoais quanto profissionais, que pode ser extremamente útil entender em qual das fases descritas no modelo me encontro e onde a outra pessoa está posicionada. Com base nisso, posso então decidir se uma conversa construtiva é necessária e possível naquele momento, se é mais sensato deixar passar um tempo ou se a comunicação construtiva simplesmente não é uma opção.

Para compreender ambas as perspectivas e, assim, talvez entender melhor a si e a outra pessoa, sugiro que você leia ambos os modelos de fases, independentemente de qual é sua posição, isto é, seu lugar de fala, referente ao racismo. Ao fazer isso, você pode se observar e, com base nas etapas que se relacionam com sua posição, refletir sobre quais comportamentos você reconhece em suas próprias ações e pensamentos. Você também pode pensar em uma situação específica, como uma conversa, e refletir sobre sua reação com base nas fases descritas.

Cinco Estágios (para pessoas racializadas)[55]

Pré-Encontro: Nesta fase, o indivíduo tenta se assimilar e ser aceito pela sociedade *branca*, distanciando-se ativamente ou passivamente de outras pessoas do seu próprio grupo racializado. Essa negação da pertença ao grupo pode fazer com que o racismo seja visto como um fator irrelevante para o desempenho pessoal.

Encontro: A transição para a fase de encontro é geralmente desencadeada por um evento ou uma série de eventos que forçam a pessoa a reconhecer o impacto do racismo em sua vida. Ao perceber que nunca poderá ser realmente *branca*, a pessoa é levada a focar em sua própria identidade e a se ver como parte de um grupo afetado pelo racismo.

Imersão: Este estágio é caracterizado pelo desejo de se cercar de símbolos visíveis da própria identidade, ao mesmo tempo que evita símbolos da *branquitude*. Pessoas nessa fase buscam ativamente oportunidades para explorar aspectos de sua própria história e cultura, com o apoio de colegas que tiveram experiências semelhantes.

Internalização: Nesta fase, o indivíduo está

---

55 Este modelo de fases é destinado a pessoas que vivenciam o racismo, mesmo que elas – assim como eu – não adotem o termo "Pessoas racializadas (PoC)" para se autodefinir. Como explicado na definição do termo, PoC pode, teoricamente, ser usado por e para todas as pessoas que sofrem racismo. No entanto, o termo, ao focar na experiência comum, não é suficientemente diferenciado para capturar de forma adequada as particularidades das diversas formas de discriminação, que podem ser muito diferentes entre si.

seguro de sua própria identidade influenciada pelo racismo e sente menos necessidade de se provar "mais Negro que você" ou de adotar atitudes semelhantes, que caracterizam a fase anterior. A atitude positiva em relação ao próprio grupo torna-se mais expansiva, aberta e menos defensiva. A pessoa que internalizou essa postura está disposta a construir relacionamentos significativos com pessoas *brancas*, que reconhecem e respeitam sua autodefinição. O indivíduo também está pronto para formar coalizões com pessoas pertencentes a outros grupos oprimidos.

Internalização e Engajamento: Nesta última fase, as pessoas desenvolveram maneiras de traduzir seu entendimento pessoal e posicionamento em relação ao racismo em um plano de ação concreto ou em um compromisso contínuo com os interesses de seu grupo afetado pelo racismo. Esse ativismo é sustentado ao longo do tempo, permitindo que o grupo se torne o ponto de partida para a exploração de ideias, culturas e experiências que se originam fora do próprio grupo, em vez de focar exclusivamente em aspectos internos.

Seis estágios (para pessoas *brancas*)

Contato: Nesta fase, há uma falta de conscientização sobre o racismo cultural e institucional, além de uma cegueira em relação ao próprio privilégio *branco*. Essa fase também é frequentemente marcada por uma curiosidade ingênua ou por um medo de pessoas racializadas (PoC), sentimentos alimentados por estereótipos absorvidos de amizades, familiares ou mídia. Pessoas cujas vidas são estruturadas de modo que suas interações com pessoas racializadas e sua percepção do racismo são limitadas, podem permanecer nesta fase indefinidamente, sem um impulso para questionar ou expandir sua visão de mundo.

Desintegração: Uma interação mais intensa com pessoas racializadas (PoC) ou novas informações sobre o racismo podem desencadear um novo entendimento, marcando o início desta fase. Como resultado, a ignorância confortável ou a falta de consciência é substituída por emoções negativas como culpa, vergonha e, ocasionalmente, raiva. Esses sentimentos emergem quando o privilégio *branco* é reconhecido e o papel das pessoas *brancas* na manutenção de um sistema racista se torna evidente para o indivíduo. Para mitigar esse desconforto, é comum adotar táticas como negar as novas informações ou tentar modificar as opiniões de pessoas importantes em sua vida sobre indivíduos racializados (PoC). A pressão social para conformar-se ao status quo pode conduzir o indivíduo da desintegração para a fase de reintegração.

Reintegração: Nesta fase, o desejo de aceitação dentro do próprio grupo racial pode levar a uma reestruturação do sistema de crenças, onde o racismo passa a ser internalizado e normalizado. A crença na superioridade *branca*, seja explícita ou implícita, é amplamente aceita dentro desse grupo, o que facilita a adoção de atitudes racistas. Sentimentos de culpa e medo, ao invés de serem enfrentados, são, muitas vezes, desviados e transformados em temor e raiva direcionados àquelas que são vítimas do racismo, que acabam sendo vistas como a causa desse desconforto. Pessoas *brancas* podem facilmente ficar presas nesta fase, especialmente se tiverem a possibilidade de evitar interações significativas com pessoas racializadas (PoC), o que reforça e perpetua o ciclo de discriminação e preconceito.

Pseudo-Independência: A busca por informações sobre pessoas racializadas (PoC) frequentemente marca o início dessa fase. A pessoa abandona a crença na superioridade branca, o que não impede que, por meio de suas ações, continue a manter o racismo de maneira não intencional. Em busca de um entendimento mais profundo, a pessoa se orienta por pessoas que sofrem racismo, muitas vezes, tentando negar sua própria branquitude por meio de uma associação ativa com pessoas racializadas (PoC). O indivíduo vivencia um sentimento de alienação de outras pessoas brancas que ainda não começaram a questionar seu próprio racismo, mas também pode enfrentar rejeição de pessoas que desconfiam de seus motivos. Pessoas racializadas (PoC) que estão em transição da fase de "Encontro" para "Imersão" em seu próprio desenvolvimento identitário podem ser particularmente resistentes às tentativas de uma pessoa branca de se conectar com elas.

Imersão: Embora o indivíduo se sinta desconfortável com sua branquitude, não consegue escapar dela e, portanto, pode buscar maneiras mais agradáveis de se comportar enquanto pessoa *branca*. Informar-se sobre pessoas *brancas* que se posicionam como aliadas antirracistas de pessoas racializadas (PoC) é um passo importante nesse processo. Isso é útil porque permite que as pessoas *brancas* vejam que outras enfrentaram sentimentos semelhantes e encontraram formas de resistir ao racismo em seus respectivos ambientes. Assim, o indivíduo ganha acesso a modelos importantes para a mudança.

Autonomia: A internalização de um sentimento recém-definido sobre o que significa ser *branco* é o aspecto principal dessa fase. Os sentimentos positivos associados a essa redefinição impulsionam os esforços do indivíduo para enfrentar o racismo e a opressão no cotidiano. Alianças com pessoas racializadas (PoC) podem ser mais facilmente estabelecidas nessa fase, pois a pessoa consegue articular seus comportamentos e atitudes antirracistas de maneira mais consistente.

O que considero notável nos modelos de fases do campo do Desenvolvimento da Identidade Racial é que eles revelam o quanto nossas experiências em relação ao racismo são, na verdade, semelhantes. Não são meramente individuais e variadas de pessoa para pessoa, mas compartilham padrões baseados na posição social de cada pessoa, ou seja, são coletivas. Estou convencida de que esses modelos, ao destacar momentos compartilhados, também podem ser aplicados a outras formas de discriminação, como o hetero- ou cissexismo. Além disso, eles evidenciam o quanto a interação interpessoal – mesmo fora do contexto do racismo – é influenciada pela fase em que estamos em um determinado momento. Isso se aplica não apenas a situações em que pessoas que são alvo do racismo interagem com pessoas *brancas,* mas também em contextos onde pessoas com a mesma posição racial se encontram. Por exemplo, quando uma pessoa *branca* que está no estágio cinco ou seis discute o racismo com outra pessoa *branca* que ainda está no estágio um e considera o racismo superado ou irrelevante.

Para ilustrar como a autorreflexão pode ser feita com base nessas fases e modelos, gostaria de compartilhar um trecho do diário de aprendizagem de uma pessoa de um dos meus seminários universitários:

> Engajar-se [...] com os diferentes modelos das fases provocou sentimentos mistos em mim, pois me identifiquei tanto nas fases para pessoas racializadas (BIPoC) quanto nas fases que os *brancos* passam. Como pessoa com uma história familiar

complexa, que migrou de um país pós-soviético e vivenciou o antislavismo[56], mas que é *branca* ou é lida como tal, estou familiarizada com ambas as perspectivas. Uma reação particularmente forte surgiu quando li as Cinco Fases para Pessoas Racializadas (PoC). Desde a migração na infância até alguns anos atrás, meu maior objetivo foi me adaptar o máximo possível ao meu ambiente, para me tornar invisível. Afastei-me dos valores e da cultura com os quais cresci e rejeitei tudo o que tinha a ver com a minha família e origem – a comida, a língua, a roupa, a postura, etc. Sentia uma vergonha imensa e não queria, de forma alguma, ser associada às 'aquelas pessoas' que, na Alemanha, eram claramente vistas como não civilizadas. E, pode-se dizer, assim consegui. Não sou mais ou sou apenas raramente percebida pela sociedade dominante alemã como 'não alemã'. No entanto, na época, eu não previa que isso também acabaria se relacionando com dor e exclusão.

Estou feliz em poder compartilhar este trecho, pois ele mostra que nosso aprendizado sobre ser "certos" ou "errados" – você se lembra do teste da boneca? – faz parte de nossa história pessoal, de nossa experiência emocional e, inevitavelmente, de nossos relacionamentos amorosos. Embora o relato do diário de aprendizagem não trate de amor, a internalização das relações de poder descrita não é apenas importante – como já expliquei anteriormente– no nível da escolha de pares amorosos, mas em todos os aspectos dos relacionamentos amorosos. Jean Baker Miller escreve em *The Healing Connection* [A conexão da cura] que, ao longo de nossas vidas, nos acostumamos

---

56 Antislavismo é uma forma de discriminação estrutural que leva à opressão de pessoas com base em atribuições negativas relacionadas à sua suposta ou autoescolhida pertença a um grupo socialmente construído – os eslavos. Fonte: Sergej Prokopkin. Postagem de 12 de outubro de 2021. Disponível em: www.instagram.com/p/CU7uJDiMbcs/?igshid=YmMyMTA2M2Y= Acesso em 15 maio 2022.

tanto à premissa social de "poder sobre" nos relacionamentos que isso permeia nosso pensamento, nossos sentimentos e, finalmente, nossas visões sobre o que é possível em nossos relacionamentos mais íntimos.[57] Isso se revela verdadeiro quando vivenciamos discriminação: aprendemos a ajustar nossa vivência emocional, a importância de nossas emoções e nossas expectativas sobre como essas emoções serão tratadas de acordo com nossa realidade marcada pela opressão. Além disso, atribuições de papéis sociais também preenchem – forçadamente – nosso nível emocional. Ciani-Sophia Hoeder descreve essa situação, que também se aplica aos nossos relacionamentos amorosos, em seu livro *Wut und Böse* [Raiva e Maldade]:

> A amiga Negra é a pessoa divertida e encantadora que garante que a protagonista *branca* e magra encontre o príncipe encantado. A melhor amiga gorda ou obesa ouve, segura a mão, é compreensiva, não tem vida própria, exceto para garantir que as personagens bonitas e heterossexuais estejam bem. O melhor amigo *queer*, a amiga lésbica – pessoas marginalizadas nos filmes existem para oferecer suporte emocional àquelas em nossa sociedade que têm mais privilégios. E essa imagem, inevitavelmente, se transfere para a nossa vida real. [58]

A divisão de responsabilidades no que diz respeito ao trabalho emocional, e também sobre quais emoções são consideradas relevantes e, se os sentimentos de uma pessoa são, de fato, reconhecidos, se reflete em nossos relacionamentos: quando eu, uma pessoa Negra, expresso meus sentimentos, eles frequentemente são interpretados

---

57 Jean Baker Miller e Irene Pierce Stiver. *The Healing Connection: How Women Form Relationships in Therapy and in Life.* Boston: Beacon Press, 1997.

58 Ciani-Sophia Hoeder. *Wut und Böse.* **München: hanser-blau.** 2021 p. 96.

como agressividade. Embora a capacidade de sentir emoções não me seja negada, o espectro emocional que me é concedido socialmente é bastante limitado. Como resultado, sentimentos autênticos como tristeza ou frustração, exaustão ou solidão, muitas vezes, não são percebidos. Em vez de reagir ao que eu realmente sinto ou ao que explico sobre minhas emoções, geralmente se reage ao que é atribuído a mim, ou seja, ao que é socialmente presumido. Isso também ocorre em relacionamentos interpessoais próximos, incluindo relacionamentos amorosos.

Lembro de uma conversa com um ex-parceiro, que expressou surpresa ao perceber o nível de certeza que ele tinha em relação a uma imagem concreta em sua cabeça sobre como certos sentimentos deveriam ser expressos. Ele também mencionou que, por causa disso, teve dificuldades em me entender quando nos conhecemos, porque mesmo quando eu sentia desespero em determinada situação, ele não conseguia perceber essa emoção em mim. Eu simplesmente não encaixava na sua ideia de desespero.

Regularmente, me atribuem os traços de "força" e "autoconfiança" – a impressão de que estou acima das coisas. É essa imagem que as pessoas ao meu redor, inclusive em relacionamentos amorosos, tendem a ter em relação a mim. Elas não reagem a mim, não ao que eu realmente sinto, mesmo que eu tente e possa nomear meus sentimentos. Além disso, a forma como expresso minhas emoções – também em relacionamentos íntimos – é influenciada pelas estratégias necessárias para navegar no meu cotidiano. Em situações que poderiam se tornar uma grande discussão, costumo adotar uma postura diplomática e ponderada. Isso não ocorre porque eu queira ou ache isso desejável, mas porque sei que, como pessoa Negra, manifestar emoções raramente contribui para que as pessoas demonstrem mais disposição para ouvir ou mostrar empatia por mim.

Nossas concepções sobre quem expressa quais emoções e de que maneira essas emoções são percebidas, assim como sobre a quem concedemos determinadas emoções, são profundamente moldadas pelas diferentes formas de discriminação. Isso tem implicações para nossos relacionamentos, especificamente no que diz respeito à forma como nos relacionamos. Será que meu par consegue se conectar comigo e vice-versa, ou estamos respondendo a uma concepção de gênero que temos mutuamente?

Mesmo quando estamos em um conflito dentro de um relacionamento amoroso que não está diretamente ligado a uma das várias formas de discriminação, os diferentes estágios dos modelos de Desenvolvimento da Identidade Racial podem nos ajudar a entender nossa postura diante desse conflito. Como Jean Baker Miller diria: estamos agindo a partir de uma postura de "dominação" ou de "coparticipação"[59]? Ambas posturas são importantes, tanto no que diz respeito à dominação internalizada quanto à marginalização internalizada. A questão crucial aqui é: Estamos passando por um processo de aprendizagem que nos ajuda a refletir melhor sobre nossos padrões de comportamento? Quando lemos relatos como "Eu quase não dou espaço para minhas emoções e só as deixo sair quando não há outra opção" ou "Eu poderia, de fato, assumir a respon-

---

59 Optamos por traduzir as expressões *Macht mit* e *Macht über*, literal e respectivamente "poder com" e "poder sobre", como "coparticipação" e "dominação". A escolha visa refletir o sentido mais amplo e as implicações das dinâmicas de poder que essas expressões carregam. "Dominação" captura o caráter hierárquico e impositivo do *Macht über*, enquanto "coparticipação" sublinha o sentido colaborativo e horizontal da expressão *Macht mit*, ressaltando a noção de poder compartilhado e coletivo. Essa decisão busca manter a precisão conceitual e a fluência textual. [N.T.]

sabilidade e iniciar conversas difíceis", somos capazes de reconhecer essas dinâmicas em nós?

Antes de explicar os dois modelos de fases, pedi que você refletisse sobre o seu próprio comportamento nesse contexto. Agora, quero retomar isso e trazer duas outras perguntas adicionais, levantadas por Maisha Maureen Auma, professora e especialista em Infância e Diferença, em um artigo.[60] Nesse artigo, ela relata que também utiliza os Modelos de Fases em seminários universitários e que suas turmas, ao analisá-los, devem se fazer as seguintes perguntas: quais estratégias de enfrentamento aos padrões comuns da fase em que me encontro são possíveis para mim? E se eu me classifico em um dos estágios mais avançados, quais competências me ajudaram a alcançar esse estágio? Essas perguntas também são úteis para nossas discussões ao longo deste livro, especialmente em relação ao nosso objetivo de desenvolver uma prática de amor transformadora e crítica em relação ao poder. Como você responderia a essas perguntas?

O fato de que nossas emoções são políticas é geralmente mais evidente para as pessoas que sofrem discriminação e lutam contra ela. As diferentes formas de discriminação influenciam nosso comportamento em conflitos e definem quais emoções nos são atribuídas e permitidas como indivíduos. Os diferentes estágios dos modelos de fases também são acompanhados por diferentes sentimentos e afetos. Uma frase comum usada como mecanismo de defesa em relacionamentos amorosos, que reflete esses mecanismos, é: "Eu

---

60 Maisha Maureen Eggers. "Anti-oppressive Standards für eine geschlechtsspezifische transkulturelle Bildungsarbeit. Feministisch, geschlechterreflektierend, queer? Perspektiven aus der Praxis politischer Bildungsarbeit." [Padrões anti-opressivos para um trabalho educativo transcultural específico de gênero. Feminista, refletindo sobre gênero, queer? Perspectivas da prática do trabalho educativo político] Rosa-Luxemburg-Stiftung. 2004 Disponível em: www.rosalux.de/fileadmin/rls_uploads/pdfs/Gender/Bildungsbroschuere_queer.pdf   Acesso em 15. mai.2022.

gostaria de conversar com você sobre – aqui pode ser qualquer coisa –, mas você é simplesmente muito emocional." Com frequência, essa frase vem de alguém que se beneficia do contexto da discriminação mencionada. Com essa declaração, a pessoa afirma sua suposta racionalidade – "Sou racional, objetiva e neutra" – e desvaloriza a emoção de outrem. Este é um exemplo de como o mecanismo de "poder sobre" funciona nas relações. No entanto, é importante destacar que essa postura está longe de ser objetiva ou neutra; pelo contrário, é profundamente emocional. Ela serve para preservar a própria imagem, moldada pela discriminação, enquanto desconsidera ou desvaloriza as emoções de outras pessoas. O psicoterapeuta e ativista Dwight Turner ilustra isso de maneira bastante contundente no contexto do sexismo e do racismo:

> Em uma sociedade patriarcal, a ideia de que certas emoções são atribuídas aos homens e outras às mulheres faz parte da estrutura. [...] Os homens definem quem são e quem não são – e atribuem qualquer emoção às mulheres. Por conseguinte, qualquer emoção é considerada 'excessiva' e associada ao feminino. Isso teve, de fato, um impacto extremamente negativo sobre as mulheres ao longo da história da humanidade. A ideia chegou a ser medicalizada: refiro-me à 'histeria' na psicoterapia. Se uma mulher se comportava de uma maneira que incomodava os homens, ela era rotulada como 'louca'. O mesmo se aplicava à escravidão: se uma pessoa escravizada não seguia o papel que lhe era imposto e não se submetia à supremacia *branca*, ela era diagnosticada como 'mentalmente doente'.

O que Dwight Turner menciona é uma das muitas estratégias de "Outrização", pelas quais a divisão socialmente construída entre "nós" e "os outros", que é fundamental para todos os tipos de desigualdade, é replicada em situações cotidianas. Essa dinâmica também se manifesta em relacionamentos amorosos, por exemplo, quando mulheres são acusadas de "não se controlarem" ao expressarem suas emoções.

Contudo, o impacto da nossa socialização em relação à opressão não se revela apenas em conflitos; ele também se manifesta em padrões comuns dentro dos relacionamentos amorosos. Um padrão comum que se repete em relacionamentos com homens cisgêneros é que, quando é necessário apoio emocional, eles tendem a propor soluções para o problema em vez de responder emocionalmente ao seu par. Em vez de fornecer o apoio emocional necessário naquele momento, eles acabam oferecendo algo que não é o que seu par realmente precisa. Isso também é resultado da socialização que recebem. Ronald F. Levant, que pesquisa homens e masculinidade no campo da psicologia, descreve que uma 'norma problemática masculina é a restrição na expressão de sentimentos, o que afeta negativamente os relacionamentos.'

Meninos serão homens

A análise crítica acerca de homens e masculinidade na psicologia, que emergiu nos EUA durante a segunda onda do feminismo ocidental, examina as normas de masculinidade e seus impactos tanto sobre os homens quanto sobre a sociedade. Assim como a pesquisa sobre racismo, essa análise não parte do princípio de que a masculinidade é um fato biológico imutável. Em vez disso, essa pesquisa se baseia em uma compreensão das categorias e papéis de gênero tradicionais como construções sociais. O termo "masculinidade tradicional" refere-se a uma forma dominante de masculinidade, moldada principalmente por grupos sociais privilegiados, ou seja, homens *brancos*, cristãos, sem deficiência, heterossexuais e cisgêneros. Ronald F. Levant, em suas pesquisas sobre masculinidade, define masculinidade da seguinte forma:

> Como profissionais da psicologia, evitamos o uso do termo 'masculinidade tóxica'. Não consideramos útil rotular comportamentos como 'tóxicos'. Ao afirmar que existe uma 'masculinidade tóxica', sugere-se também que existe uma 'boa masculinidade'. No entanto, acreditamos que a masculinidade, em si, é problemática, porque é opressiva. A masculinidade é definida como 'superior a' e 'acima da feminilidade'. Ela subjuga as mulheres e é projetada para manter a dominação patriarcal masculina sobre todas as pessoas que não pertencem aos grupos dominantes em nossa sociedade. Portanto, a masculinidade também oprime homens racializados (BIPoC) e homens GB-TQIA. Ela discrimina mulheres e várias minorias.

Assim, na pesquisa em psicologia, a masculinidade está fundamentalmente ligada a estruturas de opressão. A importância das emoções também é relevante no contexto da pesquisa sobre masculinidade e é de grande interesse para nós neste livro. Levant cunhou o termo "Normative Male Alexithymia"-NMA) [Alexitimia Masculina Normativa]. Na psicologia, "alexitimia" refere-se ao estado de uma pessoa que não consegue identificar ou nomear suas próprias emoções, por exemplo, durante um episódio depressivo. A alexitimia masculina normativa (NMA) – um conceito desenvolvido a partir de uma metanálise conduzida por Levant e outros pesquisadores – descreve a dificuldade que homens cis têm, devido à sua socialização, para diferenciar e nomear suas emoções. O termo não se refere a um sintoma patológico, mas sim a um subproduto da socialização de gênero, neste caso, da socialização masculina.

O estudo subsequente, intitulado *Is Normative Male Alexithymia Associated with Relationship Satisfaction, Fear of Intimacy and Communication Quality Among Men in Relationships?*[61] [A Alexitimia Masculina Normativa está Associada à Satisfação nos Relacionamentos, Medo de Intimidade e Qualidade da Comunicação entre Homens em Relacionamentos?], investigou os impactos da NMA em relacionamentos amorosos e revelou que a NMA tem diferentes consequências para esses vínculos íntimos. Por exemplo, os resultados sugerem que homens afetados pela NMA, que enfrentam dificuldades para nomear e expressar suas emoções, têm problemas em lidar com as emoções de seus pares – a orientação sexual dos participantes não foi mencionada. Como resultado, esses homens desenvolvem um certo medo em relação aos sentimentos de seus pares. Além disso, o fato de que esses homens se sentem desafiados na troca de emoções prejudica a comunicação no relacionamento e, por conseguinte, leva a uma menor satisfação nos relacionamentos amorosos.

As demandas impostas pela masculinidade, que se manifestam, por exemplo, na limitação da expressão emocional, têm profundas consequências para nossos relacionamentos, assim como todos os

---

61 Emily N. Karakis e Ronald F. Levant. "Is Normative Male Alexithymia Associated with Relationship Satisfaction, Fear of Intimacy and Communication Quality Among Men in Relationships?" In: *Journal of Men's Studies*, 20(3), p. 179–186. 2012. [Tradução nossa.]

papéis restritivos moldados pelas diferentes formas de discriminação. É notável que, embora essas exigências mudem, o resultado, ou seja, a manutenção do "poder sobre" tende a permanecer inalterada. A psicóloga e autora independente Ann-Madeleine Tietge investigou em sua tese *Make Love, Don't Gender!? Heteronormativitätskritik und Männlichkeit in heterosexuell definierten Paarbeziehungen* [Faça amor e não gênero!? Heteronormatividade crítica e masculinidade em relacionamentos amorosos heterossexuais] como homens cis-heteros que questionam criticamente as concepções tradicionais de masculinidade ainda reproduzem a masculinidade em seus relacionamentoos.[62] Isso ocorre, em grande parte, por meio de indeterminação ou por esforços em busca de autonomia e autorrealização, que acabam reforçando os entendimentos normativos de gênero.

Destaco essa questão porque, em meu trabalho, frequentemente encontro pessoas que acreditam que uma mudança social "para melhor" e em direção a mais igualdade é um processo natural ou até mesmo inevitável. Porém, isso não corresponde à realidade. Pelo contrário, as diferentes formas de discriminação se adaptam à sociedade. Elas são flexíveis e dinâmicas, o que as torna resilientes — como um vírus. Isso implica que nossa autopercepção, nosso comportamento em relacionamentos e a maneira como vivemos o amor como prática também precisam ser flexíveis e dinâmicas se quisermos cultivar relações que sejam críticas em relação ao poder.

Esses pontos discutidos anteriormente são fundamentais. pois elucidam o que destaquei no início do capítulo com a citação de Jean Baker Miller: em uma sociedade onde o acesso a recursos

---

62 Ann-Madeleine Tietge. *Make Love, Don't Gender!? Heteronormativitätskritik und Männlichkeit in heterosexuell definierten Paarbeziehungen.* Wiesbaden: Springer VS. 2018.

é distribuído de forma desigual, o que resulta em uma distribuição assimétrica de poder, todas as pessoas vivenciamos interrupções na reciprocidade – independentemente de sermos pessoas privilegiadas ou não. A masculinidade é apenas um exemplo disso. A única maneira de resistir a essa dinâmica é — pelo menos do meu ponto de vista — desenvolver uma compreensão profunda de quão abrangente é a opressão. Contudo, o que me parece mais importante é que nós nos observemos constantemente, em especial no tocante aos nossos privilégios, e reflitamos sobre o quanto contribuímos para a separação que não desejamos. Por "separação", não me refiro necessariamente ao fim de um relacionamento, mas à ruptura da conexão em um relacionamento, ou seja, aqueles momentos em que sentimos em desconexão mutuamente. Não é possível sustentar ambas as coisas: usar os próprios privilégios no relacionamento, mesmo que inconscientemente, contra seus pares amorosos e, ao mesmo tempo, esperar mais conexão. Por isso, parece-me essencial que, ao refletirmos sobre nossos privilégios sociais, questionemos por que a crítica à discriminação — em todas as suas formas — é, em última análise, do nosso próprio interesse.

Como nossa socialização é vasta e permeia todos os aspectos de nossas vidas, a opressão desempenha um papel em todas as formas de relacionamento. Frequentemente, quando se faz uma análise crítica das estruturas de poder social nas relações amorosas, o foco recai sobre relacionamentos nos quais existe uma ou mais diferenças de poder. Por exemplo, analisamos relações heterossexuais, refletindo sobre quem realiza mais trabalho emocional. No entanto, recebemos incentivos, de diferentes maneiras, para desempenhar os papéis que nos foram atribuídos pela sociedade. Isso também influencia relacionamentos em que as pessoas estão em posições de poder semelhantes.

No podcast *Where Should We Begin,* [Por onde devemos começar?] de Esther Perel, no episódio "Questions You Aren't Allowed to Ask" [Perguntas Que Você Não Pode Fazer], ela conversa com um casal de lésbicas. A realidade de viver em uma sociedade heteronormativa afeta ambas as parceiras.[63] Uma delas tem dificuldades em encontrar formas de superar a vergonha que sente por estar em um relacionamento com outra mulher, vergonha essa que surge das mensagens sociais que desvalorizam relações lésbicas. No episódio "What Would It Take For You to Come Out" [O Que Seria Necessário Para Você Se Assumir], Perel acompanha um casal no qual uma das mulheres se identifica como lésbica, enquanto a outra prefere não usar rótulos e sente uma certa ambivalência em relação à atração emocional e sexual pela parceira.[64] Juntas, elas tentam navegar pelas diferentes perspectivas e como essas afetam a dinâmica do relacionamento, incluindo questões de sexualidade e o fato de uma das parceiras ser apresentada para amizades como uma "boa amiga".

Quero aprofundar esse aspecto: a opressão pode influenciar nossos relacionamentos amorosos na maneira como lidamos com ela, mesmo quando as pessoas envolvidas têm posições sociais semelhantes. Mais especificamente, a maneira como lidamos individualmente com a mesma forma de discriminação — um dos pontos que considero fundamentais no desenvolvimento da identidade racial para nosso contexto — impacta nossos relacionamentos. Como nos sentimos individualmente em relação às nossas próprias experiências

---

63 Esther Perel. *Questions You Aren't Allowed to Ask. In: Where Should We Begin. 2018.*
64 Esther Perel. "What Would It Take For You to Come Out". In: *Where Should We Begin. 2020.*

de discriminação, se sentimos vergonha, se nos percebemos como "incovenientes", se internalizamos atribuições discriminatórias e não conseguimos nos libertar delas, tudo isso afeta nossas relações.

Em conversa com a cientista social Sarah Adeyinka-Skold, surge a questão de que toda a sociedade está imersa nas diferentes formas de discriminação e podemos reproduzi-las, mesmo quando somos prejudicadas por elas:

> Percebi que mulheres Negras, de fato, desejam namorar homens Negros, mas estão dolorosamente cientes de que homens Negros nem sempre querem namorar mulheres Negras: uma das entrevistadas contou sobre um amigo dominicano — a mãe dele é dominicana, e o pai é Negro. Ele disse que prefere namorar mulheres *brancas* porque elas são muito mais 'fáceis' do que mulheres Negras. Ele basicamente repete os mesmos estereótipos que homens não Negros usam para excluir mulheres Negras: elas são 'bravas' 'intimidantes', 'pouco femininas' ou são 'demais'.

Nesse ponto, a escolha de pares é bastante relevante. Para que um relacionamento seja um espaço profícuo para a reflexão crítica sobre a discriminação e seu impacto na dinâmica das pessoas envolvidas, é necessário que elas já tenham se confrontado com sua própria posição social. No mínimo, é preciso que as pessoas estejam interessadas ou, pelo menos, abertas a se engajar em uma reflexão sobre sua participação nas dinâmicas de poder social em todas as suas formas. Afinal, como mostram os diferentes modelos de fases, nossas experiências emocionais são profundamente moldadas em torno da opressão e da nossa inserção nela.

Dessa forma, o trabalho dentro dos relacionamentos vai além de refletir sobre nossa própria implicação nas várias formas de discriminação. Ele exige uma análise crítica de como a opressão afeta nossas emoções e de como percebemos nossa própria experiência emocional. Precisamos questionar se somos capazes de nomear nossos sentimentos e quais julgamentos atribuímos a eles. Isso é importante porque os processos discriminatórios de "outrização" (ou seja, a prática de tratar certas pessoas ou grupos como "outros") fazem com que nossas vivências emocionais, em relação às partes privilegiadas de nossa identidade, sejam percebidas como individuais e justificadas. Em contraste, quando se trata das partes desfavorecidas de nossa identidade, geralmente nos é sugerido que nossos sentimentos são "exagerados" e "inapropriados" para a situação – mesmo em circunstâncias que não estão diretamente relacionadas à discriminação. Portanto, parte de nossa tarefa é questionar criticamente quais sentimentos atribuímos aos outros e se essas atribuições refletem, de fato, a realidade dos chamados "outros".

Amor como solidariedade política

Acredito sinceramente que você está lendo este livro porque se preocupa em refletir de forma crítica sobre si e suas ações em relacionamentos amorosos, levando em consideração relações de poder. Nesse sentido, gostaria de compartilhar com você uma citação da psicóloga Harriet Lerner, cujo trabalho foca em mulheres e é de cunho feminista:

> Por que mudar? Somente quando nos empenhamos em desenvolver e redefinir o 'eu' em nossos relacionamentos mais

importantes, podemos realmente aumentar nossa capacidade de intimidade. Não há outro caminho.[65]

É exatamente disso que se trata este livro: como podemos questionar nosso próprio comportamento, que está entrelaçado com a opressão, que por sua vez, afeta nossos relacionamentos. Não apenas como um fim em si mesmo, mas com o objetivo bem definido de usar o amor como uma ação em prol da igualdade, da liberdade e da intimidade em nossos relacionamentos e, em última instância, em prol da igualdade na sociedade. Não podemos nos limitar apenas à reflexão. Se quisermos mudar as condições existentes, devemos começar com nossas próprias ações.

É fundamental, portanto, desenvolver a imaginação de quem poderíamos ser – além dos roteiros normatizados. bell hooks nos lembra com suas palavras finais na discussão *Are You Still a Slave? Liberating the Black Female Body* [Você ainda é escravizada? Libertando o corpo feminino negro]: "A jornada para a liberdade sempre foi uma jornada da imaginação. A capacidade de se ver de maneira diferente."[66] Para o que nos interessa nesse livro, isso se traduz em uma visão de como podemos e devemos nos comportar em nossos relacionamentos para combater a opressão que permeia o amor. Precisamos de uma utopia que nos mostre as possibilidades de quem podemos ser e como podemos nos reinventar explorando novas formas de agir, através dessas alternativas de ação. Isso pode incluir, por exemplo, a normalização de recebermos cuidado e aprendermos a aceitá-lo,

---

65 Harriet Lerner. *The Dance of Intimacy: A Woman's Guide to Courageous Acts of Change in Key Relationships.* New York: Harper Collins, 2009. p. 25. [Tradução nossa]

66 bell hooks. Are You Still a Slave? Liberating the Black Female Body. 2014. Disponível em: www.youtube.com/watch?v=rJk0hNROvzs. Acesso em 15.mai.2022 [tradução nossa]

mesmo quando nossa posição social geralmente nos atribui a função do cuidado. Por outro lado, pode significar encontrar formas de cuidar que não são socialmente reconhecidas para nós.

A palavra "esforço", usada por Peck e Fromm em suas definições de amor, aponta para a necessidade contínua de reflexão e de mudança de nossas ações, algo que permeia todo este livro. Com razão, pois o trabalho interno, que terapeutas de casais frequentemente mencionam como necessário para o autoconhecimento dentro dos relacionamentos, deve ser expandido e utilizado como ferramenta contra a discriminação. Parte do nosso trabalho interno consiste em refletir sinceramente se estamos em condições para embarcar em um processo de cura individual e coletiva. Quando falo "cura", não me refiro a algo abstrato, mas à prática cotidiana de utilizar os recursos disponíveis – sem nos esgotarmos completamente – para contribuir para que nossos relacionamentos amorosos se tornem mais igualitários. Sohra Behmanesh, que trabalha como treinadora em temas relacionados ao racismo, descreve isso de maneira precisa em sua coluna:

> Eu estou onde estou porque estou sobre os ombros dos meus pais, dos meus avós, dos meus bisavós e de todos que vieram antes de mim. E sobre meus ombros, meus filhos estarão. Eu acho isso reconfortante, empoderador – e incrivelmente aliviador. Não sou responsável por quebrar o ciclo. Contribuo com o que posso alcançar nesta vida, com os recursos que tenho disponíveis.[67]

---

67 Sohra Behmanesh. Über das Gleichgewicht zwischen Ehrgeiz, Demut und transgenerationalem Eingebettetsein. 2022 [Sobre o equilíbrio entre ambição, humildade e inserção transgeracional.] Disponível em: www.tbd.community/de/a/ueber-das-gleichgewicht-zwischen-ehrgeiz-demut-und-transgenerationalem-eingebettetsein. Acesso em 15.mai.2022.

A cura é possível — isso é claramente demonstrado por todas as pessoas com quem conversei durante a feitura deste livro, algumas das quais cito. Ela não precisa ser um processo isolado, realizado apenas individual ou isoladamente; pode ser um processo comunitário, de conexão. A cura exige um comprometimento por meio de nossas ações e que não nos deixemos enganar pela ilusão de que o processo de cura está concluído, enquanto a opressão na sociedade — e, portanto, em nós — ainda persiste. Admito que esse não é um processo simples; envolve navegar pela incerteza entre o "certo" e o "errado". É natural sentir certa ambivalência e insegurança diante desse empreendimento. No entanto, a disposição para embarcar nesse processo, com todos os seus desafios, tanto pessoais quanto coletivos, é uma questão central. Sua resposta é fundamental.

Para desenvolver uma imaginação sobre nós, precisamos primeiro entender o status quo: é necessário fazer um diagnóstico da nossa posição social e da posição das pessoas com quem nos relacionamos. Este ponto não é, de forma alguma, secundário, pois os caminhos que podemos seguir para alcançar nosso objetivo, isto é, vivenciar o amor como uma prática crítica de poder estão intrinsecamente ligados à nossa posição. Meu ponto de partida como pessoa Negra e não-binária não é o mesmo de uma mulher trans *branca*. Nosso conhecimento advindo de nossas experiências, nossa vivência corporal e nossas emoções são diferentes, mas, ainda assim, são menos individuais do que a nossa sociedade individualista sugere.

Como, então, a solidariedade política radical pode se manifestar no amor? Não posso deixar de me referir novamente a bell hooks, cuja reflexão sobre solidariedade política remonta à década de 1980. Em um dos capítulos de seu livro *Teoria feminista: da margem ao centro*, hooks discute a solidariedade política entre mulheres que ocupam diferentes posições em contextos feministas.[68] Ela observa que é importante formar alianças solidárias que transcedam as ideologias opressivas, comprometendo-se com o rompimento de suas próprias conexões com o sexismo. Além disso, hooks enfatiza que dicotomias simplistas de "vítima" e "agressor" são insuficientes para promover uma solidariedade política genuína, pois falham em reconhecer as complexas e diferentes maneiras como indivíduos, tanto privilegiados quanto marginalizados perpetuam e mantêm as relações de poder vivas.

Essa abordagem é diretamente aplicável a nós, pois precisamos de alianças solidárias comprometidas em examinar tanto a dominância internalizada quanto a opressão internalizada. A realidade é que precisamos curar todas as partes de nossa identidade que estão entrelaçadas com a opressão. Nossa experiência com discriminação não anula nossos privilégios. Da mesma forma, nossos privilégios não eliminam nem tornam menos significativas as discriminações que enfrentamos.

Kabir Brown, que, juntamente com sua parceira Sofia Mojica, oferece aconselhamento para pessoas em relacionamentos não monogâmicos, com foco especial nos mecanismos de opressão em parcerias, reflete constantemente sobre sua própria posição:

> Eu sou uma pessoa Negra com uma tonalidade de pele mais clara. No início, eu me concentrava em falar sobre minha negridade, sobre como sou oprimido por ser Negro. E isso continua sendo verdade, é um fato. No entanto, eu não estava pronto para considerar que minha experiência não é a mesma que a de uma mulher Negra com uma tonalidade de pele mais

---

68 bell hooks. *Teoria Feminista: Da margem ao Centro*. São Paulo: Perspectiva. Tradução de Reiner Patriota, 2019.

escura. Eu precisei entender que eu sou tão oprimido quanto privilegiado, e que ambas as coisas existem simultaneamente. Acredito que precisamos ser capazes de reconhecer todas as partes de nós mesmos. Isso inclui a forma como fomos doutrinados tanto por privilégios quanto por opressão. São dois lados da mesma moeda. Ambos surgem de um sistema criado para assegurar a supremacia *branca*. Se eu não falo sobre minha proximidade com a supremacia *branca*, então não estou contando toda a minha história – e isso serve à supremacia *branca*. Ser capaz de me posicionar como uma pessoa transmasculina Negra e explicar o que masculinidade significa em termos de privilégio, e como isso se manifesta, é, para mim, uma questão de querer dar um bom exemplo.

Para entender como nossos sentimentos estão enraizados na desigualdade, é fundamental reconhecer que nossas emoções são inerentemente políticas e não neutras. Com essa consciência, devemos nos abrir à vulnerabilidade radical que o autor Musa Okwonga descreve ao refletir sobre si mesmo:

> Muito do que fazemos nesta era de artificialidade baseia-se no fato de que não sentimos nada. [...] Falo sobre essa masculinidade machista, hipermasculina, dura e seca, do tipo 'cada um por si'. O único antídoto é um ato de vulnerabilidade radical. Uma espécie de vergonha desinibida, que vem de uma certa integridade, de um lugar de vulnerabilidade e de um lugar de cura. [69]

Gostaria, no entanto, de ressaltar que não se trata de considerar ambos os lados da moeda — opressão e privilégio — como igual-

---

69 Musa Okwonga: The only way to save the world is to just be yourself. 2022 [O único jeito de salvar o mundo é apenas ser você mesmo] Hindustan Times. Disponível em: www.hindustantimes.com/lifestyle/brunch/lgbtqai-the-only-way-to-save-the-world-is-to-just-be-yourself-101650636378415.html. Acesso em 15 mai 2022.

mente responsáveis. Isso seria desonesto em relação aos impactos que a opressão tem nas relações amorosas e em todas as outras esferas de nossas vidas. Além disso, as pessoas que enfrentam diferentes formas de opressão não são responsáveis por essas condições — nem mesmo em relações íntimas onde escolheram seus pares. Entretanto, ou talvez justamente por isso, é importante reconhecer e utilizar os próprios espaços de ação. E esses espaços variam consideravelmente em termos de privilégios e desvantagens. Jean Baker Miller e Irene Pierce Stiver, por exemplo, destacam em seu livro conjunto que é muito mais fácil mudar dinâmicas de "poder sobre" em relações íntimas a partir de uma posição privilegiada.[70]

Parte desse trabalho interior certamente envolve reconhecer nossos privilégios e refletir sobre como os utilizamos nas relações amorosas. No entanto, essa reflexão não é nem um ponto de partida nem um fim em si mesma. A reflexão sobre nossos privilégios deve, portanto, estar necessariamente vinculada a um objetivo concreto, ou seja, a luta contra as estruturas de opressão e seus impactos nas relações amorosas. Para esse processo, precisamos de empatia, como explica o professor de teologia Cornel West:

> A empatia não é apenas uma questão de tentar imaginar o que os outros estão passando, mas de ter a coragem de fazer algo a respeito. De certa forma, a empatia baseia-se na esperança.

West descreve a vontade de contribuir para a mudança não como uma simples reação, mas como uma ação. Precisamos reconhecer nossa própria responsabilidade em interromper a dominância

---

70 Jean Baker Miller e Irene Pierce Stiver: *The Healing Connection: How Women Form Relationships in Therapy and in Life*. Boston: Beacon Press, 1997, p. 74.

internalizada – não por "outros", mas por nosso próprio interesse. Isso significa, em relação às partes de nós que nos conferem vantagens, não apenas em espaços públicos, mas também em nossos relacionamentos íntimos, serrar constantemente o galho no qual estamos sentados.

Ao mesmo tempo, é necessário tratar com responsabilidade as partes prejudicadas de nossa identidade. Devemos criar espaço para as muitas experiências de opressão – um espaço que, até agora, não foi concedido a muitas pessoas, especialmente àquelas que enfrentam múltiplas formas de opressão. Precisamos reivindicar e moldar esse espaço. Nele – esta é a minha experiência pessoal e também abordada por Harriet Lerner em muitos de seus livros – a responsabilidade é transformar os passos de uma dança já conhecida e, assim, criar uma nova dança. Para alterar esses passos – isto é, os mecanismos de opressão – em relacionamentos amorosos, devemos constantemente nos questionar: como nos sentimos, do que precisamos, o que não nos faz bem, o que nos faz bem, como a solidariedade se manifesta para nós em relacionamentos, em que momentos e por que razão não estamos ou não mais defendendo a nós mesmos. Esse é um processo que pode ser carregado de vergonha e dor, afinal, não apenas recebemos a socialização condizente a uma sociedade que nos ensina a ser e pensar em termos de "condenáveis" e "inconvenientes", mas também aprendemos desde cedo que nossa experiência com opressão é nossa "própria culpa".

O que pretendo ao escrever tudo isso não é que nos afastemos das pessoas no sentido do individualismo e que, ao focarmos em nós, percamos o contato entre nós. A jornada para o eu, para os lugares dentro de nós que interrompem conexões e contribuem para relacionamentos de "poder sobre", deve servir à conexão e à reciprocidade.

Só por isso a consideramos, só para isso esses lugares são relevantes. Nós os observamos para identificar os momentos de dinâmicas opressivas e, principalmente, para enfrentá-los. A autorreflexão está vinculada a um objetivo; ela própria não é o objetivo. O objetivo é criar relacionamentos em que o "poder com" seja possível, em que nos sintamos responsáveis conjuntamente e que também em conjunto possamos crescer.

Perguntas para Reflexão

Gostaria de te deixar com algumas perguntas de autorreflexão a partir deste capítulo. Elas abordam os aspectos discutidos e são divididas conforme os diferentes componentes da identidade, ou seja, marginalização e privilégios[*71]. As perguntas da primeira parte podem ser respondidas independentemente da sua posição social.

Um pensamento introdutório que gostaria de compartilhar: as perguntas que você pode responder só ou em conjunto têm dois objetivos principais. Primeiro, elas te oferecem um espaço para refletir sobre sua posição em relação a determinado tema. Segundo, elas buscam te estimular a desenvolver uma visão pessoal ou compartilhada sobre como a crítica ao poder pode se manifestar em relacionamentos amorosos. Assim, você pode criar uma base sólida para processos de negociação no relacionamento e refletir sobre quais

---

71 Observação: Dependendo de sua posição no contexto das diferentes formas de discriminação, você pode responder às perguntas relevantes para a sua situação. Como uma mulher *branca*, por exemplo, se você estiver em um relacionamento com uma mulher racializada, você pode responder às perguntas sobre marginalização em relação à sua socialização problemática e, como pessoa *branca*, responder às perguntas sobre privilégios.*

comportamentos alternativos estão disponíveis para você — e isso antes que surjam conflitos.

Perguntas para Reflexão:

- Como sua socialização afeta seu(s) relacionamento(s)?
- Quais partes da sua socialização são prejudiciais em relacionamentos e por quê?
- O que você precisa para conversar sobre socialização?
- Quando e como você pode romper com as exigências que sua posição social impõe? Qual é o significado disso para a expressão das suas emoções
- Quando você consegue nomear suas emoções?

Perguntas com foco na Marginalização:

- Como a sua experiência com desvantagens influencia a forma como você percebe, avalia e lida com suas próprias emoções e com as emoções alheias?
- Quais padrões de opressão você percebe em relação às emoções nas interações? Quando você os aborda e quando não aborda?
- Qual é o impacto da sua experiência com exclusão na quantidade de espaço que você concede às emoções alheias?
- Quais emoções você comunica e quais não comunica? Quais experiências passadas desempenham um papel nisso? Quais crenças que você tem sobre você influenciam isso?

- Como você pode dar mais espaço para suas emoções? O que te ajudaria a fazer isso?

Perguntas com foco nos Privilégios:

- Como seus privilégios influenciam a forma como você percebe, avalia e lida com suas próprias emoções e com as emoções alheias?
- Quais padrões relacionados a privilégios você percebe em relação às emoções nas interações? Quando você os aborda e quando não aborda?
- Você nota quando e como, através do seu manejo das emoções – próprias ou alheias – você mantém seus privilégios?
- Como você pode regular suas emoções em relação às interações diretas e indiretas em contextos de opressão, como defensividade ou vergonha?
- Como você pode se comportar de forma mais solidária em interações e criar espaço para a experiência emocional de outras pessoas?

Corpo

Sábado, pela manhã

Yunus está de pé na cozinha. Ele usa uma camiseta desbotada, cujo tecido já está bem ralo. "Essas são as melhores", diz ele quando durmo em sua casa e ele me empresta uma dessas camisetas desgastadas. "Você quer um chá também, ou está com vontade de outra coisa? Se estiver com fome, posso preparar algo para você."

Balanço a cabeça. "Um chá é suficiente, vou tomar o que você tomar." Me encosto no batente da porta e o observo enquanto ele puxa algumas folhas secas de hortelã de um galho e as coloca em duas xícaras, de onde sobe vapor de água quente. Ele me entrega uma das xícaras e diz: "Vem! Vamos voltar para a cama."

"Sabe...", digo, após colocar minha xícara na cabeceira da cama dele, "eu penso muito sobre o que nosso relacionamento faz comigo. Sinto que temos uma ligação especial." Por um instante, ele me olha pensativo e então responde: "Sim, com certeza. Eu também sinto." Após um breve silêncio, ele continua: "Às vezes, penso em como eu me sentia em meus relacionamentos anteriores. Quando olho para trás, sinto que troquei as coisas que eu gostava na minha família quando era criança, coisas que eu amava em mim mesmo, por uma obrigação de pertencer. Nesse processo, acho que acabei não dando valor a mim mesmo, nem a muitas das coisas que me definem de uma maneira tão intensa que cheguei ao ponto de precisar me reencontrar." Sorrio para ele. Meu sorriso é um misto de compreensão e tristeza pela perda de nossos eus. Yunus sorri de volta. Ele coloca a mão na minha cintura e a move com cuidado, em um gesto natural, até meu quadril. Então ele continua: "No passado, eu me relacionava principalmente com mulheres brancas, e sempre pensava que, se levasse uma namorada para conhecer meus pais, eu sentiria vergonha de certas coisas, como a TV que, na casa dos meus pais, sempre ficava ligada ao fundo. Nas famílias brancas reinava um tipo de ordem, os brinquedos eram de madeira, e não de plástico, como na minha casa, e os pais frequentavam o teatro. Eu pensava que todas as famílias deveriam ser assim."

Estamos deitados na cama, debaixo das cobertas, nos olhando. Puxo Yunus, cuja mão continua no meu quadril, para perto de mim, coloco minhas mãos em seu rosto e o beijo. Eu o beijo com todo o carinho que posso lhe oferecer, na esperança de que ele perceba os sentimentos ternos que o que ele compartilha comigo desperta em mim. Quando nossos lábios se separam hesitantes, eu o olho por um momento. "Acho", digo bem devagar, "que eu me sentiria muito bem na casa dos seus pais. Sempre me senti mais à vontade em casas onde as lacunas da nossa sociedade eram perceptíveis – assim como na casa da minha família. Eram famílias trabalhadoras brancas, famílias cujo esteio era uma mãe ou um pai solo, famílias migrantes e famílias em situação de refúgio. Pessoas simples com vidas nada simples." Penso por um momento antes de continuar. "Essa também é a conexão que sinto entre nós. Com você, em muitos aspectos, não sinto a necessidade constante de ser alguém que não sou ou de provar quem realmente sou. Nós nos criticamos, mas não nos julgamos. Talvez porque sabemos que isso acontece o tempo todo lá fora, e que aqui estamos em nossa cápsula de sobrevivência?"

Ele retoma de onde parou: "Em algum momento, comecei a treinar regularmente e a jogar futebol. Meu corpo, que já era associado à agressivi-dade, tornou-se uma armadura protetora. Músculos e volume. Um amigo meu, Sven, que é Negro e cresceu na Alemanha Oriental na década de 1990, conta quanta violência sofreu e como começou a compreender, de maneira bem pragmática, seu corpo como uma arma. Ele diz que era mais seguro pesar noventa quilos do que setenta. Minha experiência é distinta da dele, porque não sou Negro e cresci na Alemanha Ocidental, mas conheço esse sentimento, esse constante estresse psicológico e físico que ele descreve."

Aceno com a cabeça e acrescento: "O que acho triste quando te escuto é que você, na real, é uma pessoa muito carinhosa e atenciosa, mas parece que não houve espaço para você expressar isso."

"Sim", diz ele baixinho. "Essa é uma das partes de mim que não podia existir, porque nesta sociedade eu aprendi que o amor é livre e que esse cuidado mútuo, com o qual cresci, era visto como algo constrangedor. O fato de não ter vivido essa parte de mim e às vezes ainda não ter coragem de fazê-lo impacta meus relacionamentos. Muitas vezes, me sinto imóvel, como um besouro em um exoesqueleto: duro por fora e macio por dentro. O problema com essa camada protetora é que ela é indeslindável. E o que eu quero é que você deslinde."

Fico pensando nas palavras de Yunus: "Essa camada protetora que precisamos para conseguir lidar com a opressão nos impede de viver a intimidade emocional e física que desejamos, ou, pelo menos, que eu desejo." Eu conheço essa armadura que nós não conseguimos tirar.

Deixo a ponta do meu dedo indicador deslizar lentamente pelo nariz de Yunus, passando por uma paisagem de sardas. Depois de um tempo, encontro palavras para meus pensamentos: "Sei o que você quer dizer", digo, ponderando antes de continuar. "Minha mente é o que me protege, a maneira como exponho ideias, como argumento meus pontos de vista. Você sabe disso, já conversamos sobre isso várias vezes. Não consigo deixar esse hábito de lado, e só percebo quando discutimos. E eu não quero usar isso contra você, pois se trata da minha proteção em uma sociedade branca.

Ao mesmo tempo, sei que preciso utilizar essa proteção contra você, pois também existem hierarquias entre nós, como o fato de você ser um homem cis. Eu vejo que você reflete sobre sua masculinidade, sobre como e quando fala sobre sentimentos – independentemente de mim. Às vezes, isso não é suficiente para mim, ou não é rápido o suficiente. Por exemplo: quando há um problema e você não fala sobre ele."

Yunus me olha atentamente e responde: "Eu entendo. Agora percebo que você se afasta um pouco de mim quando eu jogo qualquer porcaria patriarcal em sua direção. Fico feliz de poder te escutar quando você aponta situações do tipo." Vejo que ele está pensando, procurando palavras, antes de continuar e responder ao que eu disse: "Sobre a mente, sinto o mesmo, em algum momento percebi que minhas habilidades intelectuais são minha arma mais afiada. Eu uso essa arma contra você quando tento 'ganhar' discussões, mesmo sabendo, no fundo, que ganhar de você significa arriscar nosso relacionamento." Ele se senta, toma um gole de chá e ri brevemente.

"No que você está pensando?", pergunto.

Ele hesita de um jeito meio provocador. "Nesses momentos, entendo que não posso ganhar. Você é mais perspicaz do que eu. E antes que você pergunte: não. Não vou afirmar isso por escrito."

Rimos em uníssono! Eu coloco minha cabeça sobre sua barriga, ouço o gorgolejo reconfortante dentro dele e enlaço meus braços ao seu redor de forma meio desajeitada. Yunus acaricia meu cabelo e olha para mim.

Uma lembrança me vem à mente: "Lembro que no segundo ano do ensino médio fiz uma viagem a Londres. Na época, dividi o quarto com duas amigas minhas. Para mim, foi uma viagem maravilhosa."

Enquanto seus dedos acariciam ternamente minha têmpora, Yunus me interrompe: "Sim, posso imaginar, porque sua avó, sua tia e sua madrasta vivem em Londres."

"Exatamente", digo e continuo: "Foi muito importante para mim que minhas amigas conhecessem a parte Negra da minha família, a africanidade no meu coração. Para elas, essa parte da minha vida era invisível, apesar de tão central para a minha experiência no mundo."

"Interessante...", Yunus acena com a cabeça lentamente. "A parte que me fazia sentir vergonha, gerava orgulho em você."

"Sim", respondo, "mas também fui criada por minha mãe branca, que sempre se esforçou para que a história Negra, a contemporaneidade Negra e, acima de tudo, outras pessoas Negras estivessem presentes na minha vida. Uma experiência bem diferente da sua." Sento, tomo um gole de chá e volto a me aconchegar na cama quentinha. "Essa viagem também foi marcante para mim porque é uma das minhas primeiras lembranças de poder expressar que não sou heterossexual. Estávamos em nossas camas fazendo um daqueles testes de revistas adolescentes. Uma das perguntas era sobre com quem nos divertiríamos mais em um encontro, isto é, com homens ou mulheres. E daí eu respondi, com o meu jeitinho que você conhece, né? "Alternativa C, todas as anteriores". Lembro que minhas amigas riram e provavelmente não me levaram a sério. Mas eu estava falando sério. Sempre senti atração por todos os tipos de pessoas por vários motivos. Para mim, isso nunca foi estranho. Ao mesmo tempo, percebo o condicionamento que recebi para gostar de homens. Sei quando os homens gostam de mim, como se eu fosse material feito para vocês." Pauso meus pensamentos e acrescento: "Por isso, sinto um pânico queer quando me interesso por pessoas que não são homens cis-héteros. Não sei o que fazer, não consigo ler os sinais. Quando era adolescente, trabalhei para uma rede de academias e tinha que preencher 'fichas de sorteios' na rua com transeuntes, com as quais as pessoas poderiam 'ganhar' um treino experimental, que já era gratuito. Eventualmente, subi de cargo e comecei a ligar para as pessoas participantes. Se você visse a maneira absurdamente amigável com a qual eu falava com os homens…" Yunus ri e balança a cabeça, seus grandes cachos se movem ritmicamente. Sua risada tem uma profundidade inesperada. De onde ela vem, não há vergonha, e sim alegria infantil. Ele se deita ao meu lado e olha nos meus olhos. "Quando foi que você se apaixonou por mim?"

Eu não consigo conter o riso ao responder: "Quando encontrei sua playlist 'Músicas para momentos românticos de casalzinho' com músicas dos anos 2000. A primeira música era 'I Know What You Want' da Mariah Carey e Busta Rhymes. Brincadeira! Gostei de você desde o começo, e esse sentimento só aumentou. Quando falei com você no trem, foi também porque notei seu livro. Quando conversamos sobre isso mais tarde naquela noite... Ah, eu sei lá! E você? Quando se apaixonou por mim?"

"Ah, essa é fácil!", diz ele, fazendo uma pausa antes de continuar: "Hmmm, na verdade, não é tão fácil. Como você diz, foram muitos momentos diferentes. O que eu mais gostei em você, e ainda gosto, é a maneira como você expressa, ao mesmo tempo, compromisso e tranquilidade. Tipo, há alguns meses, quando ainda estávamos bem no começo da relação, você planejou uma viagem de férias comigo para este ano. Eu me senti acolhido. Como uma criança que sente medo à noite e melhora um pouco porque outra criança está lá, também com medo, mas pelo menos estão juntas."

Yunus se levanta e vai até uma de suas estantes de livros. Ele pega um livro cuja capa eu reconheço: "Você estava lendo este livro no trem naquele dia", digo enquanto pego minha xícara de chá.

"Sim", diz ele suavemente. "Comecei a ler No Name in the Street naquele dia porque admiro como James Baldwin, depois de tudo que ele viveu, ainda valorizava o amor. Ele fez isso, na minha opinião, de maneira bem mais honesta e consciente do que muitas outras pessoas." Yunus hesita um momento e, rapidamente, continua: "Você dormiu aqui naquela noite, *e depois que você foi embora, marquei essa citação porque a li no trem na mesma noite. As palavras de Baldwin soaram feito um presságio para mim: nosso encontro me tocou profundamente, e eu não tinha ideia do que aconteceria com a gente." Ele se senta ao meu lado na cama, me olha quase tímido e pergunta: "Será que eu leio para você o trecho que marquei?"*

Coloco minha cabeça entre o ombro e o pescoço dele. Sinto o calor que ele emana – que não é apenas físico. Como gosto de fazer, enterro meu rosto ali por um momento e respiro o cheiro da pele e cabelos de Yunus. Quando volto dessa pequena viagem e abro meus olhos, aceno com a cabeça e digo baixinho: "Sim."

Ele começa:

O tema deste livro não é, de forma alguma, o fato de eu ter me apaixonado, e ainda assim, a honestidade me obriga a falar disso entre os detalhes, pois acho – sei – que minha história seria muito diferente se o amor não tivesse me forçado a tentar lidar comigo mesmo. Isto começou por abrir para mim a armadilha da cor, pois as pessoas não se apaixonam de acordo com a cor da pele [...]. Isso significa que é preciso aceitar a própria nudez. E a nudez não tem cor: isso só pode ser novidade para quem nunca cobriu outro ser humano nu, ou foi coberto por outro ser humano nu. Porque você ama um ser humano, entende? De qualquer forma, o mundo muda então, e muda para sempre. Porque você ama um ser humano, você vê todos os outros de forma diferente do que via antes – talvez eu queira apenas dizer que você começa a ver – e você fica tão mais forte quanto mais vulnerável, tão livre quanto cativo. Paradoxalmente livre, porque, agora, você tem um lar – os braços de quem você ama. E cativo: a esse mistério, precisamente, uma prisão que te liberta para algo da glória e do sofrimento do mundo.

Como nos movimentamos no mundo

Nossos sentimentos são políticos. Não podemos considerá-los de modo isolado de nossa posição social. O mesmo vale para nossos corpos: nossos corpos também são políticos, neles sentimos a pressão e os olhares, a dor e o estresse que os roteiros e normas sociais acionam em nós. Nossa experiência em uma sociedade permeada pelo poder estrutural é também mental, emocional e física, ou seja, um processo que abrange todo o nosso ser. Essa experiência também é relevante dentro de nossos relacionamentos amorosos, nos quais também podemos encontrar esse estresse.

O estresse cotidiano criado e perpetuado e perpetuado pela opressão pode se manifestar de diferentes maneiras. Por exemplo, Tanja Kollodzieyski, em sua página do Instagram, descreve o seu cotidiano de adaptação física forçada devido a situações relacionadas ao capacitismo.

> Manter a boca fechada. Não fazer grandes movimentos. Não balançar. Deste modo, atrairá menos olhares e comentários. O que é aparentemente normal significa sempre um grande esforço que só consigo manter durante um determinado período para me adaptar o máximo possível. Isso também é uma resposta ao capacitismo.[72]

A seguir, darei alguns outros exemplos: recentemente, uma amiga *branca* me contou o quão estressante é para ela não parecer "excessivamente emocional" em conflitos românticos. Um amigo

---

72 Tanja Kollodzieyski (2021): Postagem de 15 dez. de 2021. Disponível em: https://www.instagram.com/reel/CXf6cLQFlOh/?utm_source=ig_ Acesso em 15 de mai. 2022.

que cresceu em uma família da classe trabalhadora me contou sobre um relacionamento com um homem de uma "família melhor". Ele terminou a relação porque sempre sentia a pressão interna de se ajustar a esse padrão.

Como pessoa Negra, lida como mulher, conheço muito bem esses momentos. Quando estou em algumas partes da Alemanha onde sinto menos segurança, por exemplo, me pego falando especialmente de modo mais claro e compreensível e sendo extremamente amigável. É um comportamento automático para que pessoas *brancas* se sintam seguras na minha presença e não me leiam como uma ameaça. Habitar meu próprio corpo é cansativo e estressante, porque tenho que garantir a segurança de pessoas que nunca estiveram em perigo por minha causa.

O psicólogo Resmaa Menakem escreve em seu livro *My Grandmother's Hands: Racialized Trauma and the Pathway to Mending Our Hearts and Bodies* [As mãos de minha avó: trauma oriundo do racismo e o caminho para curar nossos corações e corpos] sobre como o fato de que pessoas que são alvo do racismo precisam "proteger" e acalmar corpos *brancos* é considerado normal:

> Com frequência, muitas pessoas dentre nós protegemos e apaziguamos corpos *brancos* para nossa própria segurança, seja ela real ou aparente. Fazemos isso de inúmeras formas. Na presença de corpos *brancos*, muitas de nós conscientemente nos vestimos, falamos e agimos de forma "não ameaçadora". [...] Temos cuidado quando falamos com pessoas *brancas* e tendemos a evitar tópicos que acreditamos poder desencadear a defensiva dessas pessoas, como, por exemplo: desigualdade, opressão, problemas sociais e, especialmente, racismo. [...]

Tentamos nos proteger protegendo corpos *brancos* de seus próprios medos em relação a nós. Para muitas pessoas Negras estadunidenses, esse acordo secreto se torna um estado natural paralelo, uma reação reflexiva e protetiva. Assim como muitos corpos *brancos* entram em estado de alerta quando percebem um corpo Negro nas proximidades, muitos corpos Negros entram em alerta quando na presença de um corpo *branco*. No entanto, aqui há uma diferença: o corpo *branco* tende a se mover para a autopreservação imediata; pessoas Negras, por outro lado, estão acostumadas a acalmar o corpo *branco* como estratégia de autopreservação.[73]

As associações que me fazem cair, de um jeito ou de outro, no automatismo descrito anteriormente também operam no âmbito amoroso. Por exemplo, um amigo me contou, certa vez, sobre sua preocupação irracional de que seu parceiro, com quem já havia morado em seu país natal, só quisesse se casar com ele para poder viver na Alemanha. Esta é, como ele mesmo compreende agora, uma associação racista e uma expressão de sua supremacia internalizada. Porque esse medo tinha pouco a ver com a realidade, já que os dois estão juntos há muitos anos.

Esse estresse não é apenas algo externo. Dependendo da nossa posição social, ele também pode se manifestar em relacionamentos amorosos. Em relação ao classismo, Mareice Kaiser descreve esse sentimento em seu livro *Wie viel: Was wir mit Geld machen und was Geld mit uns macht* [Quanto: O que fazemos com dinheiro e o que o dinheiro faz conosco] da seguinte maneira:

---

73 Resmaa Menakem. *My Grandmother's Hands: Racialized Trauma and the Pathway to Mending Our Hearts and Bodies.* London: Penguin, 2021, p. 102.

Sinto com muita frequência essa diferença entre mim e as demais pessoas. E acredito que não seja coincidência que todas as pessoas com quem tive relacionamentos amorosos mais longos não tenham estudado ou tenham estudado apenas por um curto período. Geralmente, elas também tinham pouco dinheiro. Quando eu saía um pouco desse padrão, tinha a constante sensação de inferioridade. Não porque a pessoa me fizesse sentir assim. Mas eu simplesmente me sentia inadequada. Em um apartamento onde havia obras de arte caríssimas nas paredes, em jantares com amizades, nos quais todo mundo se vestia incrivelmente bem e obviamente com roupas caras, em conversas sobre artistas que eu nem conhecia e destinos de férias que só conhecia por fotos do Instagram. Na época desse relacionamento, eu trabalhava em um supermercado de alimentos orgânicos para poder pagar um estágio mal remunerado de jornalismo. As roupas que eu usava no caixa do supermercado não serviam para ir a esses jantares. Esse relacionamento foi extremamente estressante para mim, por isso não hesitei muito em terminar a relação bem rápido.[74]

Sentir-se inadequada, ter que se adaptar, criar segurança constantemente, ocultar partes de sua própria identidade e realidade para que outras pessoas se sintam "mais confortáveis" é desgastante. E esse estresse é físico. Em momentos assim, sinto minha garganta fechar, minha respiração ficar mais superficial, meus ombros se contraírem, às vezes, sinto raiva, uma queimação no meu peito e, ocasionalmente, um peso na parte inferior do estômago, sem contar a mandíbula contraída. Não é coincidência que Resmaa Menakem, em *My Grandmother's Hands*, obra na qual ele lida com o trauma

---

74 Mareice Kaiser. *Wie viel: Was wir mit Geld machen und was Geld mit uns macht*. Hamburg: Rowohlt Polaris, 2022. p. 50.

transgeracional relacionado ao racismo, escreva principalmente sobre "corpos Negros" e "corpos *brancos*". Em seu livro, ele também aborda a manifestação genética do racismo e propõe, já que experiências de opressão têm efeitos físicos, uma abordagem para lidar com essas experiências que se concentram exatamente em um lugar: no corpo.

De fato, um número crescente de estudos confirma que experiências de discriminação impactam negativamente a saúde física e psicológica das pessoas afetadas. Por exemplo, o estudo "Implications of the Association of Social Exclusion with Mental Health" [Implicações da relação entre exclusão social e saúde mental], de 2020, concluiu que pessoas afetadas pelo classismo têm um risco maior de desenvolver depressão.[75]

Já a pesquisa "Transphobia-Based Violence, Depression, and Anxiety in Transgender Women: The Role of Body Satisfaction"", [Violência de base transfóbica, depressão e ansiedade em mulheres transgênero: o papel da satisfação com o corpo], publicada em 2018 mostrou que mulheres trans têm propensão a sofrer de depressão e ansiedade, especialmente quando enfrentam dificuldades de acesso à terapia hormonal afirmativa de gênero.[76] Esse resultado não é surpreendente: trata-se de uma questão de segurança, que para mulheres trans pode ser parcialmente garantida quando elas têm o seu gênero validado no espaço público.

Além disso, estudos indicam que a experiência contínua de opressão pode levar a modificações epigenéticas. Isso significa que o

---

75 Andreas Heinz, Xudong Zhao e Shuyan Liu. "Implications of the Association of Social Exclusion with Mental Health." In: *JAMA Psychiatry*, 77(2). 2020, p. 113.

76 Cary L. Klemmer, Sean Arayasirikul e Henry F. Raymond: "Transphobia-Based Violence, Depression, and Anxiety in Transgender Women – The Role of Body Satisfaction". In: *Journal of Interpersonal Violence*, 36(5–6), 2021. p. 2633–2655.

estresse causado pela discriminação influencia a expressão dos nossos genes. A carga constante de estresse associada a essas experiências também está relacionada a uma maior carga alostática, ou seja, um desgaste excessivo do corpo. O estresse resultante da necessidade de lidar com microagressões diárias – inclusive em relacionamentos amorosos – acelera o desgaste do corpo. Ambos os fenômenos são o foco de estudos sobre *Minority Stress* (Estresse de Minoria).* Vários estudos concluíram que o estresse de minoria pode ter consequências biológicas potenciais, como doenças cardíacas e câncer.[77]

Eu sei como é sentir o "estresse racial traumático" [*Race-Based Traumatic Stress*], e como um episódio deste tipo pode afetar relacionamentos amorosos. O termo *Race-Based Traumatic Stress* foi cunhado pelo professor emérito de psicologia Robert T. Carter, e é uma ferida que resulta da experiência de racismo. Essa lesão não é vista como uma doença mental, mas como uma reação direta às experiências de racismo, podendo se manifestar em forma de ataques de pânico, ansiedade, depressão, distúrbios do sono ou perda de apetite. Passar por um episódio de racismo e, ao mesmo tempo, manter uma relação íntima é praticamente impossível. Lembro-me de como meu cérebro funcionava feito uma panela de pressão em uma situação dessas, e de como, na tentativa de me proteger, eu acabava me causando ainda mais estresse – porque, como uma pessoa Negra, sei que não existe, de fato, proteção contra o racismo. Ao mesmo tempo, o relacionamento em que eu estava era bastante dependente do meu trabalho emocional – um trabalho que eu não

---

77 Annesa Flentje, Nicholas C. Heck, James Michael Brennan e Ilan H. Meyer. "The Relationship Between Minority Stress and Biological Outcomes – A Systematic Review". In: *Journal of Behavioral Medicine*, 43, 2020. p. 673-694.

conseguia realizar naquela época. Para mim, isso significava que eu não tinha capacidade de lidar nem comigo, imagine com o meu relacionamento! A sensação de insegurança que eu sentia o tempo todo, que se manifestava na falta de sono, de fome, em ataques de pânico e depressão, me levou a um ponto em que eu já não sentia mais nada. "Estranho" – não consigo descrever esse estado de outra forma. Jacek Kolacz, integrante de um grupo de pesquisa no Kinsey Institute Traumatic Stress Research Consortium [Consórcio de pesquisa de estresse traumático do Instituto Kinsey], que se dedica ao estudo dos efeitos do estresse traumático no comportamento social, sexualidade e relacionamentos íntimos, resumiu em uma entrevista comigo, algo que eu também vivi:

> Quando falamos de trauma em relacionamentos amorosos, o principal conflito que surge é o fato de essas relações precisarem de um certo nível de segurança e vulnerabilidade. No entanto, pessoas que viveram um trauma – ou ainda o vivem – têm dificuldades em se sentir seguras e em se comunicar de modo seguro com outras pessoas. Assim, o trauma pode ter impactos negativos nos relacionamentos.

Admito que nem todas as pessoas que enfrentam uma ou, múltiplas formas de discriminação são afetadas severamente pelos diferentes efeitos do estresse de minorias ou estresse traumático mencionados. No entanto, o fato de a opressão ter consequências físicas e psicológicas continua relevante para nós, pois uma frequente afirmação reproduzida em contextos de opressão sistemática é a suposta separação entre corpo, mente e sentimentos. Essa ficção – na verdade, somos o conjunto de nossos aspectos, nunca apenas um – mantém os sistemas de opressão, pois foi criada para desvalorizar pessoas que sofrem opressão e, assim, fortalecer a posição do grupo privilegiado. A classe trabalhadora *branca* e pessoas Negras, por exemplo, já foram consideradas sem habilidades mentais. Foram reduzidas aos seus corpos, e com isso, sua exploração foi justificada. Ao mesmo tempo, pessoas *brancas* da classe média se valorizavam, reivindicando para si o que negavam aos outros: a alma e a mente.

De certa forma, essa separação também se manifesta na maneira como abordamos a opressão: são muitas as iniciativas que, de maneiras semelhantes ao que acontece nas escolas, lidam com as diferentes formas de discriminação. Nesses ambientes, autoidentificações e discriminações estruturais, como o cissexismo, por exemplo, são explicadas. No entanto, ainda se cria pouco espaço para a experiência e aprendizado físico e emocional que acompanham esses processos de aprendizado.

Isso tem muitos significados para os relacionamentos amorosos: em nossas relações mais íntimas, nos tornamos vulneráveis, nossa intimidade é construída por meio da proximidade. Neste âmbito, vivemos as muitas formas possíveis de emoções e corporalidade de maneiras que não fazemos no espaço público. De certa forma, isso aumenta o risco de nos machucarmos. É diferente sofrer um insulto ou uma microagressão na rua e passar por tais situações em um espaço que escolhi estar. Como sentimos a normalidade da opressão, por exemplo, a desvalorização impensada da experiência de discriminação, nos relacionamentos amorosos? Falo por experiência própria: quando um incidente do tipo ocorre, é como se eu bebesse um copo de ácido na presença da pessoa com quem me relaciono – sem que ela soubesse. Olhando de fora, parece apenas um líquido translúcido e inofensivo, mas por dentro, o veneno queima como fogo passando por meu esôfago. Além da experiência discriminatória prévia, que eu queria compartilhar, surge um estresse adicional nessas situações, pois preciso encontrar uma maneira de explicar à outra pessoa o que exatamente foi discriminatório na experiência que vivi. Em momentos como este, sinto uma exaustão apática com o peso do fardo que um desequilíbrio de poder em uma relação pode produzir. Outras vezes, sinto uma grande desilusão: afinal, tais experiências provam que não existe segurança em lugar nenhum. A psiquiatra e psicoterapeuta Amma Yeboah descreve algo semelhante. Ela explica os efeitos das microagressões em nossos relacionamentos íntimos:

> Mesmo em nossa própria casa, vivemos, com familiares, rejeições diretas e indiretas e morte social. Mesmo com estabilidade mental, essa situação significa imprevisibilidade e perigo.[78]

Da forma como descrevo minha experiência acima, ela pode parecer uma alegoria, uma imagem simbólica do meu estado físico. Mas não é. Estou descrevendo minha sensação física e emocional real. O que se manifesta no meu corpo nesses momentos é o conhecimento de que diferenças de poder em relacionamentos, que me desfavorecem, só podem gerar feridas em mim, nunca na outra pessoa. É, como Yeboah descreve, uma insegurança constante em um espaço que deveria ser seguro.

E não se trata apenas de insegurança, mas também de trabalho invisível. Gostaria de chamar a atenção para a última frase da citação de Resmaa Menakem, pois ela é essencial para relações nas quais há uma diferença de poder: "O corpo *branco* tende a se remanejar para

---

78 Amma Yeboah. "Rassismus und psychische Gesundheit in Deutschland" In: *Rassismuskritik und Widerstandsformen*. Wiesbaden: Springer, 2017. p. 153.

a autodefesa imediata; o corpo Negro, entretanto, está acostumado a acalmar o corpo *branco* como estratégia de autodefesa."[79] Enquanto pessoas privilegiadas se defendem, as desfavorecidas tentam criar segurança protegendo as privilegiadas de confrontarem sua própria visão de si mesmas e do mundo, bem como seus privilégios. Ambos são processos raramente conscientes. São, na maioria das vezes, afetos automáticos.

Lembro de uma anedota que uma amiga me contou: ela e seu parceiro tinham combinado que ele recolheria a roupa do varal. Ele esqueceu, e ela o lembrou indiretamente com as seguintes palavras: "Provavelmente você ainda não percebeu que a roupa está seca. Eu também esqueci de te lembrar que você pode tirar a roupa do varal." Na verdade, ela não havia esquecido, foi ele quem esqueceu de cumprir a tarefa. Mesmo assim, ela não quis dizer isso diretamente e preferiu assumir parte da responsabilidade. Na verdade, isso é trabalho emocional que, junto às suas próprias experiências cotidianas de discriminação, também é invisível. Minha amiga tem consciência que, com o estabelecimento da harmonia, há um desnivelamento que protege seu parceiro da confrontação. Ela também sabe que, nesses momentos, precisa escolher entre manter a harmonia ou entrar em uma discussão – geralmente improdutiva.

Esse trabalho dentro da relação também é resultado do que o filósofo e sociólogo W. E. B. Du Bois descreveu em seu livro *As almas do povo negro** em 1903 com o termo "dupla consciência"[80]:

---

79   Resmaa Menakem. *My Grandmother's Hands: Racialized Trauma and the Pathway to Mending Our Hearts and Bodies.* London: Penguin, 2021. p. 102.
80   William Edward Burghardt Du Bois. *The Souls of Black Folk.* New York: Cosimo, 2007. [Edição brasileira: Du Bois, W. E. B. *As almas do povo negro.* Tradução de Alexandre Boide. Ilustração de Luciano Feijão. Prefácio de Silvio Luiz de Almeida. – São Paulo: Veneta, 2021.]

com essa expressão, ele descreveu a consciência das pessoas Negras nos Estados Unidos, que não se percebem apenas como agentes, mas também a partir da perspectiva de pessoas *brancas*, associada a atribuições racistas. Uma estratégia de sobrevivência que se relaciona com o que Resmaa Menakem descreve em relação à apaziguação de corpos *brancos*. Amy C. Steinbugler, após realizar um estudo qualitativo de casais de lésbicas, gays e heterossexuais, compostos por uma pessoa Negra e uma pessoa *branca*, observou: "[Essa estratégia] é tanto um fardo quanto um presente. Cria uma dualidade psicológica dolorosa, mas também constitui uma forma de poder – o poder de se ver a partir da perspectiva alheia."[81] Para relacionamentos amorosos em que as pessoas têm diferentes acessos ao poder social, isso significa que uma pessoa se vê e reflete sobre si mesma e sobre o relacionamento de várias perspectivas ao mesmo tempo, enquanto a outra pessoa, que é privilegiada, não faz isso ou o faz apenas pontualmente.

No meu caso, isso significava, às vezes, que minha segurança, por exemplo, na hora de planejar uma viagem, era ignorada, como se eu pudesse me mover pelo mundo da mesma forma que um homem *branco*, hétero e cis. Outras vezes, o fato de eu precisar trabalhar em um dos meus muitos empregos na época em que eu fazia faculdade e, portanto, não poder ir a um bar à noite, era visto como um boicote pessoal a tudo que era divertido. A diferença está na perspectiva: como as pessoas privilegiadas são percebidas como "normais", são geralmente generalizadas como realidade para *todas* as pessoas, o que, muitas vezes, como no meu caso, tem pouco a ver com as circunstâncias reais de cada pessoa. A própria perspectiva

---

81 Amy C. Steinbugler. *Beyond Loving: Intimate Racework in Lesbian, Gay, and Straight Interracial Relationships.* New York: Oxford University Press, 2012. p. 78.

privilegiada acerca do mundo permanece intacta, mesmo quando questionada – aqui penso também no estudo de Ann-Madeleine Tietge sobre a reprodução da masculinidade.

Lembro de algo que o ativista e autor Raúl Aguayo-Krauthausen disse em uma conversa sobre seu relacionamento atual:

> Por muito tempo, acreditei que o santo graal da inclusão era um relacionamento *interabled*.[82] Ao mesmo tempo, tinha certeza que sempre faltaria algo, ou seja, sempre haveria uma espécie de desigualdade. E isso era frequente em meus relacionamentos. Só há dois ou três anos percebi o valor de estar com uma pessoa que tem as mesmas demandas diárias que eu. De uma forma bem banal: acessibilidade. Tudo o que fazemos, de A a B, deve ser acessível. E eu não sou o motivo pelo qual o plano precisa ser alterado.

O que Aguayo-Krauthausen descreve, e que para ele representa um alívio no dia a dia, é que ele não precisa encontrar sozinho uma maneira de lidar com sua realidade, que também é influenciada pela experiência de capacitismo. Eu entendo bem isso e compartilho o desejo de solidariedade em um relacionamento amoroso, tanto para mim quanto para outras pessoas. Esse desejo significa muito para inúmeras pessoas porque elas sentem que a opressão que sofrem, com todas as suas consequências no âmbito amoroso, não é considerada do modo como deveria. Afinal, é exaustivo – e aqui me refiro a exaustões física e psicológica – suportar, também num relacionamento, as múltiplas consequências da opressão. Portanto, gostaria de

---

82 O termo *interabled relationship* (relação inter-capacidade) refere-se a uma relação entre uma pessoa com (d)eficiência e uma pessoa sem (d)eficiência. O termo também pode indicar que as pessoas têm duas (d) eficiências diferentes ou a mesma deficiência, mas em estágios diferentes. [N.T.]

aproveitar o momento e fazer a seguinte pergunta – sem querer ou poder respondê-la: O que significaria para nossos relacionamentos se adotássemos uma perspectiva interseccional voltada para a igualdade, baseando e orientando nossas ações nas pessoas mais afetadas pela exclusão? O que aconteceria se nos orientássemos pelas possibilidades das pessoas menos privilegiadas – e não pelas nossas suposições de como isso deveria ser, mas sim nas perspectivas *dessas pessoas?*

Quem somos no amor e quem podemos ser, qual tratamento recebemos, como tratamos nossos pares, quais opções temos para representar nossos interesses ou com quais preocupações diárias temos que lidar, depende fundamentalmente de nossa posição em relação às múltiplas formas de discriminação. Tais circunstâncias e o fato de que toda a nossa experiência ser estruturalmente marcada pela desigualdade social devem ser considerados na maneira como conduzimos nossos relacionamentos.

Dado que todas as partes de nosso ser estão inextricavelmente ligadas às dinâmicas da opressão, precisamos urgentemente de abordagens que, além da educação formal sobre discriminação, também considerem nossos corpos e nossos sentimentos. Em outras palavras: combater a discriminação em nossos relacionamentos amorosos é também promoção de educação emocional – um autoaperfeiçoamento ativo –, é também uma constante compreensão emocional, é também atenção contínua à nossa vida física. Se cada poro do nosso ser já está imerso em desigualdades estruturais, lidar com esta questão de modo exclusivamente intelectual, por exemplo, aprendendo sobre discriminação via livros, não contribuirá para uma mudança de nossas ações, que seja duradoura e sustentável. Pois esse foco unilateral, que não questiona, mas repete a separação artificial do nosso ser, jamais poderá fazer justiça à magnitude da nossa experiência com as relações de poder. O que realmente precisamos são meios de lidar com a experiência emocional e física da opressão em todas as suas facetas concebíveis – inclusive em relacionamentos amorosos. Precisamos aprender, com foco nas partes de nós que são oprimidas, a ocupar mais espaço ou, em relação aos nossos privilégios, encontrar uma maneira de lidar com nossos afetos que esteja comprometida não com a separação, mas com a conexão.

Cuidado

Tendo em vista a apropriação total que vivemos seres humanos através da discriminação, nosso trabalho interno não pode ser um mero aprendizado intelectual sobre discriminação. As fronteiras do nosso aprendizado cognitivo são rapidamente alcançadas quando lidamos com a opressão. É fato que, saber como a discriminação funciona em diversas situações – inclusive que ela é reproduzida por nós – é fundamental. No entanto, também precisamos considerar todas as outras partes de nosso ser. Como podemos então considerar nossos sentimentos e nossas experiências físicas como componentes essenciais nesse processo?

Não é preciso dizer que não há respostas simples para questões tão complexas. No entanto, gostaria de abordar dois aspectos. O primeiro é a importância da *Disability Justice* [Justiça para Pessoas com (D)eficiências], e o segundo é uma prática pessoal e compartilhada de reflexão e troca.

A primeira questão é crucial para nossas reflexões sobre justiça e amor, porque a Justiça para Pessoas com (D)eficiências busca, entre outras coisas, normalizar o cuidado, bem como o acesso a ele. Partindo dessa perspectiva interseccional, o cuidado se direciona a pessoas marginalizadas de múltiplas maneiras. Se reconhecermos que nossa experiência de opressão também implica uma vivência física e emocional que pode ter consequências para a saúde mental e física, me parece então razoável aplicar essa premissa da *Disability Justice* ao contexto em análise aqui.

A autora e ativista Imani Barbarin, que aborda várias facetas do capacitismo em seu blog e perfil no Instagram, ilustra em como as questões da *Disability Justice* são múltiplas. Em seu vídeo, ela responde a uma pessoa imaginária que diz não querer se relacionar com pessoas com (d)eficiência. Barbarin, interpretando ambos os lados da conversa, explica por que isso pode culminar na solidão:

> Lembre-se que 20 a 25% da população têm alguma deficiência. Metade das famílias tem uma doença preexistente. Além disso, há a violência policial, que pode não matar, mas deixar muitas pessoas com deficiência. E ainda tem a COVID, estamos passando pela COVID, transplantes de coração, insuficiência renal, amputações. [...] Quando você encontra alguém, fica se perguntando se essa pessoa vai mentir para você pelo resto da vida porque não confia em você a ponto de compartilhar seu diagnóstico.[83]

Com isso, Barbarin mostra que, para a *Disability Justice,* não são apenas as (d)eficiências visíveis que importam. O espectro é muito maior e inclui pessoas com doenças crônicas ou mentais,

---

83 Imani Barbarin. Postagem de 22 de set. 2020. Disponível em: www.instagram.com/p/CFcq-X_jZGP/?igshid=YmMyMTA2M2Y=. Acesso 15 mai 2022.

bem como aquelas que são neurodivergentes. Patty Berne acerta ao escrever: "A justiça para pessoas com (d)eficiência, como conceito, entende que todos os corpos são únicos e indispensáveis, que todos os corpos têm forças e necessidades que precisam ser atendidas."[84] Isto é, não se trata apenas de focar na individualidade dos corpos e das experiências físicas, mas também de reconhecer que todo o mundo tem necessidades diferentes. Stan Tatkin, que examina os relacionamentos amorosos a partir da perspectiva da teoria do apego, observa em seu livro *Wired for Love: How Understanding Your Partner's Brain and Attachment Style Can Help You Defuse Conflict and Build a Secure Relationship* [Conexão do amor: como entender o cérebro e a forma de apego do seu par pode te ajudar a desarmar conflitos e construir um relacionamento seguro]:

> Comprometa-se com o sentimento de segurança da pessoa com quem você está, e não apenas com a sua ideia de como isso deveria ser. O que te dá uma sensação de segurança e proteção talvez não seja o que essa pessoa espera de você.[85]

Para nós que desejamos criar um espaço em nossos relacionamentos que reconheça os diversos impactos da discriminação e suas várias consequências para nosso ser, essa observação é fundamental. Afinal, nossas necessidades também dependem de como e de quais opressões enfrentamos em nossos cotidianos.

O cuidado radical como prática crítica de amor traz consigo a percepção de que somos seres interdependentes, e isso não se

---

84 Patty Berne. "Skin, Tooth, and Bone – The Basis of Our Movement Is People: A Disability Justice Primer". In: *Reproductive Health Matters*, 25(50), 2017. p. 150.

85 Stan Tatkin. *Wired for Love: How Understanding Your Partner's Brain and Attachment Style Can Help You Defuse Conflict and Build a Secure Relationship*. Oakland: New Harbinger, 2011. p. 60. [Tradução nossa]

aplica apenas a relacionamentos amorosos. Isso também significa que, ao nos comprometermos com o cuidado, assumimos uma responsabilidade coletiva que, como Erich Fromm escreve em relação ao amor, não pode ser destinada apenas a uma única pessoa. Essa responsabilidade coletiva implica uma ação solidária radical e uma atenção às diferentes consequências físicas, mentais e emocionais que o privilégio e a opressão desencadeiam. Tal atitude tem seus próprios limites e objetivos e provavelmente não significa o mesmo para as pessoas envolvidas. Ela não só pode como deve questionar a opressão de modo profundo, já que agir contra a opressão não pode colocar ao centro nem tampouco tolerar interesses opressores. E em nossos relacionamentos amorosos, também precisamos fazer o mesmo conosco.

Perguntas para Reflexão

Como no capítulo anterior, reuni a seguir algumas perguntas para reflexão. Elas trabalham aspectos abordados neste capítulo e são organizadas em relação às possíveis diferentes partes da identidade, ou seja, tratam tanto de marginalização quanto de privilégios. As perguntas da primeira parte podem ser respondidas independentemente da posição social.

- O que significa "cuidado" para você? E como sua compreensão de cuidado foi moldada pela sua socialização?
- Quando e como você pode romper com as exigências

que sua posição social implica? O que isso significa para a prática de cuidado?

- Como a prática de cuidado que considere as diferentes necessidades – físicas e emocionais – pode ser? Quais seriam os objetivos dessa prática?
- Como o cuidado pode se tornar parte do cotidiano? E onde ele já está presente?
- Como você pode contribuir para não cair em padrões* relacionados à opressão?
- O que é necessário para que você possa praticar e aceitar o cuidado?
- De que maneira(s) o cuidado pode ser divertido?

Perguntas com Foco na Marginalização:

- Quais padrões relacionados à opressão você percebe em si quando se trata de cuidado nas relações amorosas? Quando você consegue interrompê-los? O que te faz sentir fortalecido nesse processo?
- Quais padrões relacionados à opressão você percebe em si em relação ao trabalho interpessoal dentro das relações amorosas? Quando você consegue interrompê-los? O que te fortalece nesse processo?
- Qual é o impacto da sua experiência de exclusão na quantidade de espaço que você concede a outras pessoas nas relações? Nesse movimento, você também cuida de si?
- Como a experiência de discriminação se manifesta físi-

camente? Quando e como você a sente? O que te ajuda a se equilibrar?

- Quando você sente segurança emocional e física nas relações amorosas? O que contribui para que você sinta segurança? Você compartilha essas informações com seu par?

Perguntas com Foco nos Privilégios:

- Quais padrões relacionados aos seus privilégios você percebe em si quando se trata de cuidado nas relações amorosas? Quando você consegue interrompê-los? O que te fortalece nesse processo?
- Quais padrões relacionados aos seus privilégios você percebe em si quando se trata de trabalho relacional nas relações amorosas? Quando você consegue interrompê--los? O que te fortalece nesse processo?
- Qual é o impacto dos seus privilégios na quantidade de espaço que você concede ao seu par? Quando e como você pode criar mais espaço?
- Como seus privilégios se manifestam fisicamente? Quando e como você os sente? Como você pode se autorregular?
- Quando seu par se sente emocional e fisicamente seguro? Como você pode contribuir para que a pessoa com quem você se relaciona se sinta segura? Você conversa sobre isso com ela?

Conflito

Primeiro round: Lutem!

Conheço esses conflitos no meu íntimo. Eles desencadeiam uma coceira, parecida com aquele desencadeada por uma picada recente de mosquito, tornando quase impossível não coçar freneticamente. Tais situações de conflito podem ser desencadeadas por qualquer coisa. O conflito – como confirmam estudos sobre relacionamentos amorosos realizados ao longo de décadas pelo Instituto Gottman – é inevitável. De fato – e esta é uma de suas descobertas – 69% de todos os conflitos dentro dos relacionamentos não podem ser resolvidos de forma sustentável, e acabam por acompanhar o relacionamento para sempre. Tais conflitos se diferem daqueles que podem ser resolvidos e que, a longo prazo, não significam algo mais profundo para o relacionamento. Os conflitos da última categoria estão geralmente ligados a um tema específico, como cuidado, interação com o círculo de amizades ou lazer. No âmbito de relacionamentos amorosos, pode-se encontrar uma solução para esses problemas – se a solução encontrada for mantida, o conflito é resolvido. Problemas persistentes, por outro lado, são aqueles que se baseiam em diferenças na estrutura de personalidade, nos próprios valores e opiniões das pessoas envolvidas na relação – e eu acrescento: também em diferentes acessos ao poder social. Essas últimas diferenças – para nós, questões de discriminação estrutural estão definitivamente no centro – podem se manifestar em conflitos solucionáveis, ou seja, surgem frequentemente por meio de conflitos que, aparentemente, têm solução. No entanto, um conflito cuja solução é aparente pode conter uma questão subjacente mais profunda, que ao longo do relacionamento surge sempre em diferentes situações de conflito. Além disso, o que em um relacionamento é um conflito solucionável, em outro pode ser uma briga constante.[86]

Segundo os estudos do Instituto, a principal diferença entre parcerias amorosas felizes e não felizes, não é a falta de conflitos em relacionamentos felizes. Mesmo as pessoas em relacionamentos satisfatórios enfrentam conflitos, gritam umas com as outras, se afastam, adotam posturas defensivas e, temporariamente, tratam-se de maneira pouco amigável. O que diferencia tais parcerias de parcerias menos felizes é que as pessoas dentro do relacionamento estão dispostas a assumir a responsabilidade por sua parte no conflito. Voltarei a isso mais tarde. A motivação para se comprometer com o relacionamento é, portanto, maior do que o desejo de "ganhar" uma briga. Além disso, em relações mais felizes o foco está na reparação do relacionamento e não tanto no problema que desencadeou o conflito. O Instituto Gottman também concluiu que tentativas de reparação após um conflito são bem-sucedidas quando são sinceras. Não se trata, portanto, de demonstrar grande habilidade ou executar uma tentativa "perfeita" de reparação.[87]

Esses resultados também são bastante significativos para nós, pois mostram que não basta apenas "checar" nossos privilégios. Precisamos, sobretudo, ser capazes de reconhecer que a atitude resultante desses privilégios – como insistir em ter "razão" – pode ser

---

86　The Gottman Institute. Marriage and Couples. 2022. Disponível em: www.gottman.com/about/research/couples/. Acesso em 06. jun.2022.

87　The Gottman Institute. "Managing Conflict: Solvable vs. Perpetual Problems", 2022. Disponível em: www.gottman.com/blog/managing-conflict-solvable-vs-perpetual-problems/ Acesso em: 06 jun. 2022.

um sintoma de dominação internalizada. Com isso, não me refiro, de forma alguma, a qualquer comportamento que seja percebido como socialmente dominante, por exemplo, como quando uma pessoa se posiciona de maneira incisiva contra a discriminação que sofre(u). Refiro-me a um comportamento que só se torna possível devido à nossa posição social na escala do poder. A dominação internalizada pode se manifestar no fato de uma pessoa ocupar mais espaço em conflitos, falar mais ou pensar que suas próprias decisões são automaticamente as "corretas". Como disse anteriormente: nossos privilégios nos parecem "normais". Nós os generalizamos e presumimos que a realidade das pessoas ao nosso redor é igual à nossa. Com isso, perdemos, no entanto, a oportunidade de praticar empatia e atenção, perdemos a oportunidade de nos conectar. Por outro lado, a experiência da marginalização internalizada contribui para que nós – falarei mais sobre isso em breve – em situações de conflito não defendamos nossos interesses e necessidades, não mantenhamos nossos limites. Basicamente, isso também significa – embora por razões totalmente diferentes e com consequências bem distintas – o rompimento de uma conexão verdadeira. Pois, a conexão pressupõe que nos encontremos de modo autêntico como seres humanos. O que é notável para mim é que – pelo que posso entender com base em minha pesquisa – quase não há literatura especializada sobre o papel da desigualdade estrutural em conflitos desencadeados em relacionamentos amorosos. Parece-me também que muitos dos principais temas de discussão – seja dinheiro, trabalho ou até mesmo o trabalho dentro da relação – são permeados por dinâmicas de "poder sobre". Como já disse, os aspectos de nossa posição social, moldados pelo poder, se colocam muito mais como obstáculos no processo de conexão do que aqueles que não o são.

Pessoalmente, nunca achei conflitos em relacionamentos agradáveis, mas sempre os considerei importantes. Conflitos são, pelo menos para mim, momentos em um relacionamento em que posso distinguir com nitidez o "eu" e o "você" no "nós" e perceber que algo está emperrado. Ao mesmo tempo, confrontos oferecem possibilidades de crescer em conjunto nos relacionamentos amorosos e, assim, podemos sair dos conflitos com mais força e autoconhecimento. No entanto, também percebo que muito do que abordei nos dois capítulos anteriores também desempenha um papel nos conflitos. Por exemplo, quanto espaço damos para nossa experiência emocional ou quanto espaço é dado a ela? Dependendo de nossa posição social, quais emoções nos são atribuídas regularmente, e a quais emoções reagimos? Qual abordagem adotamos e como determinada abordagem está relacionada à nossa posição na sociedade? Assumimos o trabalho invisível dentro dos relacionamentos, talvez porque aprendemos que há partes de nós, isto é, que algumas de nossas emoções são supostamente inaceitáveis? Aprendemos que devemos nos esforçar nas interações cotidianas para que outras pessoas se sintam "seguras" em nossa presença? Todos esses aspectos são também relevantes em contextos de conflitos em relacionamentos amorosos e nos acompanham, tendo bastante influência em nossos relacionamentos.

Conflitos que nos acompanham

Vou me arriscar bastante e afirmar que as dinâmicas opressivas desempenham um papel significativo na maioria dos conflitos em relacionamentos amorosos. Vamos dar uma olhada nas discussões que travamos com frequência, bem como nos padrões que ficam nítidos nelas: quando discutimos, a sociedade e as condições sociais estão sempre presentes. Em situações de conflito, utilizamos, de maneira mais ou menos consciente, as partes da nossa identidade que são dotadas de mais poder, direcionando-as como pontas de lança contra pessoas queridas. E isso não é nada agradável, eu sei.

A "dominação" também está presente em muitas situações de conflito, como vimos em relação à nossa socialização e à nossa experiência emocional e corporal. Escrevo *também* de propósito, porque com frequência, durante discussões, tenho a impressão de que assumimos que ela se manifesta principalmente nessas situações. No entanto – como os capítulos anteriores mostram – isso não é verdade. A discriminação é estrutural, justamente porque é normalizada, porque permeia tudo – inclusive nós, até o nosso âmago.

Nossa adaptação à normalidade social permeada por relações de "dominação" se manifesta em situações de conflito de diversas maneiras. Por exemplo, quando a opressão é o objeto da briga, no entanto, – esta é a minha experiência – não é o tema do conflito, mas acompanha todo o relacionamento desde o início. A autora e ativista Emilia Roig demonstra em seu livro *Why We Matter* [Por/que importamos] que as estruturas patriarcais em relacionamentos amorosos heterossexuais são normais. Porém, suas estruturas de poder muitas vezes não são consideradas a partir de uma perspectiva crítica:

> Amor, conexão emocional e dependência se misturam com dinâmicas de poder e as tornam invisíveis. Eu até diria que a grande maioria das mulheres, que são diariamente oprimidas em relacionamentos patriarcais, não tem consciência disso. Fala-se mais frequentemente de "dificuldades no relaciona-

mento", e ignora-se que há um sistema social subjacente a essas dificuldades.[88]

Isso me faz lembrar dos meus primeiros relacionamentos com homens cis-héteros. Nessas relações, eu podia perceber com muita nitidez que as questões que preocupavam minhas amigas e a mim – e que, para dizer a verdade, nos irritavam profundamente – não eram apenas coincidências. Isso significava perceber bastante cedo que estávamos encarregadas de mais trabalho dentro da relação do que nossos parceiros, oferecendo-lhes apoio emocional que não recebíamos de volta. Incluía também a constatação de que nossos parceiros se sentiam no direito de se dar liberdades – sem nos comunicar – que não nos concediam ou só o faziam após discussões intermináveis. Todas essas coisas, que provavelmente se enquadram nos 69% dos conflitos sem solução descritos pelo Instituto Gottman, resultavam na sensação frequente de que nossos relacionamentos eram batalhas desnecessárias, nos quais, por longos períodos, pouca conexão era possível. Tanto no meu caso quanto no de minhas amigas, esses conflitos se repetiam continuamente com o mesmo resultado: nada mudava nas relações entre nós e nossos parceiros.

Não poderia haver semelhança maior entre nossas experiências, isto é, o fato de que estávamos nos relacionando com pessoas que, desde a juventude, foram levadas a acreditar que não desejavam relacionamentos, mas liberdade ilimitada, e que tinham direito a essa liberdade, assim como o direito de receber cuidado das mulheres em suas vidas, daquelas pessoas assignadas como mulheres no nascimento. E já não me surpreende que tais atitudes oriundas de uma noção de

---

88   Emilia Roig. *Why We Matter: Das Ende der Unterdrückung.* München: Aufbau Verlag, 2021. p. 45.

que tudo lhes é devido não se sustentem sem conflitos, especialmente em relacionamentos com pessoas cuja missão involuntária parece ser preencher esse *abismo* com a abnegação de si mesmas. Terrence Real, terapeuta familiar e autor que, assim como Ronald F. Levant, adota uma perspectiva crítica acerca da masculinidade, descreve em seu livro *How Can I Get Through to You? Closing the Intimacy Gap Between Men and Women* [Como consigo me comunicar com você? Preenchendo lacunas na intimidade entre homens e mulheres] as mensagens, cujas consequências minhas amigas e eu sentimos em nossos relacionamentos na época:

> As crianças aprendem o código bem cedo e com precisão: não chore, não seja vulnerável, não mostre fraqueza – e, no fim, não demonstre que se importa. Como sociedade, podemos até imaginar que é uma boa ideia criar meninos e meninas de maneira igualitária, mas isso não significa que realmente o façamos. Mesmo que você ou eu nos esforcemos para criar crianças fora dessa camisa de força, nossa cultura pode estar mudando, mas ainda está longe de ser diferente.[89]

Essa socialização também se manifesta em conflitos dentro de relacionamentos. Os resultados de um extenso estudo, apresentado por John M. Gottman, um dos fundadores do Instituto Gottman, em seu livro *The Seven Principles for Making Marriage Work: A Practical Guide from the Country's Foremost Relationship Expert* [Sete Princípios Para o Casamento dar Certo: um guia prático do maior especialista em relacionamento do país], mostram que muitos homens em relacionamentos heterossexuais tiveram dificuldades em considerar

---

89 Terrence Real. *How Can I Get Through to You? Closing the Intimacy Gap Between Men and Women*. New York: Scribner, 2002. p. 118. [tradução nossa do alemão]

os sentimentos e opiniões de suas parceiras como importantes em situações de conflito. Além disso, 65% dos homens heterossexuais em situações de conflitos tendiam a intensificá-los em vez de resolvê-los. As mulheres, por outro lado, mesmo quando estavam infelizes em seus relacionamentos, levavam a sério as emoções e atitudes de seus parceiros e tentavam resolver os conflitos.[90] O mesmo não se aplicava aos homens em relacionamentos homossexuais: no geral, casais do mesmo sexo – que também enfrentavam os altos e baixos do dia a dia – demonstravam, durante e após os conflitos, muito mais comportamentos que contribuíam para que seus relacionamentos fossem percebidos de maneira positiva. Em seus próprios conflitos, eles tendiam a não contribuir para a intensificação de discussões, a se controlar mutuamente ou a criar cenários que gerassem medo em seus pares.[91] Acho os resultados desse estudo interessantes, pois mostram de forma nítida como a masculinidade em relacionamentos amorosos heterossexuais contribui para dinâmicas de "dominação". Isso não significa que outras formas de discriminação, como cissexismo, classismo, racismo ou capacitismo, não sejam relevantes em relacionamentos homossexuais. O que quero dizer é que a masculinidade, ideologicamente ligada à heteronormatividade, não se manifesta da mesma forma em relacionamentos homossexuais entre homens e em relacionamentos heterossexuais.

No meu círculo de amizades, o que mudou foi além dos tipos de conflitos, a perspectiva sobre eles – agora muitas das minhas

---

90 John M. Gottman e Nan Silver. Seven Principles for Making Marriage Work: A Practical Guide from the Country's Foremost Relationship Expert. New York: Crown Publishers, 1999. p. 101. [Edição brasileira: John M. Gottman e Nan Silver. Sete Princípios Para o Casamento dar Certo: um guia prático do maior especialista em relacionamento do país. Trad. Ione Maria de Souza Ferreira. Editora Objetiva: São Paulo, 2000.

91 John Gottman e Robert Levenson. "Observing Gay, Lesbian and Heterosexual Couples' Relationships: Mathematical Modeling of Conflict Interaction". In: Journal of Homosexuality, 2003. 45(1).

amigas têm crianças, e os conflitos acerca da divisão de tarefas domésticas e do cuidado com as crianças ficaram ainda mais intensos. Nesse ínterim, criou-se a consciência de que esses pequenos momentos de opressão moldam o cotidiano dos nossos relacionamentos: não sei quantas vezes minhas amigas já compartilharam que seus parceiros disseram durante uma discussão que elas eram tão irracionais que precisavam urgentemente de terapia. Uma amiga me contou uma vez sobre uma situação em que seu parceiro tentou vestir o bebê do casal e não sabia onde estavam as meias. A reação dela – uma mistura de frustração, exaustão e decepção – foi breve: "No mesmo lugar onde estão há meses." Enquanto tomávamos chá, a mesma amiga também desabafou que não esperava ser deixada tão sozinha pelo parceiro.

Entre mim e minhas amizades com pessoas *brancas*, noto uma diferença: meus pares *brancos* às vezes tinham a ideia, aberta ou veladamente, de que havia algo que eu queria deles. Algo que eu não poderia ter de outra forma, algo que eu só poderia conseguir através deles. Uma mistura difusa de dinheiro e status. Lembro de discussões sobre a divisão das despesas domésticas em que surgiam subtons indicando que uma divisão de 50-50 seria, na verdade, em meu benefício. Essa experiência não é rara entre outras pessoas Negras, Indígenas e racializadas, de modo geral. Ela decorre da atribuição de nossa inferioridade – inclusive financeira.

Um amigo meu – que também é alvo do racismo – descreve uma experiência semelhante com parceiras *brancas*. A narrativa que recai sobre ele, como homem cis, funciona de maneira diferente em alguns aspectos: ele é o Macho sexista, a quem a mulher *branca* apresenta valores feministas. Ele tem a constante sensação de que tanto ele quanto sua parceira se movem entre o fato de que ele reproduz a masculinidade normativa e ela, de maneira colonial, como mulher *branca*, é a portadora de "valores" e "virtudes" *brancas*. Essas ou outras dinâmicas semelhantes, incluindo o uso inconsciente dos próprios privilégios, são percebidas, com frequência, em relacionamentos nos quais as pessoas passam por diferentes experiências de discriminação, mas, no geral, sofrem níveis similares de marginalização.

Hoje, eu e algumas de minhas amizades transformamos esses conflitos em conflitos diretamente relacionados à opressão. Escrutinamos as normalidades não questionadas que permeiam e são base para esses conflitos. Pois o problema é que, para um lado da relação, as assimetrias de poder social funcionam como uma rede invisível que camufla conflitos – que talvez sejam solucionáveis – e representa um agravamento da situação. E chega a um nível que só aponta em uma direção e prejudica a pessoa com quem estamos nos relacionando, cujo bem-estar deveria nos importar. Isso me lembra de um trecho do livro *Was weiße Menschen nicht über Rassismus hören wollen, aber wissen sollten* [O que pessoas *brancas* não querem ouvir sobre racismo, mas deveriam saber], de Alice Hasters. A autora descreve o momento em um relacionamento em que todas as situações aparentemente insignificantes se acumulam, bem como a raiva causada pela ignorância, que persiste exatamente porque é privilégio de um lado decidir se seu envolvimento com determinada forma de opressão é importante ou não.

> Depois disso ter acontecido algumas vezes, qualquer 'coisinha' a mais será a gota d'água: eu vou explodir. Não serei mais paciente, nem serei gentil. Não terei mais medo de corresponder ao es-

tereótipo da mulher Negra irracional e demasiado emocional. Estarei disposta a levar nosso relacionamento até a beira do abismo por causa dessa 'coisinha' e manterei meu pé em cima do acelerador. Exigirei que você pare de uma vez por todas de ser tão indiferente a essas coisas. Você se surpreenderá com a minha raiva e com a minha memória, porque vou trazer à tona todas as discussões e situações que você já terá esquecido. E nesse momento, se você continuar irredutível, esse também será o começo do fim.[92]

Um aspecto que considero importante em relação ao poder e aos conflitos em relacionamentos amorosos é a perspectiva externa. Já que onde temos uma briga e com quem discutimos são fatores que podem influenciar as dinâmicas: penso em um workshop onde um homem cis, que enfrenta o racismo antimuçulmano, relatou que ele e sua namorada *branca* tiveram uma discussão, e ela estava andando furiosa à sua frente na rua. Ele descreveu a situação como estressante porque temia que pessoas *brancas* ao redor chamassem a polícia. Outra participante, uma mulher *branca* que tem um filho com um homem Negro, disse que mal pode desabafar sobre os conflitos em seu relacionamento com amizades *brancas* e com sua própria família, pois suas histórias são frequentemente recebidas por meio de atribuições racistas sobre seu parceiro. Ela também mencionou que, às vezes, utilizava essa atitude alheia de maneira inconsciente nos conflitos, compartilhando temas que causavam briga em seu relacionamento com outras pessoas *brancas* visando se sentir fortalecida em sua posição.

---

92 Alice Hasters. *Was weiße Menschen nicht über Rassismus hören wollen, aber wissen sollten.* München: hanserblau, 2021 p. 158. [tradução nossa]

Limites e Autoamor

O amor é a ausência de violência – e isso parece simples assim. O foco deste livro é a violência estrutural, ou seja, a discriminação, e, isso automaticamente impõe limites a nossa definição de amor. Limites contra coisas que não funcionam para nós em relacionamentos, que nos tornam vítimas de nossa conexão e perpetuam a opressão. Isso é algo bom, uma circunstância que podemos conscientemente reconhecer e usar: se o amor significa X para nós, então Y não está bem. Se quisermos enfrentar criticamente a desigualdade social em nossos relacionamentos, é importante que identifiquemos claramente onde estão nossos limites: com quais comportamentos temos disposição para lidar, quais comportamentos não toleramos e quais são as consequências disso?

Mas nossos limites em relacionamentos amorosos são mais do que um muro que nos separa. São os pontos de contato, que – idealmente – representam momentos refinadamente equilibrados entre o que sentimos e o que fazemos e dizemos. Um ato de equilíbrio, no qual permanecemos em nosso próprio centro e, ao mesmo tempo, conseguimos nos conectar com a outra parte. Precisamos de autonomia e conexão. No entanto, nossos limites nem sempre estão tão equilibrados, podem ser muito rígidos ou permeáveis demais. Por exemplo, em situações nas quais começamos a nos proteger tanto que se torna quase impossível nos conectar com outras pessoas, ou quando nos perdemos na conexão e não protegemos adequadamente nosso próprio espaço.[93]

---

93 Alexandra H. Solomon. *Loving Bravely: 20 Lessons of Self-Discovery to Help You Get the Love You Want*. Oakland: New Harbinger, 2017, p. 48.

As constantes associações e o enfrentamento à discriminação dificultam o estabelecimento e manutenção de limites próprios. E não me refiro apenas a minha experiência pessoal, mas a algo que foi um tema central, especialmente nas minhas conversas com pessoas que trabalharam e/ou trabalham como psicoterapeutas. Pessoas – e isso surge em minhas entrevistas com pessoas que enfrentam cissexismo, racismo e/ou capacitismo –, aprendem desde a infância a adotar uma perspectiva socialmente depreciativa em relação a si mesmas. Isso tem consequências na forma como nos defendemos. Durante nossa conversa, a cientista social Sarah Adeyinka-Skold expressa algo que é essencial em contextos e situações de conflito, bem como na manutenção dos próprios limites. Ela menciona o autocuidado:

> O amor-próprio é radical para pessoas Negras. E não me refiro a ir ao spa, nem a fazer as unhas. Nós transformamos isso em auto-amor. Na realidade, o amor-próprio consiste em superar a opressão que lhe diz que você não é boa o suficiente. Trata-se de dissociar sua mente de um sistema que diz que você não merece amor – nem mesmo o amor-próprio.

Para mim, a questão do autocuidado e do amor-próprio, especialmente em relação àquelas de nós que enfrentamos a discriminação, inclusive a discriminação interseccional, é de extrema importância. E eu não estou falando de amor-próprio no sentido de "citações inspiradoras" ou de comprar uma nova peça de roupa para finalmente nos sentirmos bem. Afinal, a frase batida: "Você precisa se amar primeiro antes de poder amar os outros" ainda é repetida como se fosse uma verdade universal. Na realidade, se examinada mais de perto e fora de um contexto específico, essa frase não faz nenhum sentido. O terapeuta de casal, Stan Tatkin, que incorpora abordagens das neurociências e da teoria do apego em seu trabalho, questiona essa afirmação:

> "Você precisa ter amor-próprio antes que alguém possa te amar." Alguma parte dessa máxima é verdadeira? É realmente possível amar a si antes que outra pessoa possa te amar? Reflita um pouco: como isso pode ser verdade? Se fosse verdade, os bebês já nasceriam amando ou odiando a si mesmos. Sabemos, no entanto, que não é assim. Na verdade, as pessoas inicialmente não pensam nada sobre si mesmas: nem coisas boas, nem ruins. Aprendemos a nos amar precisamente porque tivemos a experiência de ser amadas.[94]

É notável a reflexão que Stan Tatkin faz em relação à nossa adaptação às dinâmicas sociais de poder: se aprendemos a amar e cuidar de nós e de outras pessoas por meio do nosso ambiente, não apenas em relação a nós mesmas, mas também em relação a outras pessoas, que impacto as experiências de discriminação têm no amor-próprio? "Impactos negativos", explica Dwight Turner. Afinal, uma grande parte de seu trabalho terapêutico com pessoas que vivenciam diferentes formas de discriminação envolve apoiá-las a se verem como merecedoras de amor e a estabelecerem conexões positivas com as partes de si mesmas que a sociedade desvaloriza. Em suma: amor-próprio. Em nossa conversa, Turner descreve o auto-ódio com o qual não apenas grande parte de sua clientela, mas também pessoas que são marginalizadas, em geral, precisam lidar.

---

94 Stan Tatkin. *Wired for Love: How Understanding Your Partner's Brain and Attachment Style Can Help You Defuse Conflict and Build a Secure Relationship*. Oakland: New Harbinger. 2011, p. 47. [tradução nossa]

> A incapacidade de cultivar o amor-próprio pode ser uma consequência de experiências de opressão, como a internalização da supremacia *branca* ou do patriarcado. Esses sistemas de valores podem ser internalizados por meio de experiências na infância a ponto de não conseguirmos mais nos amar. Como resultado disso, desenvolvemos um alto grau de auto-ódio, um tipo de auto-ódio que ainda pode persistir nas sociedades pós-coloniais. [...] bell hooks está certa quando diz que o amor se torna um ato político, uma reconexão com nossa própria cultura ou identidade de gênero.

Com base nisso, ou seja, nesse auto-ódio incutido, como Turner o descreve, ir além de nossos próprios limites para poder "enfim" estar em um relacionamento amoroso, e para "enfim" se entender como uma pessoa passível de ser amada torna-se algo normal. Isso é resultado direto de um aprisionamento na contradição de ser "demais" e, ao mesmo tempo, "não ser o suficiente". Nesse processo, percebo que nossos limites moldam o espaço no qual podemos nos encontrar de forma sincera e vulnerável. O espaço no qual nos sentimos confortáveis e onde a conexão é possível. Pois, quando limites são estabelecidos e respeitados, eles geram mais conexão.

Quando consideramos que proteger e acalmar partes privilegiadas no contexto de sua própria opressão são tarefas socialmente atribuídas às pessoas marginalizadas, compreendemos que isto pode tornar muito mais difícil o estabelecimento de limites. Pois, traçar um limite e mantê-lo, para você ou interpessoalmente, é o oposto do que a sociedade espera de nós. Kaley Roosen, que se define como psicóloga interseccional e crítica da discriminação, explica, no que diz respeito a pessoas com (d)eficiência:

Muitas pessoas com (d)eficiências ou doenças crônicas crescem com a sensação de: 'Não presto para manter relações de parceria, nem sexual nem românticas.' Outro aspecto é a socialização, que carece de prática no estabelecimento de limites, pois muitas cresceram tendo de contar com outras quando precisam de ajuda. Por exemplo, em situações básicas como ir ao banheiro ou sair de casa. Uma pessoa com (d)eficiência cognitiva pode, por exemplo, ser financeiramente dependente. Com frequência, isso está associado a ter de ultrapassar os próprios limites: 'Você não pode estabelecer limites porque depende da ajuda alheia.' Em relacionamentos amorosos, a crença prevalece: 'Tenho que aceitar o que quer que eu receba nesta relação'. Como resultado, muitas pessoas não sabem como estabelecer limites e não querem impor mais expectativas ou restrições à outra pessoa porque têm medo de perdê-la."

Parte do trabalho interno exercido por pessoas que enfrentam a opressão – e isso se intensifica no caso de mulheres e de pessoas do gênero feminino – é aprender a estabelecer limites, contrariando sua própria socialização. A partir de uma perspectiva crítica acerca da discriminação, os limites são um aspecto importante do autocuidado. Estabelecemos limites não apenas para outras pessoas, mas também para nós. Por exemplo, me interessa me indagar sobre quando quero acalmar alguém, quando quero estar disponível para alguém e o que isso significa em relação a minha socialização.

Isso representa um grande desafio quando o assunto é relacionamentos amorosos. Envolve estabelecer um limite, por exemplo, no que diz respeito às próprias capacidades como pessoa com doença crônica, e ao mesmo tempo, manter o contato com a outra pessoa. Estabelecer nossos próprios limites é, como tudo neste livro, uma ferramenta para o amor como uma prática crítica em relação ao poder e, portanto, também para a reciprocidade.

Ao mesmo tempo, o desafio reside em interromper dinâmicas enraizadas. Harriet Lerner explica que padrões de comportamento que costumamos repetir no passado levam o nosso par a fazer esforços para retornar à velha dança, à dinâmica enraizada. Tais padrões precisam ser reconhecidos, discutidos e quebrados para que novas dinâmicas sejam criadas.

Os limites são o autocuidado e parte da liberdade que temos para enfrentar opressão. Este aspecto é muito importante para mim, pois lidar com estruturas de poder pode nos levar a acreditar que pessoas que sofrem discriminação são impotentes. Contudo, como sabemos, elas não são – nós não somos. No entanto, acredito que nenhuma mudança acontecerá enquanto permanecermos em um lugar interno de autodúvida e ouvirmos a voz silenciosa que nos diz que não merecemos mais do que o mínimo. Harriet Lerner descreve isso em seu livro *Mudando os padrões dos relacionamentos íntimos: manual da mulher para controlar a raiva e viver melhor*, no qual ela examina a raiva de mulheres e como ela pode ser canalizada para gerar mudança nas relações íntimas.

> Quando nos sentimos culpadas, deprimidas ou inseguras, o nosso lugar está garantido. Agimos apenas contra nós mesmas, e é pouco provável que sejamos agentes de mudança e desafio [...] A mudança é um assunto difícil e causadora de ansiedade para todo o mundo, inclusive para nós que a exigimos ativamente.[95]

Isso é o que eu gosto na metáfora do "dançar", usada com frequência por Harriet Lerner em seus livros: podemos mudar a

---

95 Harriet Lerner. *The Dance of Anger: A Woman's Guide to Changing the Patterns of Intimate Relationships*. New York: William Morrow, 2014. p.3. [Tradução nossa]

dança tentando novos passos. É necessária uma mudança de comportamento quando se trata de nossas partes desfavorecidas. Não estou afirmando que a mudança de todas as dinâmicas opressivas em relacionamentos amorosos está exclusivamente nas mãos das pessoas marginalizadas. No entanto, parece-me importante sempre reavaliar quais possibilidades temos para criar espaços em que possamos ter autenticidade. Mona El Omari, que também atua como consultora para pessoas em relacionamentos amorosos, explica que os padrões que seguimos em conflitos, por exemplo, se enraízam através da repetição contínua:

> O estático e o enrijecido são padrões que sempre repetimos, até que sintamos que não há nada diferente daquilo. E o que existe de diferente não nos agrada, nos limita ou nos restringe. Tudo o que é padrão deve ser repetido. E daí surge uma dinâmica: Quem repete o quê?

Ter a coragem de estabelecer limites significa ter coragem de se amar, a contrapelo das mensagens sociais, e refletir sobre o próprio comportamento em relacionamentos. Não para as outras pessoas, não para apaziguar outrem, mas para defender o que precisamos, o que queremos e o que funciona para nós nos relacionamentos.

Foco na marginalização: perguntas para reflexão

Reuni algumas perguntas referentes ao subcapítulo anterior. Elas abordam experiências de exclusão e destacam o significado dessas experiências para o estabelecimento de limites individuais.

- Como suas experiências com discriminação afetam os seus limites? Como os seus limites funcionam para você?
- Quando e como você pode refletir sobre seus limites em relação à sua socialização e tentar comportamentos alternativos?
- O que você pode fazer se a pessoa interlocutora tentar manter padrões antigos?
- Quando é possível para você estabelecer e manter limites que permitam autonomia e conexão? Quando isso não é possível para você?
- Como você pode estabelecer limites, quando você precisa de proteção, e não apenas quando seus limites já foram amplamente ultrapassados?
- Qual forma uma prática de autoamor teria no seu dia a dia? O que você já pratica de autoamor?
- Para você, como o autoamor poderia se manifestar em um relacionamento amoroso?

Cenas de um Relacionamento: Terapia de Casal

"Será que você podia parar por um momento!?", Yunus grita atrás de mim. Eu paro abruptamente e me viro em sua direção.

"Yunus", digo com rispidez, "não tô a fim de continuar discutindo isso com você. Podemos falar sobre isso com a Sra. Baumann-Addai. Vamos perder o horário da consulta se você continuar agindo desse jeito!" Vejo um brilho de raiva nos olhos dele.

"Sabe," – a menção ao nosso atraso nitidamente não o impressiona nem um pouco – "eu só te fiz uma pergunta, e você está sendo muito hostil

comigo. Você poderia só ter me respondido. Eu não quero nada mais que isso, só quero uma resposta."

Por um instante, sinto uma vontade enorme de perder o controle e gritar com ele no meio da rua. Mas eu não o faço. "O que você quer de mim não é uma resposta a uma pergunta. Você quer que eu faça uma promessa que não é realista."

"Isso não é verdade," ele me interrompe. "Eu estou apenas preocupado com nosso relacionamento. O que acontece se você se apaixonar por outra pessoa?"

Respondo, agora mais calma: "Você não acha nem um pouco absurdo você querer uma relação aberta e agora não gostar que eu me sinta atraída por outra pessoa?" Continuo andando, ele hesita por um momento. "E aí, você vem?", digo impaciente, enquanto saio na frente pisando firme.

Atravessamos a rua em direção a um prédio de tijolos vermelhos. No primeiro andar, em uma sala de decoração minimalista onde predominam tons claros, não há muito além de um quadro e uma orquídea exuberante no centro com florzinhas amarelas para distrair a mente. Sempre que estou lá, me pergunto se a decoração minimalista segue algum manual secreto de como deve ser um consultório de terapia ideal.

Yunus aperta o pequeno botão dourado da campainha. No reflexo da placa também dourada, onde estão os sobrenomes de todos os moradores do prédio, vejo um breve reflexo de nós, de pé ali. O cansaço está estampado em nossos rostos, penso – não como pessoas que dormiram pouco, mas um tanto estressadas e exaustas.

Sentamos no sofá bege acinzentado, Yunus em seu canto habitual desde nossa primeira sessão, e eu no outro. Nossa terapeuta nos olha amigavelmente: "Como vocês estão hoje?"

Yunus e eu nos entreolhamos, tentando decidir sem palavras quem começará. Não funciona, então eu digo: "Pode começar."

Ele começa, visivelmente desconfortável. "Bem, na verdade, estou bem. Não estou tão estressado com o trabalho quanto na última vez que estivemos aqui. Mas entre nós as coisas estão complicadas, por isso estou feliz por estarmos aqui."

Olho para Yunus para ver se ele terminou. Ele acena para mim, como quem diz "Sua vez", e eu começo: "Para mim, é bem o oposto. No momento, estou até o pescoço de coisas para fazer e me sobrecarrego com o fato de não conseguirmos resolver nosso conflito."

Nossa terapeuta – uma mulher branca, que eu estimo ter uns quarenta e poucos anos – acena com compreensão. "Vamos falar sobre o conflito? Parece que está incomodando vocês dois. Contem-me onde estão. Yunus, você quer começar?"

Yunus acena e se volta para mim. "Desde que sugeri abrirmos nosso relacionamento, temos esse ponto de conflito que não superamos. Na última vez, falamos sobre como desejamos relacionamentos diferentes. Acho que nossa relação pode estar em risco se nos envolvemos emocionalmente com outras pessoas. Me incomoda quando você diz que isso é machismo da minha parte."

Me seguro para não revirar os olhos. "Bem," digo, fazendo uma pausa para pensar no que quero dizer, "a questão é que eu definitivamente compreendo sua preocupação com o nosso relacionamento. Eu também me preocupo, independente se for aberto ou não. O que acho problemático é você querer um relacionamento aberto, mas só se for conforme suas regras e necessidades. Conexão emocional é importante para mim; preciso disso em qualquer relação. E não estou a fim de abrir mão disso só porque você acha que se sentirá mais seguro." Percebo uma pequena hostilidade na última frase, que espero que não notem.

"Vejo que vocês continuam no mesmo ponto de duas semanas atrás. Como o conflito se estagnou?"

Yunus me olha. "Pode começar," respondo ao olhar questionador dele. Ele volta a se virar para mim, e tudo parece tão ensaiado que me irrita. "Estou apenas preocupado que você se apaixone e eu me torne irrelevante para você."

"Entendo, mas, na verdade, relacionamentos amorosos correm sempre esse risco. E só porque você diz que não quer se apaixonar, não significa que isso não aconteça."

"A relação de vocês é aquilo que vocês criam em conjunto. Cada pessoa tem sua parte de responsabilidade naquilo que acontece entre vocês."

Antes que a Sra. Baumann-Addai continue, intervenho: "Tenho problemas com isso," digo. "Trata-se de poder social, que não é igualmente distribuído entre nós. Portanto, discordo. Não sou eu quem crio a opressão sexista que sofro."

"Você quer compartilhar com Yunus como isso te faz sentir?"

"Não," digo, sentindo-me teimosa e achando isso correto. "Ele sabe que opressão não é apenas um 'sentimento', e sabe que é uma merda confrontar-se com ela."

"Acho um pouco demais resumir toda a situação em machismo da minha parte." Sem rodeios, ele vai direto ao ponto, e sinto que voltamos ao centro do problema.

"Me diga," – Me surpreendo com quão calma e resoluta minha voz soa – "qual é mesmo o seu problema? É eu achar machista você presumir que sou irracionalmente emotiva a ponto de me apaixonar pela primeira pessoa que aparecer na minha frente? Ou é seu medo de me perder?"

"Os dois!" Yunus responde em tom provocador, e eu rio, sabendo que ele me acha irritante, mas quer aliviar a tensão entre nós.

A terapeuta também percebe: *"Ele está estendendo a mão para você. Você consegue ver?" "Sim,"* digo, me virando para ele e acrescentando: *"Não é que eu não te entenda. Eu entendo. Mas quero estar com você, te amo, e sinto que você está tentando controlar algo que está fora do seu controle."*

Ele me olha pensativo. A terapeuta nos dá um momento, e então diz: *"Nosso tempo acabou por hoje, mas gostaria de convidá-los a pensar sobre os momentos em que vocês conseguem falar sobre seus medos relacionados à abertura da relação, sem endurecer as posições. Além disso, peço que cada um faça uma lista do que deseja em um relacionamento aberto e outra com os limites inegociáveis. Discutiremos isso na próxima sessão."*

Depois que Yunus e eu nos distanciamos alguns metros da clínica, ele diz: *"Ei!"* Paro, ele coloca as mãos nos meus ombros e me vira para ele. *"Quer comer algo? Eu adoraria passar o dia com você. O que acha de a gente ir comer algo perto do canal?"* Sinto alívio por ele iniciar uma pausa nesse conflito, algo que eu não estava conseguindo fazer.

"Claro," digo.

"E se você sentir necessidade, podemos voltar a brigar mais tarde e estender a briga noite afora." diz ele meio sério.

"Por favor, não," respondo. *"Preciso de algumas horas sem brigar."*

Reciprocidade no Conflito

Estou convencida de que é importante identificar os momentos e aspectos nos quais as estruturas de "dominação" se manifestam nos conflitos. Admito que isso, por si só, não resolverá os conflitos e as estruturas a eles associadas. No entanto, esse exercício nos permite enxergá-los como um desafio comum. A psicóloga Kaley Roosen fala, em uma entrevista, sobre como é difícil, em sessões de terapia de casal, quando pares estão em conflito e uma ou ambas as partes, ou a pessoa relativamente mais privilegiada, não consegue perceber o impacto que a opressão pode ter nas experiências dentro do relacionamento. Roosen descreve conflitos intermináveis, que acabam sendo tratados apenas a nível pessoal, embora o que está realmente em jogo, muitas vezes, é a diferença de experiências interpessoais com a discriminação. Este pode ser o caso de uma das pessoas envolvidas ter suas experiências moldadas pelo capacitismo, e vivenciar suas próprias necessidades como um fardo, enquanto a outra pessoa não tem conhecimento dessa carga interna e, portanto, não as leva em consideração, as menospreza, ou as entende como um subterfúgio.

Sofia Mojica trabalha, juntamente com seu parceiro Kabir Brown, com pessoas em relacionamentos, especialmente com foco em diferentes formas de opressão. Em nossa conversa, ela ressalta a importância de compreender a realidade de vida de nossos pares, na qual a desvantagem se manifesta:

> É importante assumir mais responsabilidades na vida cotidiana. Talvez isso signifique desenvolver uma compreensão de que outras pessoas são diferentes de nós. [...] Sobretudo em relacionamentos íntimos, trata-se de ter curiosidade e de se envolver com a realidade de vida da outra pessoa. Precisamos aceitar que não entenderemos tudo o que a outra pessoa vivencia, e precisamos desejar criar espaço para isso, mesmo que nunca sejamos capazes de entender completamente o que a outra pessoa está passando.

Focar na discriminação como desafio compartilhado, como explica Kaley Roosen, é estratégico porque nos permite buscar a "culpa" não na outra pessoa, mas no problema real: a opressão. Afinal, ela influencia nosso passado, nosso presente e, em última instância, nossas ações. Essa perspectiva nos permite também reconhecer o estrutural no individual. Disso, resulta que, dependendo da posição social, podem surgir campos de ação comuns e compartilhados para nós. Precisamos, portanto, de uma comunicação direta em que essa situação seja tematizada.

Penso frequentemente em uma afirmação do terapeuta de casais Stan Tatkin em relação a conflitos e à maneira como a desigualdade se manifesta neles. Uma de suas frases mais conhecidas, com a qual me identifico muito, é: "Se não está bom para você, não está bom para nós."[96] A compreensão de que prejudicamos nosso relacionamento se não considerarmos adequadamente os interesses e necessidades do nosso par é algo que considero particularmente relevante em relação aos privilégios. Pois – e isso é ilustrado pelas diferentes perspectivas científicas que apresentei até agora – são especificamente nossos aspectos privilegiados que desencadeiam afetos em nós, que, em última instância, protegem nossos privilégios e, assim, servem à manutenção das estruturas de poder. Esses afetos também se manifestam inevitavelmente em conflitos. A partir de uma postura crítica em relação ao poder, é necessário examinar repetidamente nosso comportamento nos conflitos quando se trata de

---

96 Stan Tatkin. "If It's Not Good For You; It's Not Good for Us – Interview With Relationship Expert Stan Tatkin". Therapist Uncensored, Episódio 12. 2016. Disponível em: https://therapistuncensored.com/episodes/tu12-if-its-not-good-for-you-its-not-good-forus-interview-with-relationship-expert-stan-tatkin/ Acesso em 06 jun. 2022 [tradução nossa]

nossos aspectos privilegiados, para entender como estamos agindo contra a conexão que desejamos.

O terapeuta de casais Terrence Real, que já citei quando tratei de masculinidade, utiliza de modo estratégico sua própria posição social nas sessões de terapia para apontar aos homens – acredito que principalmente homens cis – o comportamento de "dominação" deles. Ao conversar com homens em conflitos com seus pares, Real lhes mostra que um comportamento sexista corrói a reciprocidade e a conexão. Assim, o terapeuta transpõe de modo bastante consciente as ideias de neutralidade aparente. Ao expressar que reconhece esse tipo de comportamento em si mesmo, ele cria uma conexão com a pessoa, o homem, cujo comportamento está prejudicando o relacionamento. Kaley Roosen também utiliza em seu consultório sua posição social como pessoa que vivencia o capacitismo. No entanto, ela o faz principalmente para encorajar as pessoas a nomear concretamente o capacitismo e outras formas de discriminação que vivenciam.

> Não acredito que exista neutralidade. Penso que, mesmo quando tentamos adotar posições "neutras", trazemos conosco concepções discriminatórias das quais não estamos conscientes. A ideia de ser "profissional" muitas vezes significa apoiar ideias de supremacia branca ou capacitismo. Isso não é neutralidade. Como terapeuta, entendo como minha responsabilidade revelar essa opressão. Quando uma pessoa em uma sessão diz: "É tudo culpa minha" ou "Sou difícil de amar", eu digo: "Peraí, vamos analisar isso: de onde vem essa ideia?" Como crescemos em uma sociedade que nos ensina que pessoas com deficiência não merecem ser amadas, é natural ser difícil não internalizar isso. É importante falar sobre isso e deslocar a culpa para onde ela realmente pertence.

A sensibilização para atitudes de "dominação", descrita por Terrence Real, e o fortalecimento, mencionado por Kaley Roosen, são importantes para percebermos, especialmente quando temos conflitos, de que maneira os mecanismos de opressão se manifestam no dia a dia. Pois eles se manifestam diariamente na forma da voz crítica em nossa cabeça, que não nos permite estabelecer limites, porque supostamente não os merecemos, assim como não merecemos amor. Em forma de atitude internalizada, que nos faz acreditar que temos direito a coisas às quais, na verdade, não temos, e ocupar mais espaço do que deveríamos. Sobre este último ponto, Kabir Brown observa em uma entrevista que é bastante comum as pessoas terem muita dificuldade em reconhecer as maneiras em que sua dominância internalizada impacta os conflitos e, muitas vezes, até os intensifica, exatamente porque as pessoas não assumem responsabilidade por isso:

> Quando você receber a informação de que está fazendo algo ligado a um sistema de opressão, simplesmente peça desculpas. Eu acredito que essa comunicação direta impacta positivamente a intimidade. Ela simplifica muitos problemas que vejo surgir nos relacionamentos após uma pessoa não querer reconhecer que causou danos. Pedir desculpas, na minha opinião, é o mais importante.

Assumir a responsabilidade por nossas ações, ele acrescenta, é uma questão de prática, isto é, quanto mais fazemos, mais fácil se torna. Portanto, uma parte do nosso trabalho interno pode ser treinar, no que diz respeito aos nossos aspectos privilegiados, a assumir responsabilidade pelas situações conflituosas – e para além delas – em que nossas ações, decorrentes dessa posição privilegiada, interferem na conexão.

Outro exercício do nosso trabalho interno é refletir sobre o que nos ajuda a avançar mais rapidamente pelos diferentes estágios acompanhados por diversas emoções. Afinal, como Roosen descreve, uma das principais conclusões na última fase dos diferentes modelos de fases é que nossas experiências e ações são significativamente moldadas por estruturas de poder. Mona ElOmari explica em nossa conversa sobre Desenvolvimento da Identidade Racial: "Acredito que não é realista encontrar uma pessoa que não tenha ligação com a discriminação. No entanto, considero realista praticarmos conjuntamente passagens mais rápidas pelos diferentes estágios, para voltarmos a entrar em contato com nossos pares."

O ponto levantado por ElOmari é importante, pois os estágios posteriores dos modelos de Desenvolvimento da Identidade Racial são aqueles em que o contato é possível e quando fica nítido que as relações de poder que nos cercam fazem parte de todas as nossas interações interpessoais. Enfrentar essas relações de poder de modo crítico significa assumir responsabilidade, não repetindo os passos de dança que a sociedade projetou para nós – independentemente de sermos, em determinados contextos, pessoas desfavorecidas ou privilegiadas.

Neste momento, você pode estar se perguntando se, em última instância, trata-se de considerar os dois lados que a discriminação cria – privilégio e marginalização – e refletir sobre eles no contexto dos diferentes momentos das relações amorosas? Sim, essa é exatamente a nossa tarefa, o fio condutor que permeia nossa autorreflexão quando declaramos que o objetivo de nossas ações mais igualitárias no âmbito amoroso. E, embora essa tarefa pareça simples, ela não é. É bastante complexa, já que recebe influências distintas, como nossas próprias posições sociais, as de nossos pares e do nosso entorno.

Perguntas para reflexão

Como nos dois capítulos anteriores, reuni algumas perguntas para você refletir sobre sua própria postura. Este capítulo trata principalmente de conflitos, limites e reparação após conflitos.

- Como você gostaria de resolver conflitos e diferenças?
- Como você poderia interromper conflitos, especialmente quando estão prestes a se agravar?
- Como poderia ser sua contribuição para a reparação após um conflito? Você sabe o que funciona para o seu par?

Perguntas relacionadas à marginalização:

- Considerando sua vivência com a discriminação, do que você precisa para sentir segurança quando há conflitos? Em que momento você comunica essa necessidade? Você tem o espaço necessário para que essa comunicação aconteça?
- Você tem pessoas que entendem como a opressão funciona em conflitos de relacionamento, com quem você possa discutir essas questões?

- Como você pode aprender a passar pelos diferentes estágios de conflitos (inspirado no Desenvolvimento da Identidade Racial) de forma mais rápida? O que te ajuda nesse processo?

Perguntas relacionadas a privilégios:

- Você reconhece momentos em que reproduz "dominação" em conflitos? Como isso se manifesta? Você considera comportamentos alternativos? Quais?
- Você tem pessoas que entendem como a opressão funciona em conflitos de relacionamento, com quem você possa discutir essas questões?
- Como você pode aprender a passar pelos diferentes estágios de conflitos (inspirado no Desenvolvimento da Identidade Racial) de forma mais rápida? O que te ajuda nesse processo?
- Como seria uma verdadeira tomada de responsabilidade para você?

Ecossistema

O paraíso são os outros

Quero um mundo no qual a amizade seja valorizada como uma forma de romance. Quero um mundo onde, quando nos perguntarem se estamos em um relacionamento, possamos listar os nomes de nossas melhores amizades sem que isso seja recebido com sobrancelhas levantadas. Eu quero monumentos e feriados e certificados e cerimônias para comemorar a amizade. Eu quero um mundo onde não precisamos estar em um relacionamento sexual ou romântico para sermos consideradas pessoas maduras (quem dirá completas). Eu quero um movimento que lute por todas as formas de relacionamentos, não apenas pelos sexuais. Quero milhares de músicas, filmes e poemas sobre a intimidade nas amizades. Eu quero um mundo onde nosso valor não esteja atrelado à nossa desejabilidade, nossa segurança não dependa da monogamia e nossa família não esteja ligada à biologia.[97] – Alok V. Menon

Uma das minhas primeiras e talvez mais significativas histórias de amor foi uma amizade, cujo fim, mais de uma década depois, ainda lamento. Talvez seja a leveza despreocupada que eu compartilhava com meu melhor amigo durante o ensino médio, que ainda sinto falta de vez em quando. Éramos jovens, não tínhamos dinheiro para fazer coisas e menos vontade ainda de ir à escola. Mas nos tínhamos

---

97   Alok V. Menon. Postagem de 14 fev. 2022 Disponível em: www.instagram.com/p/CZ9oPWslDUK. Acesso em: 06. jun. 2022. [tradução nossa]

reciprocamente. E para mim, isso era uma riqueza imensurável. Nunca esquecerei do tempo que desfrutamos mutualmente de nossa companhia. Hoje em dia, essa época me parece muito marcante porque, com esse amigo, eu tive a sensação de viver além dos rótulos rígidos. Costumávamos falar por horas e podíamos ficar em silêncio de uma maneira que só a profunda intimidade permite. Com ele, reformei meu primeiro apartamento. Lembro de como, nas últimas semanas antes de recebermos nosso diploma de ensino médio, íamos todos os dias, após a escola, para o meu apartamento, raspávamos camadas de papel de parede e lavávamos a tinta das paredes. E como ele me animou com uma dancinha quando percebi que o trabalho nos quartos levaria muito mais tempo do que eu havia previsto. Para o baile de formatura, combinamos a cor da camisa dele com o meu vestido – que na época achei dramático o bastante para a ocasião.

Quando penso em amizade, penso na minha amiga, com quem eu corria em direção aos balanços na hora do recreio, como ela ainda conta hoje. Lembro-me também das sessões de dança em frente ao espelho ao som de "If You Had My Love"[98] [Se você tivesse meu amor], dos chapéus de pescador e calças capri, das camisetas estampadas com uma fotografia e do gel com pigmento furta-cor que aplicávamos generosamente ao redor dos olhos. Quase vinte anos depois, nos reencontramos por acaso: descobrimos que só precisávamos ir até o mercadinho da esquina para nos visitarmos — uma amizade a cinquenta metros de distância. A ligação que compartilhamos na quinta série retornou após poucas semanas. Gosto de como é tranquilo entre nós e que fazemos coisas cotidianas juntas: passear

---

98 Canção de estreia da atriz e cantora Jennifer Lopez, do seu primeiro álbum de estúdio, *On the 6*, de 1999. [N.T.]

com os cachorros, fazer as compras do fim de semana, jantar juntas. Nesse período, estava processando uma separação dolorosa, pois compartilhei uma década da minha vida com essa pessoa e passei a maior parte desse tempo morando com ela. Hoje, quase não penso mais nessa separação ou em como minha existência, naquela época, era como uma grande ferida aberta. Em vez disso, lembro-me da intimidade entre minha amiga e eu, do lindo verão que passamos juntas, das pequenas aventuras que permeavam nosso cotidiano, dos momentos engraçados, que espero que ainda nos façam rir quando tivermos uns cem anos.

Quando penso em amizade, penso nas conversas com uma amiga, que fala sobre um de seus amigos com tanto carinho e ternura que aquece meu coração. Eles também, ao que me parece, compartem bastante intimidade. Compartilham altos e baixos, estão lá para se fortalecer, celebrar os bons momentos da vida e acreditar no outro quando ele mesmo já não consegue.

Todas essas relações, mesmo que eu as examine mais de perto apenas neste ponto do livro – amizades merecem livros inteiros – são relacionamentos amorosos. As premissas que abordei no início do livro também se aplicam a elas. No entanto, as amizades, muitas vezes, não são vistas como relações amorosas e lhes é atribuída menor importância social.

E mais uma hierarquia

Em uma sociedade capitalista, há a constante sugestão de que uma coisa vale mais do que a outra. Este princípio básico, que faz parte da base da opressão, também se aplica aos nossos relacionamentos: uma pessoa é supostamente mais importante do que a outra. Um casamento supera "simplesmente estar junto", relacionamento amoroso supera amizade, e a duração de um relacionamento supostamente indica sua qualidade – curto é "ruim", longo é "bom" e significa "amor verdadeiro". As diferentes relações que nos acompanham ao longo da vida – como aprendemos – não têm igual valor.

O problema com essa hierarquização – como com todas as outras que discutimos até agora – é que ela não retrata realidades neutras, mas se liga às relações de poder na sociedade e as mantém. Por exemplo, na ocasião em que a autora Sibel Schick escreveu sobre casamento no jornal *Neues Deutschland* ela ressalta que, historicamente, o casamento era antes de mais nada um acordo econômico, e que a ideia de se casar por amor é relativamente nova:

> O casamento por amor existe há apenas cerca de 150 anos. Com a industrialização, o casamento perdeu sua relevância social como arranjo econômico. Para manter a instituição atraente e viva, as pessoas começaram a falar de amor.[99]

O casamento não é apenas historicamente um acordo econômico, mas, do ponto de vista de sua base legal, ele ainda o é – como mencionado, nos textos legais que regulam o status jurídico do casamento, a palavra "amor" não aparece. Além disso, a hierarquização das muitas formas significativas de relacionamento ignora o fato que nem todas as pessoas têm e tiveram acesso igualitário ao casamento. Considerando isso, torna-se evidente que, ao valorizar

---

99 Sibel Schick (2022): "Heiraten hat nichts mit Romantik zu tun" In: *Neues Deutschland*. URL: www.nd-aktuell.de/artikel/1160541.ehe-heiraten-hat-nichts-mit-romantik-zu-tun.html. Acesso em: 06. jun. 2022.

determinados tipos de relacionamento, desvaloriza-se aqueles cujo acesso ao casamento, por exemplo, é mais difícil em comparação com relacionamentos hétero-cis.

No episódio "A Private Life" [Vida Privada] do podcast *This is Love* [É o amor], Nino Esposito e Drew Bosee contam que, após 42 anos de relacionamento, decidiram que Nino, dez anos mais velho, adotaria seu parceiro.[100] Eles tomaram essa decisão porque queriam garantir que pudessem cuidar um do outro na velhice e/ou em caso de doença, da mesma forma que isso era naturalmente possível para pessoas heterossexuais casadas na época. Eles não tinham essa opção naquela época como um casal gay e decidiram por esse trâmite pouco antes de o casamento também ser permitido para pessoas lésbicas e gays nos Estados Unidos.

Não é nenhuma surpresa que sejam principalmente pessoas *queer*, também devido à discriminação institucional, que se encontraram e se encontram na necessidade de ter relacionamentos de maneira distinta e de questionar a hierarquia na qual diferentes formas de relacionamentos foram e são pressionadas. O cientista político Dennis Altman, por exemplo, escreve em seu livro *The Homosexualization of America* [A homossexualização dos Estados Unidos], publicado há quase quarenta anos, acerca da importância da amizade entre mulheres lésbicas e homens gays**:

> A falta de oportunidades para o casamento e a exclusão do mundo heterossexual das famílias convencionais tornam as amizades ainda mais importantes para pessoas homossexuais. Nos últimos anos, a sociologia tem mostrado algum interesse

---

100 This is Love (2018): "A Private Life". This is Love, Temporada 1, episódio 5. Disponível em: https://thisislovepodcast.com/a-private-life Acesso em 06.fev. 2022. [tradução nossa]

por casais homossexuais, mas tem negligenciado completamente a importância das amizades entre pessoas homossexuais. Ao longo dos anos, muitas pessoas me disseram que dão mais importância a suas amizades do que a pessoas com as quais mantêm relações sexuais [...], de modo que muitas pessoas homossexuais são cercadas por uma ampla rede de amizades que podem oferecer muito mais apoio do que a maioria das famílias nucleares.[101]

Neste contexto, penso em um exemplo contemporâneo desse tipo de formação familiar: na série *Pose*, cujo contexto é a cultura *ballroom* dos anos de 1980 em Nova York, mulheres trans Negras, mulheres trans racializadas e mulheres trans Indígenas estão no centro das narrativas e organizam a convivência de suas famílias. As famílias escolhidas por pessoas *queer* são compostas por indivíduos que, assim como elas, sofreram violência em suas famílias de origem devido à orientação sexual e/ou identidade de gênero. A série fornece um exemplo contundente de que família e amor não precisam seguir as normas sociais que nos foram ensinadas. A ideia que me marcou ao assistir à série é a seguinte: família não é quem somos, mas o que fazemos.

O ponto que quero destacar sobre o casamento não se limita a isso: as normas sociais, que invariavelmente envolvem uma hierarquização e estão ligadas à opressão, são algo que precisamos questionar. Especialmente se queremos construir relacionamentos mais igualitários. Nada do que pensamos, entendemos e praticamos em nossos relacionamentos ocorre em um vácuo. Pelo contrário, nosso ambiente e ideias que não são nossas nos influenciam muito.

---

101 Dennis Altman. *The Homosexualization of America*. Boston: Beacon Press, 1983. p. 189. [tradução nossa]

Para negociar relacionamentos de maneira que funcionem para nós e para torná-los mais igualitários, precisamos de muito mais espaço – voltarei a esse ponto no próximo capítulo.

Nas hierarquias sociais comuns, as amizades – mesmo que muitas durem mais do que os relacionamentos amorosos – ocupam um status relativamente baixo. Kabir Brown, que trabalha com sua parceira Sofia Mojica, principalmente com pessoas em relacionamentos não monogâmicos, descreve essa hierarquia:

> Os relacionamentos românticos são o centro em nossa sociedade, depois talvez venha a família, dependendo da sua relação com éla. As amizades, por algum motivo, têm o status mais baixo. Acho que isso é um reflexo do capitalismo. No contexto capitalista, um relacionamento é composto por duas pessoas que podem tomar decisões com base nas finanças.

Jessica Fern, psicoterapeuta e autora do livro *Polysecure:*[102] *Attachment, Trauma and Consensual Nonmonogamy* [*Polysecure*: Apego, trauma e não-monogamia consensual], explica, com frequência em entrevistas, como navegar relacionamentos não monogâmicos e a importância de termos outras pessoas fora do relacionamento amoroso com quem possamos compartilhar nossas realidades.[103] Quando se trata de refletir criticamente sobre as relações de poder, precisamos de outras perspectivas além da nossa. Por isso, em minha percepção, isso é ainda mais necessário se quisermos questionar a opressão e seus efeitos sobre nossos relacionamentos amorosos. Precisamos de espaços de reflexão fora de nossos relacionamentos amorosos,

---

102 Termo que se refere à segurança interna em relação a si, assim como manter vínculos seguros com múltiplos pares, para navegar a insegurança estrutural da não-monogamia. [N.T]

103 Jessica Fern. *Polysecure: Attachment, Trauma and Consensual Nonmonogamy.* Portland: Thorntree Press, 2020.

onde possamos discutir conflitos, compartilhar alegria, praticar o cuidado, nos relacionar, aprender a nos conectar e receber críticas. Harriet Lerner escreve sobre isso de forma perspicaz em seu livro *The Dance of Intimacy: A Woman's Guide to Courageous Acts of Change in Key Relationships* [Dança da intimidade: Um Guia para mulheres realizarem atos corajosos de mudança em relacionamentos]:

> [S]omente por meio de nossas conexões com outras pessoas podemos realmente conhecer e melhorar nosso eu. E somente quando trabalhamos nosso eu, podemos começar a aprimorar nossas conexões interpessoais.[104]

Relacionar-se com outras pessoas requer prática e esforço, e, assim como aprender sobre e lutar contra os mecanismos de opressão, é um processo contínuo. Nesse processo, os diferentes relacionamentos – incluindo o que temos com nosso próprio eu – estão em constante troca e influenciam-se mutuamente. O que aconteceria se, com base nesse pensamento, não apenas concedêssemos, mutuamente, mais espaço nos relacionamentos, mas também reconhecêssemos as relações com pessoas importantes para nós, além dos julgamentos comuns? Como seria um mundo onde nossos relacionamentos pudessem ser diferentes, mas ainda assim igualmente valiosos? Um mundo onde, como Alok V. Menon deseja, as amizades fossem vistas como um lugar de romance e amor? Onde família não estivesse vinculada ao sangue?

Enxergar nossos relacionamentos como redes, como um ecossistema bem coordenado, fortalece o amor como prática radical

---

104 Harriet Lerner. *The Dance of Intimacy: A Woman's Guide to Courageous Acts of Change in Key Relationships*. New York: Harper Collins, p. 9, 2009.

crítica ao poder. Por um lado, essa perspectiva nos permite compreender o amor além das concepções capitalistas de escassez artificial. Afinal, podemos praticar o amor como uma forma de resistência à opressão em todos os aspectos do nosso cotidiano; o amor não é finito, nem perde valor quanto mais o compartilhamos. Por outro lado – e aqui o primeiro aspecto se funde com o segundo –, essa perspectiva nos permite perceber que nossos relacionamentos se influenciam mutuamente. Disso resulta – retomando o pensamento de Jessica Fern – na ideia de que não precisamos apenas de pessoas ao nosso redor que estejam lá por nós e vice-versa. Precisamos de amizades e laços familiares nos quais possamos vivenciar a liberdade pela qual trabalhamos em nossos relacionamentos amorosos.

... esse cara

Zelin senta e deixa seu corpo deslizar na cadeira ao meu lado.

"E aí?", pergunto com bastante expectativa, "como foi a conversa de vocês?"

Nos abraçamos forte e ela toma um gole da limonada que pedi para ela.

"Esses caras cis brancos "conscientes" realmente me tiram do sério", diz ela, balançando a cabeça e visivelmente irritada "Ele me contou que ele e a namorada têm um relacionamento aberto. Acho que queria me dar a entender que está interessado em mim."

"Amiga!", respondo, "tenho até medo de ouvir o resto da história."

"Espera que o pior está por vir", continua Zelin, "ele fez questão de

mencionar que leu que muitas sociedades pré-coloniais eram não monogâmicas e que a não monogamia é uma prática decolonial."

Rimos em uníssono, como se tivéssemos combinado.

"Emoji de palhaço", digo.

"Exato!", ela concorda.

"Que cara sem noção", digo, ainda rindo.

"Apenas o fato", diz ela, "de que ele acha que pode escolher algo – que convenientemente serve aos interesses pessoais dele – e então afirmar que é decolonial."

"E fazer isso", respondo, "em um mundo que não é mais pré-colonial, mas tão profundamente marcado pela era colonial! Isso é realmente outro nível de uso seletivo de argumentos."

Zelin balança a cabeça em concordância. "Eu disse a ele que sou uma mulher trans em situação de refúgio e racializada, e que não tenho interesse em um relacionamento aberto. Estou é cansada de ser a amante secreta. Quero um relacionamento monogâmico, um que todo mundo saiba. Não sou prazer sigiloso de ninguém. Sou prazer."

Eu concordo. "É tão bonito e importante que você tenha total clareza sobre o que quer. Você não deve aceitar menos."

Ela sorri. "Como vou me curar de outra forma? Enfim, vou entrar e pedir algo para comer. Você quer sopa de macarrão de arroz com um monte de verdura, como sempre?"

"Sim", respondo animada.

Olho ao redor, o cenário é tranquilo: o dia já apresentando sua luz suave e difusa porque está chegando ao fim, as pessoas passeando com bebidas geladas na mão, crianças comprando picolé no mercadinho com as moedas das garrafas retornáveis que coletaram. Do meio dessa onda de calmaria – pôr do sol – Yunus surge. Acena para mim do outro lado da rua. Ele está ao telefone, no meio de uma conversa. Após desligar, caminha despreocupadamente em minha direção, como as outras pessoas ao nosso redor. Ele chega até mim, se inclina e me beija – sem pressa. Um beijo mais longo do que os beijos cotidianos. Seus lábios têm um leve gosto salgado.

"Tô fedendo?", ele pergunta. "Eu fui direto do basquete para o Círculo de Cura e não consegui tomar um banho direito depois do treino."

"Não, está tudo bem, senta aqui", digo, enquanto o observo e mais uma vez sinto a intensidade da minha atração por ele.

"Yunus!" Zelin diz vindo de dentro do restaurante. Eles se abraçam antes de ela se sentar. "Você foi ao Círculo de Cura que mencionou da última vez que nos vimos?", ela pergunta a ele.

"Sim, estou vindo de lá. Foi intenso." Há um breve silêncio enquanto Yunus olha pensativamente para suas próprias mãos. Ele olha para cima e continua: "A atmosfera estava ótima. Sinto como se ainda estivesse brilhando por dentro."

"Parece bom", diz Zelin.

"Como é que esse Círculo funciona?", pergunto.

"Hmm." Ele faz uma pausa e, quase distraído, bebe do meu copo com meu canudo. "Primeiro fizemos uma meditação para nos conectarmos ao espaço. Depois, cada pessoa compartilhou no grupo algo sobre si. Foi uma experiência massa porque o ambiente estava muito calmo, as coisas típicas de homens não surgiram. Acho que todos levamos o espaço muito a sério."

"Os encontros são regulares?", Zelin pergunta.

"Sim", ele responde, e eu pergunto logo em seguida:

"Você vai voltar lá?" pergunto.

"Com certeza. Foi libertador, e as histórias que os outros compartilharam me tocaram muito. Eu realmente tive que me conter."

Eu não contenho o meu sorriso e digo: "Lembra quando estávamos no cinema, a tela ainda estava preta..."

"... só a trilha sonora do filme estava tocando," ele completa.

"E nós dois já começamos a chorar de emoção," digo.

"Vocês dois, hein!?" Zelin ri.

Olho rapidamente nos olhos de Yunus com um olhar cúmplice. "Eu gosto de você," digo, beijando seu ombro.

Mais amor e mais espaço

O que eu não mencionei em meus exemplos no início do terceiro capítulo – onde escrevo sobre desejo e sobre como nossa sociedade é tão segregada pela discriminação que simplesmente nunca encontraremos determinadas pessoas – é que meu círculo de amizades é, na verdade, relativamente diverso. Bem, talvez em termos de classismo e capacitismo, isso pode não ser tão verdade assim, mas, em relação ao racismo, cis- e heterossexismo, é. Algumas das pessoas mais importantes na minha vida, aquelas que eu chamo quando estou enfrentando um conflito de relacionamento, sentindo muita frustração em relação ao meu trabalho, e com quem compartilho ideias novas e alegrias cotidianas, são como eu: Negras, não-binárias ou trans, pan- ou homossexuais.

Isso não é nenhum acaso: meu círculo de amizades é assim porque eu quero ter em minha vida pessoas que compartilhem algumas de minhas experiências e/ou valores – e a crítica ao poder é uma parte essencial disso. Meu círculo de amizades não é apenas uma válvula de escape, pois minhas amizades me confortam e me dão força quando enfrento discriminação em contextos cotidianos, e também contribuem significativamente para meus relacionamentos amorosos. Pois – e quero destacar bem essa perspectiva aqui – todas as nossas relações são treinos para todas as nossas demais relações. De certa forma, as muitas e diferentes relações em nossas vidas têm o potencial de se equilibrar mutuamente, porque, nessa perspectiva, nossos pares não precisam ser nosso tudo. O equilíbrio pode ocorrer, por exemplo, quando compartilhamos um interesse específico com uma pessoa com quem sentimos uma forte conexão. Ou ainda – e é nisso que quero focar – quando praticamos com diferentes pessoas habilidades relevantes para os relacionamentos, como regular nossas emoções moldadas pela socialização, quando nos comportamos de maneira carinhosa com elas e recebemos cuidados de volta. Dwight Turner exemplifica isso em relação ao seu próprio círculo de amizades:

> Eu, por exemplo, faço minha própria terapia, que me ajuda a falar não apenas sobre questões psicológicas, mas também, às vezes, sobre as diferentes posições sociais que minha parceira e eu ocupamos quando se trata de racismo. Esta situação representa um desafio em nosso relacionamento, e na terapia eu posso expressar isso. E tenho a sorte de ter amizades muito abertas que me dizem quando estou fazendo besteira. Acho que todo mundo precisa de uma certa honestidade. Principalmente quando ela provém de uma postura amorosa: minhas amizades não querem que eu caia, querem me apoiar. Portanto, faremos tudo o que pudermos para nos ajudar mutuamente.

Não estou dizendo — e é importante elucidar isso — de forma alguma, que devemos descarregar todas as nossas emoções em nossas amizades para alcançarmos mais harmonia nos nossos relacionamentos amorosos. O que quero é questionar tanto a hierarquização dentro de nossos relacionamentos quanto a maneira como, com base em determinados fundamentos — isto é, nos mitos patriarcais e capitalistas — vivemos nossas relações. É isso que eu quis dizer anteriormente com "ecossistema": em certo sentido, nossos relacionamentos estão interconectados e são interdependentes, pois podemos nos testar neles.

O psicólogo Dwight Turner também atribui importância às diversas formas de relacionamento a partir de uma perspectiva crítica ao poder:

> Sabe aquela expressão que todo mundo usa, que diz que é preciso uma aldeia para criar uma criança? Então... Acho que isso também se aplica aos relacionamentos: é necessária uma comunidade para realmente apoiar o relacionamento. Um espaço onde podemos falar sobre os problemas que surgem com frequência e que resultam da desigualdade, do racismo, de nossas identidades de gênero ou orientação sexual? Quanto mais somos capazes de lidar com nossas próprias experiências como *outsiders*, como pessoas marginalizadas, ao lidar com o racismo, com a família e com amizades, mais isso contribui para curar as feridas pessoais e coletivas que existem em nós individual e coletivamente. Quanto mais fizermos isso, melhor será para nossas amizades e família. E melhor ainda será para nossas comunidades — o que não significa que seja fácil. Muito disso é extremamente doloroso. Mas não é impossível.

Assim como Turner, olho para esse ecossistema de relacionamentos de uma perspectiva que busca desmantelar e, por fim, superar as diversas formas de opressão. E não estamos sós: pesquisas na área da psicologia também investigam amizades e experiências de opressão e o que se destaca com frequência é o efeito curativo das amizades sobre pessoas que investem nessas relações.[105] Também nesse contexto, a cura das feridas causadas pela marginalização e a cura da desumanização – que, em última instância, atinge todo mundo, dado o atual contexto e relações de poder – se influenciam mutuamente tanto individual quanto coletivamente. Apenas a partir dessa constatação, sabe-se que há um intercâmbio constante, embora indireto, um fluxo entre os diferentes relacionamentos que temos em nossa vida.

Deixe-me dar um exemplo do que estou afirmando: quando penso em amizade, penso em uma amiga que me acompanha há metade da minha vida e com quem certamente tive mais conflitos do que com a maioria das minhas amizades. Com ela, aprendi a reparar nossa relação após um conflito, a comunicar limites de forma clara e serena, e, ao mesmo tempo, a manter nossa conexão.

Com ela, também passei pelas diferentes fases da minha existência Negra – ela também é Negra. Vivemos e refletimos juntas muitos momentos de autoconhecimento. O que me interessa aqui é compartilhar que nosso aprendizado sobre discriminação, assim como nosso aprendizado sobre conexão, não ocorre de modo isolado. Pelo contrário, para ambos, precisamos de comparação, troca e de perspectivas alheias. A relevância disso em relação à exclusão que o racismo cria também é apontada pela psiquiatra e psicoterapeuta Amma Yeboah:

---

105 Comparar, por exemplo, Lillian Comas-Diaz e Marcella Bakur Weiner. "Sisters of the Heart: How Women's Friendships Heal". In: *Women & Therapy*, Vol. 36. 2013.

> A experiência de se reconhecer e ser reconhecida como pessoa – como seres humanos –, é uma necessidade absoluta para a vida. Portanto, para pessoas Negras e racializadas (PoC), espaços protegidos são absolutamente necessários, pois neles a rejeição vivida em sociedades *brancas* pode ser expressa por meio de relatos acerca de realidades vividas entre pessoas empáticas e compreensivas, assim como através da troca de experiências em grupo. Esses espaços proporcionam uma ancoragem social e evitam que essa rejeição seja interpretada como um déficit individual. Esses espaços podem ser fontes de vitalidade [...]. Além disso, a solidariedade que surge daí também possui um enorme potencial de força para superar efeitos destrutivos da discriminação racista.[106]

Este aspecto se torna particularmente importante quando pensamos em dinâmicas da opressão, pois, a visão que temos de nós é tão marcada pela perspectiva social, que precisamos de pessoas que nos reconheçam para além de tal perspectiva e nos amem. Isso se conecta à citação de Stan Tatkin mencionada anteriormente, na qual ele questiona, a partir de uma perspectiva neurobiológica, se, de fato, somos capazes de desenvolver autoamor sem antes receber amor de outra pessoa.

Nossos ecossistemas, redes, amizades – como quer que queiramos chamá-los – são, portanto, uma parte essencial e indispensável do nosso trabalho interior e do nosso trabalho relacional. São também um aspecto importante do amor como prática radical crítica ao poder. Eles não são – como muitas vezes é alegado de maneira negativa – câmaras de eco onde só ouvimos o que queremos. No

---

106 Amma Yeboah. "Rassismus und psychische Gesundheit in Deutschland". In: *Rassismuskritik und Widerstandsformen*. Wiesbaden: Springer, p. 157.

contexto de uma prática que visa combater a opressão, esses são espaços de reflexão que tanto precisamos, quanto são bem pouco desejados socialmente. Amizades como ecossistemas são os âmbitos onde realizamos toda a reflexão que quero estimular com minhas perguntas – mesmo sem perceber.* Elas são importantes. Não apenas para as partes desfavorecidas de nós, mas também para aquelas que nos conferem vantagens na sociedade.

Durante nossa entrevista, Mitu, que trabalha com terapia corporal e facilita Círculos de Cura** para homens, especificamente para homens Negros, Indígenas e/ou racializados, reflete sobre o significado da autorreflexão acerca de sua masculinidade e negridade [*Schwarz-Sein*] em todos os relacionamentos de sua vida:

> Desde que comecei a tratar das minhas próprias feridas, tenho tido um acesso muito mais profundo a mim: sinto muito mais conexão com a terra, mais segurança em meu ser, e isso reflete em todos os relacionamentos que estabeleço – sejam eles românticos ou profissionais. No lado romântico, há menos inquietação, porque não estou mais lutando com questões de pertencimento e identidade. Quanto mais essas feridas cicatrizam, a construção de relacionamentos sustentáveis se torna mais possível.

O que Mitu descreve é o ponto que mencionei, relacionado à nossa socialização e emoções: precisamos curar todas as partes de nós que estão ligadas à opressão – marginalização e privilégios. E esse processo de cura, em relação à opressão, é – eu diria, neces-

---

* Muitas das perguntas para reflexão dos capítulos anteriores também funcionam se pensarmos nelas em relação a nossas amizades.

** "Healing Circle", ou "Círculo de Cura", é entendido como um espaço protegido onde as pessoas podem se encontrar e se comunicar livremente, sem julgamento ou condenação. Dependendo da orientação, diferentes técnicas como meditação ou exercícios de respiração podem ser integradas.

sariamente – um processo coletivo. É um processo que acontece em conexão com outras pessoas e que, por meio de intercâmbios, pode criar uma conexão conosco que nos toca além das normas de gênero, heteronormativas, capacitistas e racistas, bem como uma conexão com outras pessoas. Amizades, nas quais as normas sociais são questionadas e refletidas em conjunto – independentemente de nossas posições sociais – são indispensáveis para todo o trabalho que desejo incentivar neste livro. Com esses encontros com amizades, que nos permitem reconhecer reciprocamente e nos encontrar de maneira mais autêntica, podemos praticar o que é fundamental tanto para o amor – como concebido aqui no livro – quanto para a crítica à discriminação: a persistência no trabalho que não é esperado nem atribuído a uma única pessoa.

Amizades, como as concebo aqui, são práticas solidárias vividas, são resistência, principalmente quando as libertamos das hierarquias socialmente construídas e lhes atribuímos maior importância do que a sociedade o faz. Elas são um convite à autopercepção, à exploração de nossos desejos e necessidades, um convite para transformar nosso trabalho interior em ações práticas – quando se trata de crítica ao poder – e para nos comunicar com amor, bem como para receber *feedback* amoroso.

Como nos capítulos anteriores, reuni algumas perguntas que tratam deste ponto. Elas foram pensadas para oferecer a você a oportunidade de fazer uma pausa e refletir sobre si em relação aos temas abordados neste capítulo. Você pode responder a essas perguntas independentemente da sua posição social.

Perguntas para reflexão

- Quais espaços de autorreflexão você utiliza? Como esses espaços te ajudam a entrar em contato consigo e, assim, a criar e experimentar mais conexão em seus relacionamentos?

- Como a hierarquização social entre amizades e relacionamentos amorosos afeta você? Quais são as consequências dessa hierarquia em seus diferentes relacionamentos?

- Quais são os impactos do tipo de socialização com a qual você cresceu e navega no mundo em suas amizades? Como suas expectativas se conectam aos mecanismos de opressão em relação às amizades – por exemplo: o que você espera de quem?

- Na troca com outras pessoas, o que você aprendeu que te ajudou a questionar sua socialização? O que, na sua opinião, outras pessoas podem ter aprendido sobre si mesmas na troca com você em relação à socialização delas?

- Quais comportamentos, que foram úteis para você em relacionamentos em geral, você aprendeu em amizades? Quais momentos de "Aha!" você teve por meio de amizades?

Trabalho

Como queremos amar

Como devemos amar – como ilustrado em várias partes deste livro – é quase minuciosamente planejado em uma sociedade na qual nos movemos sobretudo entre atribuições e normas: devemos encontrar a "pessoa certa", com quem supostamente todas as nossas dificuldades desapareceriam, com quem o amor não é trabalho, porque nos pertencemos mutuamente e somos seres tão parecidos que "queremos as mesmas coisas". Nos juntamos, casamos, temos crianças e vivemos felizes até que a morte nos separe. Enfim, o espetáculo da família nuclear hetero e cisnormativa, que, ao mesmo tempo, é *branca*, burguesa e sem (d)eficiência.

Depois de todas as comédias românticas que assisti desde bem jovem e que tentaram me atrair com o mesmo conto de fadas, mas com protagonistas diferentes, – às vezes na praia, às vezes, na cidade grande – sei que se livrar dessas narrativas sociais não é fácil. É difícil porque muitas dessas ideias se enraizaram tão profundamente em nós que parece quase impossível distinguir entre nossa própria atitude e um enredo internalizado. Por isso, é necessário que, assim como devemos nos apropriar do termo "amor", criando nossa própria definição para ele, também nos apropriemos de nossas relações amorosas desde a estaca zero. Pois muito do que fazemos se baseia de modo inconsciente em ideias externas e padrões sociais que, às vezes, se correlacionam mais, às vezes menos com o que realmente desejamos em relacionamentos. Andie Nordgren, que escreveu um manifesto sobre Anarquia Relacional*[107] – voltarei a isso em breve – menciona a comunicação como uma das principais maneiras de se libertar dessas narrativas sociais.

> Para a maioria das atividades humanas, existe uma espécie de norma sobre como devem funcionar. Se quisermos nos desviar desse padrão, precisamos comunicar. Caso contrário, as coisas tendem a simplesmente seguir a norma, pois outras pessoas também se comportam conforme a norma. Comunicação e ações conjuntas para a mudança são o único caminho para escapar de normas. Relações radicais precisam colocar a conversa e a comunicação no centro – não como um estado de exceção, que só é utilizado para resolver 'problemas.'[108]

O esforço necessário, que já nos acompanha ao longo de todo o livro, é tão relevante nesta quanto nas outras situações. Afinal, faz pouco sentido perceber que os modos como expressamos nossas emoções e desejos são orientados por mecanismos de discriminação, caso não mudemos o contexto em que isso ocorre, ou seja, nossas próprias relações. Para mim, é lógico que também precisamos mudar nossas relações. Pois se queremos repensar o cuidado e viver além da nossa socialização, então precisamos de um espaço diferente, que ofereça lugar para esses padrões em transformação.

Enfrentar a discriminação nos relacionamentos significa questionar os próprios relacionamentos. Nosso trabalho, portanto, não se

---

107 Wikipedia (2022): "Beziehungsanarchie". Disponível em: https://de.wikipedia.org/wiki/Beziehungsanarchie. Acesso em 06 jun. 2022. ["Anarquia relacional". Disponível em: https://pt.wikipedia.org/wiki/Anarquia_relacional. Acesso em 14 ago. 2024]

108 Andie Nordgren. "The short instructional manifesto for relationship anarchy: Change through communication", 2006. Disponível em: https://theanarchistlibrary.org/library/andie-nordgren-theshort-instructional-manifesto-for-relationship-anarchy. Acesso em 06 de jun. 2022 [tradução nossa]

limita a um trabalho interno pessoal, mas pressupõe o trabalho conjunto. Esse aspecto reforça o que expressei no capítulo sobre a como nossa experiência emocional está entrelaçada nos sistemas de opressão: o processo de cura dessas estruturas, que estão dentro de nós e agem sobre nós, impactando drasticamente nossas relações amorosas, não precisa ser solitário. Pelo contrário, precisamos construir relações de "coparticipação", especialmente quando nos acostumamos, em cada célula de nosso ser, com relações de "dominação" e, muitas vezes, trabalhamos inconscientemente para a manutenção da última. O piloto automático normativo, que nos faz repetir padrões opressivos já conhecidos, deve ser interrompido no processo de negociação e na criação de nossos relacionamentos. E, como descreve Esther Perel, precisamos de novos votos de amor, que reconheçam que não estamos sós nesse processo desordenado e imperfeito:

> Vimos em filmes e talvez até na vida real votos de casamento pouco práticos: você é meu tudo; eu sempre te amarei com todo o meu ser; nunca te machucarei. Após trinta anos no meu consultório de terapia (e quarenta anos no meu casamento), posso dizer que uma promessa de casamento mais realista seria: cometerei erros regularmente, mas prometo continuar tentando e aprendendo, para que possamos crescer conjuntamente ao longo do tempo.
>
> Essa é a mentalidade que nos ajuda a enfrentar os altos e baixos em nossos relacionamentos. Nesse sentido, o amor é como a lua. Tem eclipses momentâneos, nos quais desaparece e não podemos vê-lo. E pode nos surpreender quando ressurge de uma nova maneira.[109]

---

109 Esther Perel. Postagem de 7. dez. 2021. Disponível em: www.instagram.com/p/CXMqBl0PqY2/ Acesso em 06 de jun. 2022 [tradução nossa]

Amar de modo (*mais*) anárquico

"Planejar pode parecer trivial, mas
na realidade implica intenção, e
intenção transmite valor."[110]
– Esther Perel

Não tenho nenhuma emoção muito profunda quando o assunto é relações monogâmicas ou não monogâmicas, se uma é "melhor" que a outra, ou se uma oferece mais oportunidades para interromper o status quo que a outra. Isso se deve simplesmente ao fato de que não me convenci de que uma forma particular de conduzir relacionamentos seja mais adequada do que a outra no tocante à promoção de mais liberdade e reciprocidade. Fundamentalmente – e disso sim me convenci, estou – podemos tanto manter quanto interromper a opressão em relacionamentos não monogâmicos e monogâmicos por meio de nossas ações.

Acho argumentos biológicos pouco interessantes e nada úteis. Afinal, no que diz respeito ao nosso cotidiano, o que ainda pode ser atribuído à "natureza humana"? É o capitalismo que nos obriga a trabalhar sob condições absurdas? Seriam as concepções binárias de gênero criações humanas? Ou é o microplástico, que, por estar presente em toda parte, agora pode até ser detectado no sangue humano?[111]

O que acho bastante interessante em meus estudos sobre relacionamentos não monogâmicos, especialmente no contexto deste

---

110 Esther Perel. *Mating in Captivity: Unlocking Erotic Intelligence*. New York: HarperCollins, p. 142. 2007. [tradução nossa]

111 Annette Rößler. "Mikroplastik gelangt auch ins Blut". In: *Pharmazeutische Zeitung*. 2022. Disponível em: www.pharmazeutische-zeitung.de/mikroplastik-gelangt-auch-ins-blut-132314/ Acesso em 06 jun. 2022.

livro, é um campo específico conhecido como "anarquia relacional". Embora não seja um consenso quem cunhou o termo, sua popularização é frequentemente atribuída à Andie Nordgren, que publicou um manifesto de oito pontos sobre o assunto em seu blog em 2006.[112] Na verdade, a anarquia relacional, embora geralmente associada a relacionamentos abertos, não se limita necessariamente a relações não monogâmicas. Em vez disso, ela aplica princípios anarquistas, como autonomia, estruturas anti-hierárquicas e anti-normativas, comunidade e ausência de controle estatal aos relacionamentos. Assim, a anarquia relacional, semelhante ao amor como prática contra a opressão, pode ser aplicada a todas as formas de relacionamento. Além disso, a anarquia relacional permite que tenhamos uma visão dinâmica sobre os relacionamentos e suas transformações. O pensamento central da anarquia relacional é que as pessoas em relacionamentos amorosos não devem estar sujeitas a regras às quais não consentiram.

Caso você esteja pensando que a intenção desta parte do livro é convencer pessoas que foram monogâmicas até o momento a abrir seus relacionamentos, posso garantir: você se engana. A minha intenção é expandir o conceito de ecossistema – mesmo que marginalmente – para este contexto. Mas, acima de tudo, quero refletir sobre como podemos promover mais reciprocidade e liberdade em nossos relacionamentos amorosos e, assim, libertar essas relações dos constrangimentos dos discursos sociais. Kabir Brown e sua parceira Sofia Mojica, em nossa conversa, descrevem que alguns dos aspectos centrais dos relacionamentos não monogâmicos podem ser aplicados também aos relacionamentos monogâmicos.

---

112 Andie Nordgren. The short instructional manifesto for relationship anarchy. 2006. Disponível em: https://theanarchistlibrary.org/library/andie-nordgren-the-short-instructional-manifestofor-relationship-anarchy Acesso em 06 jun. 2022 [tradução nossa]

Acho que o que todo mundo pode aprender com a não-monogamia é intencionalidade. Interromper o piloto automático que dita como nossos relacionamentos amorosos devem ser. Sofia e eu falamos muito sobre fazer check-ins regulares entre nós, nos informar, comunicar e manter a curiosidade sobre o que a outra pessoa deseja, sem presumir que já sabemos. Mesmo na monogamia, podemos praticar a ideia central da anarquia relacional. Você poderia, por exemplo, dizer: "Sou sexualmente monogâmico com meu par, mas amo minhas amizades de coração e as considero parcerias de vida." A anarquia relacional pode ser vivida em qualquer paradigma de relacionamento.

Sofia Mojica acrescenta: "Penso que relacionamentos íntimos são um lugar apropriado para praticar a intencionalidade e transferir essa intencionalidade para outras áreas da vida, tornando-nos mais conscientes, diligentes e aumentando nosso foco."

Há muitas anedotas da minha vida que estão relacionadas ao desejo de definir de maneira mais profunda e contundente os relacionamentos. Uma delas envolve uma amiga da escola, com quem conversei durante uma aula de educação física – estávamos correndo em círculos na quadra ao som de alguma música da década de 1980 que nossa professora provavelmente adorava – e eu disse que estive pensando sobre nossa amizade e que a considerava minha melhor amiga. Ela respondeu que, obviamente, não tinha pensado tanto sobre isso quanto eu, mas que, ao considerar melhor, eu também era uma de suas amigas mais próximas.

O que também penso é que, desde a adolescência, sempre tive interesse em nomear o status dos meus relacionamentos. Às vezes, me sentia mais, outras vezes, menos confortável, para enunciar o status da relação e para então ouvir a perspectiva da outra pessoa. Naquela época, assim como hoje, não se tratava necessariamente de esculpir um status em pedra, mas principalmente de estabelecer as condições e, assim, a base de um relacionamento. A reação mais comum que eu recebia – especialmente de homens cis-héteros – era uma mistura questionável de uma risada condescendente e frases do tipo "Deixa fluir" ou "Isso é algo que a gente vai sentir."

Na realidade, isso não é algo que "se sente". Pelo menos posso dizer por mim que não tenho vontade de iniciar um relacionamento com alguém, seja quem for, enquanto não tivermos conversado e trocado ideias sobre as condições de nosso relacionamento amoroso. Estou ciente de que, na prática, isso pode ser menos rígido, e que as transições podem ser mais fluidas do que eu descrevo aqui – inclusive para mim. Mas esse não é o ponto. Meu ponto é que, para mim, é importante decidir de forma consciente e intencional com quem e sob quais condições eu entro em um relacionamento. Não apenas porque tenho certeza que desejo viver relacionamentos além dos roteiros sociais atribuídos a mim, mas também porque todas as pessoas são diferentes e duas ou mais podem ter ideias distintas sobre como gostariam que fosse um relacionamento em que desejam estar. Portanto, parece sensato que verifiquemos e negociemos conjuntamente qual é o espaço comum onde nos encontramos e como podemos configurá-lo. Isso implica abandonar a ideia de que sabemos de antemão como um relacionamento amoroso deve ser – um modelo único não se adapta a todos os casos. Também pressupõe que reflitamos sobre nós – um processo que nunca acaba – sobre que tipo de relacionamentos amorosos queremos ter. E isso inclui o interesse sincero em descobrir – ao contrário do que os resultados da pesquisa sobre namoro online refletem no terceiro capítulo – que tipo de relacionamento nosso parceiro deseja e se esse desejo é compatível com as nossas ideias. Por exemplo, a consultora holística Mona ElOmari vê sua missão em ajudar pessoas a negociar em seus relacionamentos:

> Em relações violentas, o poder está em todos os lugares. Experiências concretas de opressão e violência nos relacionamentos não são premissas. Pode se tratar do próprio formato do relacionamento ou da política do desejo. Atualmente, estou trabalhando principalmente com casais politizados que chegam à terapia com vários processos acumulados. Esses casais identificam estruturas de poder em relação ao seu par e às dinâmicas resultantes de forma concreta. Minha tarefa é apoiar as pessoas a construir relacionamentos mais conscientes e intencionais.

Descobrir tudo isso sobre nós e sobre outras pessoas é um trabalho que nos permite escapar das narrativas comuns sobre como relacionamentos amorosos deveriam ser – casar, comprar casa, plantar árvore, ter crianças – provavelmente nos poupando delas. Digo "provavelmente" porque não tenho certeza de que este processo, de fato, nos livre de tais narrativas. Em vez disso, o trabalho surge quando definimos individualmente aspectos do relacionamento, como "fidelidade" ou "traição", e não conversamos sobre tais definições. Isso leva à frustração de expectativas, que, muitas vezes, nem são nossas, mas que correspondem às normas sociais.

A pergunta central que faço neste capítulo é bastante simples e fundamental: como você gostaria de amar?

Faça um inventário

> Amar é um verbo de ação, por isso
> precisa de prática (de prática e de mais prática)[113]
> – Esther Perel

Se, neste ponto, já estamos discutindo definições pragmáticas de amor e o entendemos como uma prática contra a opressão, então podemos dar um passo adiante. Imagine que seu relacionamento seja uma organização. Esta organização é fundada por várias pessoas que precisam concordar sobre qual é o objetivo e os valores compartilhados da organização. A longo prazo, é necessário estabelecer um modelo que seja vivido e apoiado por todas as partes envolvidas, além do estabelecimento de marcos comuns para a realização das pessoas integrantes. É importante para vocês que as pessoas que fazem parte da organização estejam protegidas contra a discriminação, portanto, esse aspecto é considerado em tudo o que fazem. Por exemplo, vocês mantêm em mente que nem todas as pessoas fundadoras compartilham do mesmo ponto de partida e que isso se manifesta de diferentes modos e representa desafios distintos. Vocês estabelecem e seguem diretrizes para lidar com a discriminação.

Com este exemplo, quero enfatizar o seguinte ponto – que também aparece em outros momentos: relacionamentos autodeterminados precisam ser construídos por nós. Eles não acontecem simplesmente. Especialmente porque é muito fácil seguir roteiros sociais costumeiros. Contudo, em uma sociedade discriminatória, não é

---

113 Esther Perel. Postagem de 7 dez. 2021. Disponível em: www.instagram.com/p/CXMqBl0PqY2/. Acesso em 06 jun.2022. [tradução nossa]

possível amar de forma justa sem esforço. Amor igualitário é algo em que precisamos trabalhar. Gerenciar relacionamentos de maneira que se ajustem às pessoas que fazem parte deles é um processo contínuo de negociação que requer responsabilidade e comprometimento em conhecer e comunicar nossos próprios desejos e necessidades, bem como alinhá-los com os da outra pessoa no relacionamento. Então, antes que tudo desmorone diante de nós por consequência de nossas ações, por que não trabalhar intencionalmente como se fossemos manter uma organização funcionando?

Para refletir sobre a pergunta que este capítulo levanta, preparei algo para você. Você já deve imaginar o que é: mais autorreflexão. Vamos examinar três níveis: o primeiro é um quadro no qual você pode imaginar um relacionamento amoroso. O segundo são os valores que parecem importantes para você em um 'nós'. E o terceiro é a avaliação inicial de sempre. Assim como nas perguntas para reflexão nos capítulos anteriores, você pode fazer esses exercícios só, com seu par ou com amizades.

1. Smörgåsbord da Anarquia Relacional:*

*Smörgåsbord*** é uma ferramenta que pode nos auxiliar a estabelecer, em conversa com outra pessoa, o quadro comum de um relacionamento. Ao mesmo tempo, podemos usá-la individualmente como base para refletir sobre que tipo de relacionamento amoroso podemos imaginar.* A *smörgåsbord* da anarquia relacional nos ajuda a pensar além das atribuições e hierarquias sociais, considerando as formas de relacionamento nas quais nos sentimos confortáveis e com quem. O foco está na consensualidade e nas decisões autônomas.

Procedimento para pessoas em relacionamentos: Primeiro, cada pessoa examinará os diferentes aspectos individualmente, e depois escolherá os que parecem adequados para o relacionamento.

Em seguida, o casal discutirá esses diferentes aspectos e alinhará o entendimento sobre o que cada um significa para o casal. Se desejar ir mais além, o casal pode distinguir os diferentes aspectos usando cores diferentes para as seguintes respostas: quero; seria bom; talvez; não. Também é importante que o casal se comunique sobre cada aspecto.

Procedimento para indivíduos: Examine os diferentes aspectos e considere quais deles são relevantes para você em relacionamentos amorosos. Você pode distinguir os numerosos aspectos usando cores diferentes: quero; seria bom; talvez; não. Mesmo que você não esteja atualmente em um relacionamento, você pode discutir isso com suas amizades.

Romântico - Sentir saudade - Expressar sentimentos	Amizade - Hobbies / interesses em comum - Troca - Comunidade
Fisicalidade - Dança - Contato físico - Massagem	Companhias de vida - Compartilhar objetivos de vida - Crescer junto - Envelhecer junto
Toque - Abraços - Carinho - Dar as mãos	Amor - Como descrito no primeiro capítulo do livro

Intimidade Emocional - **Ser vulnerável** - **Compartilhar sentimentos**	**Apoio emocional** - **Escutar** - **Solucionar problemas**
Fetiche (*Kink*) - ***Bondage***[114] - **Submissão** - **Jogo de poder**	**Sexual** - **Beijar** - **Amassos / Carícias** - **Oral / Manual / Com genitais**
Doméstico - **Morar junto** - **Cozinhar junto** - **Dividir as tarefas domésticas**	**Legalmente** - **Adoção** - **Casamento** - **Parceria civil**

Cuidado - **Cuidado mútuo** - **Cuidar durante doenças** - **Apoio na velhice**	**Cuidado compartilhado** - **Animais de estimação** - **Plantas** - **Crianças** - **Família**
Parceria social • **Eventos** • **nas redes sociais** • **na família e Círculo de amigos**	**Financeiramente** • **dinheiro compartilhado** • **contas conjuntas** • **propriedade comum**
Colaborativo • **Organização compartilhada** • **projetos compartilhados**	**Negócios** • **trabalhar junto** • **fundar junto** • **responsabilidade compartilhada**

---

114 Prática BDSM (Bondage, Disciplina, Sadismo, Masoquismo) que consiste em prender, amarrar e/ou restringir consensualmente alguém para fins estéticos, eróticos e/ou sensoriais. A pessoa pode ser fisicamente restringida de várias maneiras, incluindo com o uso de cordas, algemas, vendas, coleiras, fita adesiva, mordaça, corrente, etc. [N.T]

Espiritual	Criativo
• Rituais/orações compartilhadas • Magia • Astrologia	• Dança • Teatro • Arte • Literatura • Trabalhos manuais
Descrições/Rótulos	Comunicação
• Namorade • Parceire • Quando/como tais adjetivos são usados	• Diária • Semanal • Mensal
Encontrar	
• diariamente • semanalmente • mensalmente	

2. Nós – Valores compartilhados

Emilia Roig reflete em seu livro *Why We Matter: Das Ende der Unterdrückung* [Por que importamos: o fim da opressão] sobre a impossibilidade de alcançar a igualdade apenas em um relacionamento amoroso:

> Combater o patriarcado dentro de casa é uma das empreitadas mais difíceis que já assumi. Falhei miseravelmente, em parte porque o patriarcado não pode ser desmantelado por uma pessoa só; a tarefa exige determinação de ambas as pessoas envolvidas na relação. Além disso, trata-se de desmascarar e mudar padrões de pensamento inconscientes e ações instintivas.[115]

---

115 Emilia Roig. *Why We Matter: Das Ende der Unterdrückung*. München: Aufbau Verlag, 2021, p. 45.

Também faço referência, em várias partes deste livro, ao fato de que para se alcançar igualdade nos relacionamentos amorosos é necessária força de vontade de todas as partes envolvidas. Assim, o esforço contra as várias formas pérfidas pelas quais a opressão se infiltra em nossos relacionamentos amorosos se torna uma tarefa conjunta, muito embora imbuída de desafios e áreas de responsabilidades distintas. Essa é, portanto, uma tarefa que requer não apenas um entendimento compartilhado acerca da discriminação, mas também um consenso de que é necessário lutar conjuntamente contra ela, pois a discriminação afeta uma ampla gama de contextos interligados.

A seguir – para começar – compartilho algumas questões para reflexão que, ao contrário de um cardápio variado, focam menos no quadro fundamental do relacionamento e mais no *Como* estar junto. Sinta-se à vontade para adicionar aspectos que sejam importantes para você.

- De que maneira(s) vivemos mutuamente o amor como prática crítica em relação ao poder? Como podemos, nessa prática, considerar as diferentes formas que a opressão nos afeta?
- Quais decisões tomamos em conjunto? Como podemos considerar as diferentes formas que a opressão nos afeta?
- Como tomamos decisões importantes? Como podemos considerar as diferentes formas de impacto da opressão?
- Como lidamos com obrigações compartilhadas? Como podemos considerar as diferentes formas que a opressão nos afeta?

- Como dividimos tarefas comuns? Como podemos considerar as diferentes formas que a opressão nos afeta?
- O que é prioridade para nós – por exemplo, autonomia, relacionamento, trabalho? Como podemos considerar as diferentes formas que a opressão nos afeta?
- Como lidamos com pessoas, por exemplo, familiares, amizades, que se comportam de maneira discriminatória? Como podemos considerar as diferentes formas que a opressão nos afeta?

3. Avaliação de rotina:

Tão importante quanto estabelecer um quadro comum para nossos relacionamentos amorosos, que se baseie em nossos desejos e necessidades, e não nas concepções sociais sobre eles, é cuidarmos com afinco dessas relações. Precisamos observar em quais situações agimos contra nosso próprio interesse em uma relação amorosa que se pretende crítica em relação ao poder, e em quais contextos dentro dessa relação estão sendo reproduzidos padrões, cujas bases estão ancoradas em estruturas discriminatórias – como atribuir principalmente às mulheres, pessoas socializadas como mulheres e/ou *femmes*[116] trabalhos de cuidado, por exemplo. Isso pode incluir atividades cotidianas como cuidar da casa, participar de celebrações familiares, ter acesso ao trabalho remunerado ou enfrentar situações discriminatórias, tanto dentro quanto fora do relacionamento. É crucial que esse momento de avaliação aconteça regularmente,

---

116 Sobre o termo *femme(s)*, verificar nota XX [N.T.]

independentemente da presença de conflitos atuais que precisem ser abordados.

Agendem um horário: Escolham um momento em que possam conversar sem interrupções.

Pauta da conversa: Dediquem alguns minutos para decidir sobre quais pontos querem discutir. Não é necessário focar nas coisas que não estão indo bem, aspectos que melhoraram desde a última conversa podem ser um bom ponto de partida. Cheguem a um acordo sobre os temas a serem abordados. Reservem alguns minutos para refletir sobre como foram os últimos dias, semanas ou meses, em relação a esses temas e façam anotações sobre o que acharem importante.

Próximos passos: Se identificarem desafios comuns, considerem possíveis próximos passos e objetivos. Quanto mais precisos e realistas forem, melhor. Anotem esses pontos para facilitar a abordagem deles no próximo encontro, juntamente com os novos temas que desejam discutir.

Novo agendamento: Revisem suas agendas e marquem um novo encontro. Lembrem-se que o objetivo é tornar o diálogo constante, integrando-o ao relacionamento de forma regular, independente de conflitos. A discussão crítica sobre opressão deve ser uma parte essencial dessa prática.

Divirtam-se: Conversas sobre relacionamento, as famosas DRs, são tão importantes quanto curtir e se divertir. Façam algo que crie e/ou fortaleça a conexão: saiam para tomar sorvete, caminhem lado a lado, joguem pingue-pongue – o que quer que lhes traga alegria.

O fim é parte da história

No Ocidente, dedicamos relativamente bastante tempo aos começos dos relacionamentos amorosos. E eu entendo – pelo menos em parte – porque aprecio os inícios do amor: aquela sensação de dormência inicial e todas as perguntas que ainda estão sem resposta... O que escrevi no capítulo sobre amor também se aplica aos términos: existem inúmeras narrativas sociais que influenciam o modo como entendemos o amor e as separações. Uma delas diz o seguinte: as separações são dramáticas e dolorosas, e todas nossas amizades precisam escolher um lado. No entanto, uma história de amor – como todas as histórias – tem um começo e um fim. Nem sempre somos capazes, em um relacionamento, de transitar conjuntamente de uma fase para a outra. Além disso, uma separação pode marcar um crescimento pessoal e estar associada à percepção de que, a longo prazo, conflitos persistentes e duradouros sobre a distribuição injusta do trabalho de cuidado podem não funcionar para nós. Stan Tatkin escreve sobre isso em seu livro *We Do: Saying Yes to a Relationship of Depth, True Connection, and Enduring Love* [Aceitamos: dizendo sim a um relacionamento profundo, de conexão verdadeira e amor duradouro] focando nas mulheres em relacionamentos heterossexuais:

> Já presenciei muitos divórcios em que mulheres deixam seus maridos para sempre e nunca mais entram em um relacionamento amoroso. Essas mulheres estão fartas. Estão cansadas de relacionamentos amorosos. A injustiça crônica destruiu todo o desejo de relações românticas. [...] As atribuições de papéis, que dizem respeito à divisão de responsabilidades, (e isso também se aplicam a relacionamentos gays e lésbicas), combinadas às

atribuições de papéis históricos, dados a homens e mulheres ao longo dos milênios, continuam sendo um problema nos casamentos modernos.

Tanta injustiça, como é subjetivamente percebida por uma das partes na relação, leva eventualmente a uma ameaça crescente, que desencadeia afastamento de ambos os lados do relacionamento. Nenhuma ação, boa ou má, permanece sem consequência. Se muita injustiça surge devido à falta de cooperação e colaboração, alguém terá que pagar o preço por isso.[117]

Conheço algumas mulheres que não têm mais interesse em relacionamentos amorosos com homens. Segundo minha mãe, minha avó e meu avô se amavam muito e gostavam da vida conjunta. No entanto, após a morte do meu avô, minha avó não teve mais vontade de se dedicar às necessidades de homens. Ela queria aproveitar a vida dela, e aproveitou. Até sua morte, sua agenda estava sempre mais cheia do que a minha nas minhas fases mais agitadas. Acho que o que Tatkin descreve também pode ser aplicado a outras formas de discriminação. Por exemplo, conheço algumas pessoas que são afetadas pelo classismo, racismo ou capacitismo, e que não têm vontade de passar a vida inteira em seus relacionamentos amorosos educando seus pares sobre essas formas de opressão.

Términos, que descrevo aqui de maneira tão sensata, não são nem foram sempre percebidos dessa forma por mim, admito. Anos atrás, durante uma separação, li um livro que explicava que parte do desafio de uma separação é que as pessoas se ajustam fisicamente uma à outra: o ritmo da respiração durante o sono se ajusta ao de nosso

---

117 Stan Tatkin. *We Do: Saying Yes to a Relationship of Depth, True Connection, and Enduring Love*. Louisville: Sounds True, p. 39. 2018.

par, e nossos cérebros se regulam mutuamente. Portanto, separações são frequentemente difíceis por diversos motivos.

E é exatamente por esses motivos, mesmo durante uma separação, que é interessante pensar no amor como uma prática contra a desigualdade social. Uma prática que não limite nosso empenho contra a discriminação na parte de nossa história em que nos encontramos – início ou fim. Concretamente, isso significa que não fazemos todo o trabalho interno de questionar criticamente nossa socialização e combater as normas discriminatórias em nossos relacionamentos amorosos apenas para, durante uma separação, agirmos de maneira opressora – caso nossa posição social nos dê tal poder. A partir dessa perspectiva, quero entender a separação como parte do relacionamento, afinal, não é uma premissa que o término signifique que nunca mais vamos querer ter algo a ver com a outra pessoa. Especialmente quando há crianças ou outras obrigações envolvidas, talvez não tenhamos a opção de cortar relações. Faz sentido, então, pensar em separações além da romantização social da "guerra dos sexos", que supostamente é a prova da profundidade do amor. No entanto, quero deixar claro que, neste ponto do livro, assim como em todos os outros, não estamos falando de situações em que uma pessoa afetada por violência física ou psicológica deseja se proteger. Para pessoas que experimentam ou experimentaram violência em relacionamentos, é totalmente legítimo cortar o contato imediata e permanentemente.

Então, vamos abordar essa questão de outra forma: Como podemos nos separar e, ao mesmo tempo, agir amorosamente? Como podemos nos separar e levar conosco tudo o que aprendemos sobre discriminação? De forma alguma quero adotar uma postura fatalista do tipo "tudo acaba" em relação aos relacionamentos amorosos. Pelo contrário. Queremos abordar o crescimento conjunto com respeito, assumir responsabilidades de maneira individual e conjunta por nossas ações no relacionamento e nos separar de uma maneira que vá além das lógicas moralizantes e dualistas de "bom" e "mau". Encontrar um caminho para não nos prendermos à dor da separação, mas sim para sermos livres e seguir em frente. Com "seguir em frente", não me refiro a continuar de forma neutra, ignorando tudo o que escrevi até agora neste livro. Quero dizer que levamos conosco todos os pensamentos, o trabalho, a reflexão, a autocompreensão. Quero dizer simplesmente que o aprendizado sobre os mecanismos de opressão que atuam em um relacionamento não termina com o fim desse relacionamento. Na verdade, diria que é especialmente durante uma separação que o aprendizado se torna mais relevante. Pois, na minha experiência, uma separação, um conflito, uma ruptura são certamente os momentos que mais testam nossa postura. Afinal, separações despertam muitas emoções diferentes em nós: medo do abandono, dúvidas sobre si ou até um sentimento de fracasso – que, muitas vezes, estão ligados a concepções sociais de relacionamentos amorosos. São também essas emoções que podem estar relacionadas à dominação internalizada ou à marginalização, capazes de anular nossas melhores intenções e resoluções. Em outras palavras, é relativamente fácil proclamar que somos contra a discriminação e que queremos trabalhar para não reproduzir mecanismos de opressão em nossos relacionamentos quando nos damos bem e somos amigáveis de maneira mútua. O desafio é focar nessa resolução e fazer justiça a ela quando o relacionamento termina ou está em crise, e nos encontramos num mar de emoções negativas.

Perguntas para Reflexão

Embora este capítulo consista, em grande parte, de momentos de autorreflexão, gostaria de incluir mais algumas perguntas para reflexão. Estas se referem à última parte do capítulo. Mais uma vez, as perguntas que faço são apenas pontos de partida. Sinta-se à vontade para adicionar quaisquer perguntas que considerar importantes.

- Quais são as incumbências que precisam ser resolvidas durante uma separação? Como podemos considerar as diferentes formas de opressão que cada pessoa enfrenta?
- Quais vulnerabilidades criadas pela discriminação devem ser consideradas em caso de separação? Como podemos levá-las em consideração?
- Como poderia ser um acordo de separação que levasse em conta os aspectos mencionados anteriormente? O que deveria constar nele?

A ocasião pede um vinho?

Ouço o sinal de chamada na linha, depois um breve estalo. Yunus atende. "Oi!", diz ele um pouco sem fôlego.

"Oi!", digo. "Olha, estou quase chegando! Quer que eu leve algo da rua para comer?"

Ele hesita por um momento, e então responde: "Então, o Leo está aqui. Vocês já se encontraram uma vez. Ele não está muito bem, acabou de se separar e não queria ficar sozinho."

"Ah, vocês querem um tempo só para vocês dois? É tranquilo para mim também ir para minha casa e dar um pouco de espaço para vocês."

"Ah, não", responde Yunus rapidamente. "O Leo sabe que você vem, ele vai ficar contente em te ver. Pode vir!"

"Beleza", digo. "Vou levar umas azeitonas, pão pide[118] e alguns patês – pra gente beliscar. Ah – só uma pergunta: a ocasião pede um vinho?"

Yunus ri brevemente: "Não, acho que só a comida já tá bom! Até já!"

"Até já", digo e desligo.

Quando entro no apartamento de Yunus, está tudo tranquilo. No fim do corredor, vozes baixas e luz suave. Deixo minha bolsa e sigo em direção à leve brisa que vem pela fresta da porta. Então ouço a voz de Yunus, alta o suficiente para eu ouvir, mas ainda assim suave para não quebrar a tranquilidade: "Estamos aqui atrás." Entro na sala de estar, que Yunus – já o conheço tão bem agora – arrumou especialmente para receber o Leo: música suave ao fundo, uma pequena seleção de biscoitos em um prato, chá fresco de rosas e camomila, algumas velas espalhadas, apoiadas pela luz de uma pequena luminária no canto da sala, onde também se encontram as plantas de Yunus. Criar ambiente é uma ciência que ele aperfeiçoou com uma ternura maternal.

"Oi, Leo", digo com o tom de voz bem calmo. Me sinto um corpo estranho ali.

"Oi", diz ele amigavelmente, mas seu sorriso não alcança o resto do corpo. Ele parece abatido e encolhido. "Bom te ver", continua.

"Sim, bom te ver também."

"Senta aqui com a gente", diz Yunus. Eu me sento no chão, em frente aos dois.

---

118 O pide, também conhecido como pão turco, é preparado com levedura e azeite, normalmente em forma oval. [N.T.]

Leo continua a falar sem ser interrompido: "De qualquer forma, há algumas coisas das quais me arrependo: tivemos essa briga, ele estava tão bravo e então quis terminar. Eu simplesmente disse 'ok'." E daí ele passou uma semana dormindo no sofá de um amigo. Deve ter sido bem assustador para ele o fato de eu ter deixado chegar ao ponto de ele ter que ir para casa de um amigo apenas um ano após ter vindo comigo para a Alemanha."

Yunus ouve atentamente, serve mais chá na xícara de Leo e acena com a cabeça. Ele coloca a chaleira de lado e olha para Leo com seriedade.

"Que eu o tenha levado tão a sério naquela época, mesmo sabendo que ele disse aquilo na hora da raiva – acho que isso influenciou na decisão dele. Ele disse que queria resolver algumas coisas que aconteceram entre nós e que hoje ele vê de uma maneira diferente." Leo respira fundo e exala audivelmente pelos lábios antes de continuar: "Eu fui ingênuo. Não, ignorante! Eu não percebi que a realidade dele aqui era completamente diferente. Isso não foi nada acolhedor. Também o fato de eu ter deixado ele trabalhar naquela sorveteria, onde ele tinha que usar aquelas roupas ridículas."

Yunus, que estava ouvindo atentamente o tempo todo, começa a falar hesitante: "Posso dizer algo sobre isso?"

"Claro", diz Leo, tomando um gole de seu chá.

"Será que Hyun sabe que você se sente assim hoje? Por favor, não me entenda mal, acho importante que você possa refletir sobre isso. Mas também acho que ele deveria saber como você se sente. Não por você, mas por ele: um pedido de desculpas sincero, sem esperar nada em troca."

"Sim", diz Leo pensativo, "Já pensei nisso. Mas no momento, Hyun veria em cada frase que eu escrevesse apenas um 'Eu quero você de volta, por favor, não me deixe'. Não é isso que quero comunicar. Quero dizer que sinto muito – de verdade e sinceramente."

Yunus olha para ele e diz: "Sim, eu entendo. Isso leva tempo."

"Hey vocês", começo eu – o sentimento de ser voyeur não me deixa –, "será que eu vou sozinha ao lançamento do livro de Zelin? É muito importante para mim ir – estou tão orgulhosa dela por finalmente ter publicado um livro. Mas entendo se vocês quiserem ficar aqui e continuar conversando."

"Não", diz Leo. "Posso ir com vocês, talvez? Sobre o que é o livro dela?"

"Claro", diz Yunus, e eu acrescento: "É sobre cura. No livro, ela fala sobre sua experiência com a condição de refúgio e sobre ser trans, e também sobre o que significa cura."

"Parece bem interessante!", responde Leo.

"O que vocês acham de levarmos a comida?", pergunto. Podemos comer no caminho ou depois, né?"

"Acho digno!", diz Leo.

Yunus acena com a cabeça e digita uma mensagem no celular. "Ela escreveu: Quanto mais, melhor!"

Futuro

Buscando a Utopia

> "Eu proclamo: Cada vez que
> realizamos o trabalho do amor,
> estamos trabalhando para acabar
> com a opressão." - bell hooks[119]

Erich Fromm começa seu livro *A arte de amar* com a pergunta se o amor é uma arte. Ele escreve: "Se este for o caso, exige-se de quem deseja dominar essa arte que saiba algo e não poupe esforços."[120] Com este livro, espero ter te feito mais perguntas do que fornecido respostas. Qualquer que seja sua definição de amor, reciprocidade, conexão ou intimidade, escrevi este livro para desafiá-la e ampliá-la. Agora, ao concluí-lo, quero responder à primeira pergunta de Fromm. Com tudo que reuni aqui, minha resposta é simples: sim. Mesmo que sua implementação não seja simples. O amor é uma arte. E essa máxima se torna mais verdadeira se entendermos e vivermos o amor como uma prática que se opõe à opressão e promove mudanças sociais em direção a mais liberdade. Este livro é, portanto, para todo mundo que deseja aprender e não mede esforços para dominar essa arte. Com isto, refiro-me ao conhecimento sobre a complexa interli-

---

119 bell hooks e Cornel West: *Breaking Bread: Insurgent Black Intellectual Life*. Oxon: Routledge, 2007, p. 54. [tradução nossa]

120 Erich Fromm. *Die Kunst des Liebens*. Berlin: Ullstein Taschenbuch, p. 11, 2006. [tradução nossa] [Edição brasiliera. Erich Fromm. A arte de amar. Tradução de Milton Amado. São Paulo: Martins Fontes, 2017.]

gação dos diversos sistemas de opressão e ao esforço necessário para combatê-los dentro de nós, em nossos relacionamentos amorosos e, consequentemente, em nossa sociedade.

Gostaria de fazer uma sugestão: o que acha de não nos prendermos mais em padrões de comportamento que ditam o que é "certo" e "errado", "bom" e "ruim"? Tenho certeza de que esses opostos, que inclusive são fundamentais para a discriminação e simplificam nossa visão do mundo, não nos ajudam a pensar e promover mudanças. Todas as pessoas estão, embora com pontos de partida e consequências diferentes, implicadas nesses sistemas e, justamente por isso, podemos e devemos tirar proveito disso para encontrar novos caminhos que nos leve a mais conexão em nossos relacionamentos amorosos. Pois, nas estruturas de violência estrutural, a violência está presente em todos os aspectos. Em nossos relacionamentos amorosos, ela se manifesta em dinâmicas de "dominação" que atravessam e moldam os diferentes momentos de nossas relações, limitando nossa imaginação do que podemos alcançar na relação. Enfrentar e interromper essa "dominação" e trabalhar arduamente *sem medir esforços* em direção a uma "coparticipação" – nos sentidos da conexão e reciprocidade – exige toda a crítica possível! Uma crítica que reconheça que a busca pela "perfeição" é, em si, um meio de justificar e manter o poder. Uma crítica ousada, que insista na mudança agora, não depois. Uma crítica calma, que se permita refletir sempre. Uma crítica que seja constante e inabalável. Uma crítica que lamente tanto as condições atuais quanto as do passado, que se concentre na lembrança, e que projete uma visão de futuro, com esperança e transformação

Todas essas formas de crítica e muitas outras devem nos acompanhar em nossa jornada enquanto tentamos e falhamos repetidamente, enquanto praticamos o amor como exercício crítico do poder, enquanto buscamos a utopia. Pois a tarefa é nada mais nada menos do que questionar, de forma consistente e constante, tudo o que aprendemos a aceitar como normal: isso inclui nossas emoções, que são políticas, assim como nossos corpos, que também são políticos, os conflitos nos quais o poder social é exercido, e o fato de que aprendemos desde jovens a hierarquizar nossos relacionamentos. Isso inclui também todas as "regras" sobre como os relacionamentos supostamente devem ser e a ideia de que com a "pessoa certa" tudo irá funcionar de alguma forma.

Não se trata de oferecer "soluções". As estruturas em que vivemos não mudam nem pelo fato de sabermos *um pouco* mais sobre a onipresença da opressão em todas as suas formas, tampouco se tornam obsoletas pelo simples ajuste de nosso comportamento. Em outras palavras, nós, como indivíduos, não podemos sozinhos desmantelar as estruturas sociais que fundamentam a opressão. Essa constatação traz consigo tanto limitações quanto possibilidades: é necessária uma avaliação realista dos contextos em que a mudança de nosso comportamento e autopercepção pode ter impacto. Nossa liberdade reside em nos imaginarmos para além dos papéis que nos são atribuídos, e em nos esforçarmos para transformar essa utopia em realidade. Essa liberdade exige muito de nós: um alto grau de responsabilidade, uma certa tranquilidade diante do fato de que o pêndulo está sempre oscilando entre a manutenção e o desmantelamento da discriminação, além de muita criatividade no processo de tentar algo que nunca tentamos antes. Precisamos também compreender que o que funcionou em nossos relacionamentos ontem pode não funcionar amanhã – precisamos de flexibilidade. Por isso, este livro em nenhum momento trata de como podemos fazer com que outra pessoa aprenda sobre a opressão para que nosso relacionamento com essa pessoa melhore – não é possível mudar outras pessoas. Em vez disso, o foco deste livro é usar os espaços que temos de forma responsável, defender a igualdade e, assim, fortalecer nossa capacidade de proximidade, reciprocidade e conexão. Pois é isso que desejo para nós: igualdade, reciprocidade e conexão. Se pudesse desejar algo para você ao finalizar este livro, seria que ele tenha despertado um pouco mais de curiosidade em tentar o que você ainda não tentou. Espero que você tenha a coragem de se mover em seus relacionamentos além dos ditames de "certo" e "errado" para desestabilizar o status quo. Talvez você se lembre de que no início do livro eu perguntei o que o amor significa para você, o que significa o amor para você, depois de tudo o que você leu e refletiu?

Epílogo

Mães ou mulheres que escrevem

Estou parada na esquina de uma rua com minha mãe, depois da nossa terceira vacinação contra a COVID. Uma garoa fina de neve cai sobre nós. Minha criança está bem aconchegada no carrinho, comendo um docinho de tâmaras e coco, observando atentamente os flocos de neve delicados antes que derretam na manga de seu casaco de inverno, que a deixa parecida com o Michelin.

Estamos há um tempo no frio, falando sobre este livro que estou escrevendo, as pessoas com quem vou conversar durante o processo e nossas próprias relações com o tema. Entre as experiências da minha mãe, está a de ser mãe solteira e, talvez mais importante, uma mulher entusiasmada que sempre botou fé em suas próprias ideias e ainda o faz até hoje. Ela reflete, na primeira vez do ano que cai neve, que para ela, os relacionamentos amorosos significavam que seus parceiros sempre se sentiam negligenciados diante de seus muitos interesses.

Eu mesma conheço esse sentimento velado de que as mulheres devem disponibilizar seu tempo. Isso fica evidente especialmente quando elas querem realizar seus sonhos e vontades, como minha mãe. Lembro bem que no final dos anos de 1990, ela escreveu um livro sobre futebol africano. Imagino hoje que sua rotina era rígida: acordar cedo, preparar a criança para a escola, fazer um lanche, cuidar da casa, ir trabalhar, voltar para casa, preparar o jantar, colocar a criança na cama, ler uma história (minha mãe é a melhor nisso, mudando as vozes das personagens) e, por volta das nove da noite, sentar-se à mesa para escrever por três horas. E ainda ter um parceiro que, claro, seguia seus próprios interesses e tinha dificuldades em conceder à minha mãe as mesmas liberdades. Apesar de tudo, ela conseguiu terminar o livro. Não porque teve uma rede de apoio, mas porque lutou muito por isso. Também por isso escrevi este livro.

Minha mãe me olha pensativa antes de perguntar: "Será que na sua geração isso é diferente, é melhor?"

Minha resposta é dura e seca: "Não."

Minha mãe que – por mensagem de texto, respondeu a minha pergunta se ela se considerava feminista com um "sim" direto e breve – não preciso convencer disso."

Pares entrevistados

Agradeço a todas as pessoas que se deixaram entrevistar por mim pela generosidade, pelo tempo dedicado e por compartilharem seu conhecimento comigo. Elas tornaram o livro mais rico.

Dr. Dwight Turner (ele/dele) é coordenador do curso de Aconselhamento e Psicoterapia Humanista na University of Brighton e supervisor de doutorado no Doctoral College da mesma universidade, psicoterapeuta e supervisor em consultório próprio. Seu mais recente livro, *Intersections of Privilege and Otherness in Counseling and Psychotherapy*, foi publicado pela Routledge em fevereiro de 2021.

255

Ativista, autor e palestrante público, ele aborda temas como racismo, diferença e interseccionalidade no aconselhamento e na psicoterapia. Dr. Turner pode ser contatado através de seu website www.dwight-turnercounselling.co.uk e seguido no Twitter em @dturner300.

Jacek Kolacz, PhD. (ele/dele), é um pesquisador que estuda os efeitos de traumas e eventos de vida no cérebro e no corpo, buscando entender como o bem-estar mental, a saúde física e os relacionamentos estão interligados ao longo da vida. Ele é diretor-gerente do Traumatic Stress Research Consortium (TSRC) no Kinsey Institute da Indiana University e Pesquisador Visitante no Departamento de Psiquiatria e Saúde Comportamental do Wexner Medical Center da Ohio State University.

Dra. Kaley Roosen (ela/dela) é psicóloga clínica e da saúde, atuando tanto no setor público quanto privado em Toronto. Como mulher com (d)eficiência, Roosen oferece psicoterapia com enfoque crítico na discriminação voltada para pessoas com deficiência, incluindo adolescentes, pessoas adultas e casais. Em seu trabalho acadêmico, ela combina psicologia clínica tradicional com abordagens críticas sobre a (d)eficiência, investigando as experiências de pessoas com (d)eficiência em relação à imagem corporal, gordofobia e transtornos alimentares.

Kabir Brown, Bear (ele/dele), é um homem Negro, *queer* e trans, nascido e criado no Brooklyn, Nova York. Com sete anos de experiência como mentor e coach para diversas comunidades e grupos populacionais, ele atua como gestor de casos clínicos para comunidades carentes, além de ser coach de intimidade e curador de espaços sexo-positivos. Kabir utiliza sua experiência interseccional para criar espaços afirmativos para e com sua clientela.

Sofia Mojica, Fifi (ela/dela), é uma mulher cis pansexual porto-riquenha do Bronx, Nova York. Com seis anos de experiência como curandeira erótica, mentora e coach, ela também atua como curadora de espaços sexo-positivos. Utilizando técnicas neo-tântricas baseadas em trauma, abordagens espirituais e exercícios somáticos, Fifi guia sua clientela ao desenvolvimento de autoempatia e à superação de possíveis barreiras em relação à sexualidade, intimidade, conexão com o corpo físico e experiência de prazer.

Kabir Brown e Sofia Mojica oferecem serviços de coaching para indivíduos e casais, além de consultoria para comunidades sexo-positivas sobre diversidade e inclusão. O casal conduz workshops mensais abordando uma variedade de temas sobre intimidade, comunicação e dinâmica de relacionamento, visando ajudar as pessoas a criar e desenvolver a intimidade que desejam.

Mitu (ele/dele) é Healing Artist [artista curandeiro] e Life Coach que vive e trabalha em Berlim, ajudando as pessoas a descobrirem mais sobre si mesmas. Através do toque, movimento corporal, respiração consciente e conversas, ele acompanha sua clientela passo a passo no caminho da autocompreensão e autocura. Mitu utiliza ferramentas como trabalho respiratório, corporal e energético, bem como comunicação através de coaching, oferecendo sessões individuais, sessões em grupo (casais), workshops e formatos especiais para homens, explorando o significado da masculinidade.

Mona ElOmari (ela/dela) é educadora social licenciada, assistente social licenciada, terapeuta sistêmica individual, de casais e de famílias, e atualmente está terminando sua formação em terapia holística no Legato em Hamburgo, um centro especializado em lidar com conflitos em torno de questões religiosas, especialmente no contexto judicial. Ela também trabalha há muitos anos como treinadora de empoderamento e educadora política freelancer, buscando integrar críticas interseccionais ao poder e sensibilidade à discriminação em todas as áreas de seu trabalho.

Raúl Aguayo-Krauthausen (ele/dele) é ativista pela inclusão e fundador da Sozialhelden, com formação em comunicação e *Design Thinking*[121] há mais de 15 anos no mundo da internet e mídia. A internet é sua segunda casa. Raúl é bem ativo nas redes sociais, compartilhando sobre questões que o movem de maneira humorística, séria e provocativa. Ele ficou conhecido principalmente por seu *Wheelmap*, um mapa digital mundial de lugares acessíveis que é criado por pessoas que o utilizam, bem como pelo seu "*Undercover-Heimexperiment*" [experimento em moradia assistida], e protesto contra a Lei de Participação Federal.

Ronald F. Levant (ele/dele) é professor emérito de Psicologia na Universidade de Akron, ex-presidente da *American Psychological*

---

121 *Design Thinking*, literalmente. "pensar como projetista" é um método para estimular ideação e perspicácia ao abordar problemas, relacionados a futuras aquisições de informações, análise de conhecimento e propostas de soluções. [N.T.]

Association (APA) e da APA Division 51, *Society for the Psychological Study of Men and Masculinity, e ex-editor da revista trimestral da APA Division 51, Psychology of Men & Masculinities.* Ele é amplamente reconhecido como uma figura crucial na criação do campo emergente da psicologia especializada em homens e masculinidade.

Sarah Adeyinka-Skold (ela/dela) é professora assistente de Sociologia na Furman University em Greenville, Carolina do Sul. Suas pesquisas exploram as intersecções de raça, gênero, família e sexualidade. Em seu trabalho atual, ela pesquisa como a desigualdade racista, sexista e heterossexista na busca por relacionamentos românticos, especialmente no contexto de namoro online, é produzida, reproduzida e consolidada. A pesquisa da Dra. Adeyinka-Skold foi publicada em diversas revistas acadêmicas e plataformas de mídia, incluindo *Du Bois Review on Social Science Research, Greenville News, Elle e The Laverne Cox Show.*

Agradecimentos

Antes de escrever qualquer coisa: um livro, como aprendi de forma marcante com este, é um projeto coletivo. Eu escrevi, é claro, mas quem me encorajou, pensou em voz alta comigo, manteve meu ânimo, compartilhou suas experiências comigo, ouviu meus textos, corrigiu-os e fez muito mais, foram pessoas cujos nomes não estão na capa.

Agradeço de coração ao meu agente literário Felix Rudloff, que me fortaleceu com as palavras – que, desta vez, não vou questionar – "Você escreve muito bem". Agradeço-o principalmente por encontrar uma editora realmente boa para mim, a Eden Books.

Agradeço sinceramente à Eden Books pela confiança: vocês me deixaram fazer do meu jeito e acreditaram na minha ideia desde o início, sem querer mudar nada.

Agradeço à minha editora Tanja Bertele pela revisão, que foi realmente útil. O tempo todo senti que ela estava mentalmente comigo e entendia o que eu queria contar – isso não é algo que se pode dar como certo, especialmente quando se trata de discriminação.

Meu mais sincero agradecimento a todas as pessoas que me incentivaram e apoiaram, e que, diferente de mim, não acharam uma loucura escrever um livro — em plena pandemia e com uma criança pequena. A lista que se segue é aleatória, isto é, não segue exatamente uma ordem:

Mama, se aprendi algo com você – há quem acredite que seja a escrita, mas depois de *Kemal kauft ein* [Kemal vai às compras] não tenho tanta certeza –, é fazer as coisas sem me deixar intimidar. Pra mim, isso é o mais precioso.

Margret, te agradeço por escutar, por demonstrar curiosidade sobre minhas ideias e pelas referências que você me enviou. Mas, acima de tudo, te agradeço por sempre estar ao meu lado e me acompanhar – também aqui.

Emilia, valeu pela troca! Pensei tantas vezes em você enquanto escrevia: o que minha irmãzinha perguntaria? Aqui está, veja se está de acordo ☺

Christopher, te agradeço por lutar várias vezes pelo projeto e me apoiar muito no começo – também através das nossas muitas conversas sobre amor, o que ele é e o que não é. Obrigade por isso.

Yezenia, agradeço muito nossas conversas pessoais, que foram importantes para o meu processo de escrita e também para mim pessoalmente. Gratidão também por me emprestar seu cérebro quando o meu não conseguia avançar (muitas vezes!). Fiquei com um medo (!!!) terrível de te mostrar o texto, porque valorizo muito o seu olhar e opiniões.

Michael, obrigade por sempre acreditar em mim e estar sempre disponível, seja como consultor de estilo ou como público de teste para ouvir minhas baboseiras românticas.

Selin, gratidão por nossa amizade e sua abertura comigo. Pela cura – sempre em frente.

Flo, escrevo estas linhas num fim de semana em que você saiu com a criança para que eu pudesse continuar com o manuscrito. Não consegui, porque fiquei doente com a partida de vocês – como poderia ser diferente. No telefone, você me disse: "Tá tudo bem, então agora você vai dar ao seu corpo o descanso que ele precisa." Obrigade por isso.

Sinthujan, obrigade pelos dias de escrita, que na maioria das vezes não eram de escrita – falamos demais! E mesmo assim, esses dias me ajudaram a refletir sobre o processo de escrita, especialmente em relação ao sentimento que quero despertar.

Anıl, eu te agradeço pela nossa troca sobre o processo de escrita, as inseguranças que o acompanham, a nudez que vem com a publicação.

Jacqueline, tenho quase certeza de que é como você escreveu: o óleo do bom humor que você me deu foi crucial para eu terminar o livro. Sem óleo, sem livro. Então: agradeço pelo óleo.

Maria, você não sabe, mas suas mensagens dizendo coisas como "Você deve estar escrevendo muito a todo vapor agora" me incentivaram a continuar – eu teria ferido meu ego se tivesse me dedicado tanto e depois não ter entregue.

Joshua, se você soubesse quanto tempo economizei graças a você! Ainda estou impressionada com o progresso tecnológico dos nossos tempos, do qual honestamente às vezes só sei por você: acontece que existe um software incrível que pode transcrever entrevistas – quem diria.

Sebastian, te agradeço por compartilhar comigo tanta vulnerabilidade – que você está no livro, assim como algumas outras pessoas a quem agradeço aqui, você já sabe há muito tempo!

Michaela, gratidão pelas traduções, mas ainda mais pelas palavras encorajadoras e por acreditar em mim.

Por fim, gostaria de agradecer às pessoas maravilhosas que me apoiaram no trailer do meu livro – sim, também acho incrível que isso exista. David Buchholz e Julius Dettmer, obrigade por fazerem o trailer ficar lindo. David, você me poupou tanto trabalho na preparação, você nem imagina quanta gratidão eu sinto. Evin, obrigade por me fazer parecer super (super!) bem, apesar da minha menstruação ter começado naquela manhã. Selin, Julia, Rebecca, Jeff, Jonathan e Emilia, agradeço muito por me doarem seu tempo livre e serem os *love interests* mais fofos (!!!) para mim. Marion Nielsen e Kaja Helak, obrigade por cuidarem de tudo e manterem o controle. A toda a equipe, obrigade pelas vibes relaxadas no dia da filmagem.

Leitura Sensível

Yezenia León Mezu pesquisa e escreve sobre abordagens interseccionais Negras, políticas de corpo e de desejabilidade, discriminação por peso e teologia do corpo *queer* Negro. Yezenia León Mezu é tradutore, nasceu na Colômbia e realiza revisões críticas contra discriminação.

Tradução

Dra. Michaela Dudley (ela/dela), nascida em 1961, é feminista *queer* berlinense com raízes Negras estadunidenses, é colunista, comediante e palestrante. Suas colunas *Frau ohne Menstruationshintergrund* [Mulher sem Antecedente Menstrual] no jornal TAZ são bem conhecidas. Ela também escreve para o jornal Tagesspiegel, a revista LGBTQ Siegessäule, a Missy Magazine e a Rosa Mag. Seu livro *Race Relations: Essays über Rassismus* [Relações raciais: ensaios sobre racismo] foi lançado em fevereiro de 2022. A jurista de formação luta pela valorização da diversidade. Como "Diva in Diversity" [Diva em Diversidade], trabalha com o Deutsche Bahn e a Mitteldeutscher Rundfunk. Ativismo/Jornalismo: www.diva-in-diversity.com

Tanja Bertele é editora freelancer, autora e tradutora. Seus focos são: feminismo, psicologia, sociedade, estilo de vida, amor e sexualidade. Mais em: www.tanjabertele.de

Esta obra foi composta em Arno Pro Light 13 para a Editora Malê
e impresso para a Editora Malê na gráfica Trio Digital
em outubro de 2024.